动物文学概论

韦苇 著

复旦大学出版社

世界四大动物文学作家及其作品

吉约（法国）和他的作品

《丛林王子》

《白影》（《白鬃马》）

《格里什卡和他的熊》

《白马布朗》

世界四大动物文学作家及其作品

西顿(加拿大)和他的作品

《钦克》

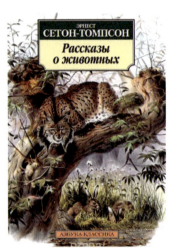

《野生动物故事集》

《西顿动物故事集》

《西顿动物小说全集·狼王洛波》

世界四大动物文学作家及其作品

米·普里什文（俄罗斯）和他的作品

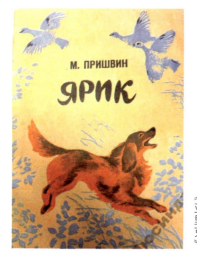

《亚里克》

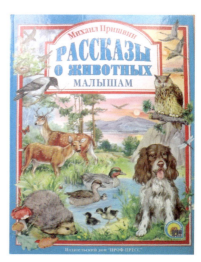

《给小孩子的动物故事》

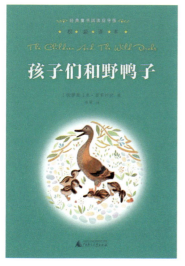

《孩子们和野鸭子》

《森林里的秘密》

世界四大动物文学作家及其作品

维·比安基(俄罗斯)和他的作品

《森林报》

《尾巴》

《太阳的诗篇》

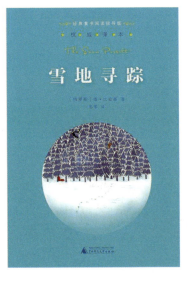

《雪地寻踪》

目 录

绪言 / 1

第一章　动物文学独立研究的必要性 / 18
　　第一节　动物文学需要独立研究 / 18
　　　　一、动物文学在文苑中自立门户的依据 / 18
　　　　二、把动物文学同寓言区分开来 / 19
　　　　三、把动物文学同童话区分开来 / 20
　　　　四、把动物文学同动物知识读物区分开来 / 22
　　第二节　动物文学研究成为一门显学 / 23
　　　　一、动物文学自有独特内蕴和魅力 / 25
　　　　二、动物文学在文学中的位置 / 26
　　　　三、动物文学的强韧生命力已经得到时空检验 / 27
　　　　四、对动物文学的研讨不再停留在褒赞和赏析上 / 28

第二章　动物文学的分类 / 30
　　第一节　动物故事 / 30
　　第二节　动物传记 / 35
　　第三节　动物传奇 / 36
　　第四节　动物特写 / 39
　　第五节　动物随笔 / 42
　　第六节　动物小说 / 44

第七节　动物散文 / 47

第八节　动物诗歌 / 50

第九节　动物童话 / 52

第三章　盛产动物文学的加拿大 / 55

第一节　加拿大动物文学概说 / 55

第二节　西顿与他的动物文学 / 56

　　一、西顿成为动物文学作家 / 56

　　二、西顿的代表作 / 58

　　三、西顿动物文学受到少年儿童的青睐 / 60

第三节　加拿大的其他动物文学名著 / 66

　　一、马·桑德斯的《漂亮的乔》/ 66

　　二、柯伍德的《灰熊》/ 67

　　三、查尔斯·乔治·道格拉斯·罗伯茨的《荒野一族》/ 69

　　四、灰枭的《莎乔和她的海狸》/ 70

　　五、莫威特的《狼们，别叫！》等 / 71

　　六、豪斯顿的《爱斯基摩少年历险记》等 / 73

第四章　盛产动物文学的俄罗斯 / 74

第一节　俄罗斯动物文学概说 / 74

　　一、俄罗斯动物文学的背景因素 / 74

　　二、俄罗斯动物文学综述 / 75

第二节　普里什文的大自然文学 / 76

　　一、普里什文弃农艺而从文学 / 76

　　二、普里什文的"人与自然"的文学 / 79

　　三、普里什文的独特风格 / 81

　　四、对普里什文作品独创性的评析 / 83

第三节　比安基的动物文学 / 92

　　　　一、动物文学作家比安基的崛起 / 92
　　　　二、300 多件动物文学作品的作者 / 93
　　　　三、普及世界的森林百科知识全书——《森林报》/ 97
　　第四节　俄罗斯动物文学的作家群 / 103
　　　　一、马明-西比里亚克 / 103
　　　　二、瑞特科夫 / 105
　　　　三、恰普丽娜 / 111
　　　　四、特罗耶波利斯基 / 117
　　　　五、恰鲁欣 / 118
　　　　六、索科洛夫-米凯托夫 / 122
　　　　七、斯克列比茨基 / 123
　　　　八、斯拉德科夫 / 124
　　　　九、德米特里耶夫 / 134
　　　　十、萨哈尔诺夫 / 135
　　　　十一、斯内革廖夫 / 136
　　　　十二、罗曼诺娃 / 140
　　　　十三、阿凯莫什肯 / 141
　　　　十四、陀罗夫 / 141
　　　　十五、费拉托夫 / 142

第五章　其他动物文学作家及作品 / 143
　　第一节　勒内·吉约和他的动物文学名著 / 143
　　　　一、吉约是动物文学中的安徒生大奖荣膺者 / 143
　　　　二、吉约的代表作《白鬃马》/ 146
　　第二节　据有文学史地位的其他动物文学作品 / 155
　　　　一、杰克·伦敦的动物文学名著 / 155
　　　　二、黎达的动物故事 / 157
　　　　三、达莱尔及其动物文学作品 / 160

　　　　四、格拉鲍夫斯基及其动物文学作品 / 161

第六章　在追随中崛起的亚洲动物文学 / 174
　　第一节　亚洲动物文学综述 / 174
　　第二节　在国际国内具有影响力的亚洲动物文学作家及其作品 / 176
　　　　一、椋鸠十的动物小说 / 176
　　　　二、沈石溪的动物小说 / 178
　　　　三　黑鹤的动物文学作品 / 179

后记 / 182

绪　言

一、撰修《动物文学概论》的缘起

自从我译的动物小故事《跑进家来的松鼠》被愈来愈广地传开，并于2005年被收入人民教育出版社出版的六年级上册语文课本，逐渐地，它就成了我走进小学的身份认同和通行证明。有两次，我还碰到被人当面验证身份的事：一位是小学教师中的文学写作者，一位是小学管理机构的语文教学研究员——我说我是《跑进家来的松鼠》这篇课文的译者，他们就立马掏出手机，灵巧的手指一阵跳动、点击，他们的手机屏幕上就出现了这篇课文，放大了看，有"韦苇译"的字样。有一次，我到横店（浙江东阳）电影拍摄基地的小学里去同小朋友们见面，我就说起这篇课文，于是我同这些来自全国各地的、更多是打工者们的孩子的距离很快便拉近了。对着这么多表情生动的娃儿们——他们比我的孙辈还小十多岁哩，我忽然觉得这张印在书里的名片还真好用。随后，我请这所小学的校长为我搜罗几本翻得、读得最旧的这册语文课本。过不多时，校长兴冲冲捧来一叠课本。我拣了几本右侧上下两角卷得最厉害的，被孩子的手摩挲得略有点污的——正是这"脏兮兮"，让我觉得倍感亲切。我拣了几本摊在地上，用我带去的"canon"连拍了几张。后来，在年关来临时，有一位昔日同事愿意为我制作一张我一个人的年历，让我提供一张我特别中意的照片印在年历上，我不假思索，当即交去我自己拍的孩子读得"最有污秽感"的课本和课文照片，孩子用圆珠笔密密麻麻记录了老师对《跑进家来的松鼠》的讲解内容，上面还有一首可能是老师自创的儿歌谜语：

上上下下跑得欢，

> 尾巴蓬松多好看，
> 高高跳下摔不伤，
> 因为有个降落伞。

值得纪念的正是这些孩子歪歪扭扭的稚嫩笔迹！这张年历虽然随年事老去，越来越老，而"老皇历"却一直贴在我书房房门上，舍不得揭下来。

由于我生长在乡村的原因，我对动物文学向来情有独钟。而自从孩子们把我的松鼠，我的动物文学，读得如此卷角如此"污秽"以后，我对动物文学就更是不胜牵念了。为它投入多少心力，我都愿意。

后来有一天，我忽然心血来潮，去电脑"百度"里打开《跑进家来的松鼠》，突兀间呈现到我眼前的竟至少有 352 个教案、571 000 条相关信息，其名目之繁多，着实让我惊愕。它们叫什么的都有，"教学设计""课件""ppt"（使用投影仪作文稿及图像演示）"导学案""视频""教学实录""教学示范课""课文朗读""分析与导读""阅读训练""说课稿""评课稿""读后感""图片展示""仿写""教学反思""多音字"等等，有的具名，更多的没有具名。而这还只是进了电脑的，我想没有进电脑的教案应是更多。况且，《跑进家来的松鼠》只是小学语文课文中的一篇、一个例子，其他，我自己的和他人的动物文学篇章被选入的还多！就长短而言，沈石溪的《猎狐》作为课文是很不短了，却被全文收进了七年级的语文课本里。可见，语文课本对于动物文学是敞怀接纳的。

这种动物文学进课堂的事，外国也一般无二。这种教学指导、辅导、辅读的文与书，欧美一样很多。我就读过的以《西顿-汤普森的动物故事中，你最喜欢的是哪一篇？》为题的课堂讨论实录，师生对动物文学表现出了浓郁的兴趣，他们争相发言，热情高涨，师生互动中所发表的见解也让我窍眼顿开。在我国，由于动物文学的普及，自然教育遂得以顺利展开，孩子们早早就知道非洲大陆、亚洲北部、亚洲南部、欧洲、大洋洲、北冰洋、北美洲、南美洲、南极洲活跃着种类繁多的动物，天天都在上演着人类所陌生的活剧，发生着新奇的故事。

动物文学进课堂，是动物文学普及最有效的办法和方式。

我在各地出版社出版的动物文学读物，包括教育部开列在小学生课外必读书目中的《森林报》十来个译文版本外，我还通过各地出版社向我国小、中学生提供了三四十本动物文学图书，其中有的被列入国家重点出版计划，如若加上我读过的中外动物文学作品,那就是一个十分可观的数量了。对动物文学的认知和研究,有这样一个数量(并且有质量)做基底,我来著撰《动物文学概论》应已不是无本之木、无源之水。

二、动物从来没有离开过我们的生活

动物从来没有离开过我们的生活,这是无需在这里论证的问题。人类从站立起来,成为"树栖猿—地栖猿—狩猎猿",这"裸猿"是算人呢还是算动物呢?应该说,他们已经产生人类的基因了。人类的这种基因积累过程还保留在从胎儿到童年期中。是语言、文化、艺术、运动、科学使世界上有了人类。科学可以发达到无限高的水平,但人类的基本面仍然是相当简单的生物现象。《裸猿》的作者德斯蒙德·莫利斯在他的书里警示我们:"……我们必须长期而严肃地把自己看作是一种生物,以此意识到自己的局限性。""动物在人类的祖先那里是人类的朋友。"今天被驯养的诸多动物,与我们的生活发生着千丝万缕的关联。普里什文也发表过同样的观点:"我感到同所有这些能飞、善游、会跑的生物都有着血缘关系。"

几千年来,人类已经形成了自己的伦理尊严。所以当有动物学学者研究到"人的生物学本质""人的动物属性"时,人这种超级高等动物就难以面对自己的生物学本质和动物属性了,首先是宗教界人士,他们将其视为洪水猛兽,说动物学家们的研究成果会使人类掉进"兽性本能的陷阱"。是的,人类文明越往人性化方向发展,人就必然离兽性化越远,其表现是,在配对纽带的保证下异性作亲密接触,千方百计呵护儿童,寻觅多样食物,保持清洁卫生,避免流血争端,祈愿天下和平等等。再则,动物学家把世界上的城镇说成是"人类动物园",也是有大量丰富、周密的阐述、解析与论证的,是考察了人类的划地生存并加以据守、在有可能时竭力扩张地盘、人类的暴力攻击行为、人类中的强大者时对弱小者进行霸凌欺辱、人类对绝对权威的艳羡和追求、人类违悖婚姻家庭诺约的现象、父母对自己的孩子呵护不力,或反之,儿女对父母视同陌路等现象之后,发现了人类与动物的生物性脐带其实是没有完全割断的。

不用细说中国人说自己是龙的传人;不用细说类人猿告别以野果果腹充饥之后,人作为食肉动物与动物的依存关系;不用细说人的生产生活曾经怎样得力于动物;不用细说人豢养宠物庶几又回到了我们的始祖与动物相亲相依;不用细说候鸟重又回到湖泊给我国百姓所带来的喜不自胜……

为什么汉民族的十二生肖都采用动物?炎黄子孙为什么要迎龙灯、耍狮子?戏装上为什么绣巨蟒、凤凰?世界各国为什么要用白鸽来象征祥和?许多国家的国旗上为什么要用动物来做象征?孩子衣服上为什么要印上斯诺比、唐老鸭和米老鼠、佩奇猪?

就连我们所说的话、我们要表达一个想法、一个意思,离开成语、谚语和俗语里的动物,会有多么乏味、多么难!它们已经不可能再从我们的生活里剥离出去,无论在中国还是在外国。腾笼换鸟,筑巢引凤,骑马找马,如鱼得水,黔驴技穷,杯弓蛇影,引蛇出洞,狡兔三窟,亡羊补牢,画蛇添足,狐假虎威,狐朋狗友,塞翁失马,守株待兔,狼狈为奸,鹬蚌相争,渔翁得利,兔死狐悲,为虎作伥,鸡犬升天,狗仗人势,与虎谋皮,趋之若鹜,犬马之劳,犬牙交错,鹊巢鸠占,狼吞虎咽,丧家之犬,人困马乏,作鸟兽散……我们说话离得开这些成语吗?

我们若离开民间俗语和先民创下的成语,说话、表达会多困难、多乏味!中国人说"一箭射双雕",外国人说"一石打两鸟";中国人说"山中无老虎,猴子称大王",外国人说"猫儿不在,就是耗子的天下";中国人说"狗改不了吃屎",外国人说"只要是狐狸,它的梦里便只有鸡";中国人说"又要马儿好,又要马儿不吃草",外国人说"世上没有好到不吃草的马";中国人说"黄鼠狼给鸡拜年",外国人说"狗给你摇尾巴,不是为了你,是为了你的面包";中国人说"天下乌鸦一般黑",外国人说"乌鸦呱呱叫,事情好不了";中国人说"狐狸给鸡拜年",外国人说"狐狸不会给狼领路";中国人说"狡兔有三窟",外国人说"心肠再好的狐狸也有三个洞";中国人说"有钱能使鬼推磨",外国人说"钱能让狗跳舞";中国人说"狗改不了吃屎",外国人说"狗永远记得你给过它骨头";中国人说"舍不得孩子套不住狼",外国人说"没有猎狗逮不住兔子";中国人说"得着驴子当马骑",外国人说"驴子不因为进了基辅就成了骏马";中国人说"跑得比兔子还快",外国人说"快得就像猎狗追兔子";中国人说"毒蛇口中吐莲花",外国人说"小心狐狸嘴巴甜,小心花下有毒蛇";中国人说"一山难容二虎",外国人说"一个窟里容不得两头熊"……

无需更多赘述,总之不用动物打比方,人就无法交流;至少,没有暗喻,交流的言语就不能含蓄地说理,叙述就不能鲜活生动,且无法做到婉曲、简洁而准确。

人与动物联系是天然的。尤其是孩子们,他们无不想知道与自己关系如此密切的动物世界,而如果关于这个世界的呈现方式是文学的,即具象的、细节的、故事的、有作家智慧的,是源于生活又高于生活的,那么知道动物世界的法则与奥秘,就会成为他们的渴望。动物文学的强韧生命力首先在他们的阅读中获得证明。

三、科技文明突飞猛进背景下的动物文学

工业文明和科技文明的发达,给人类自身造成一种错觉,以为人和人的支配欲可以无限制地挥发与膨胀。其实,地震和海啸就告诉我们,人和人的意志不是万能的,"人定胜天"不是一个放诸四海而皆准的不易真理。在地震和海啸面前,自以为万能的人其实和动物一样,抗拒不了更控制不了发生在我们这个星球心脏部位的激情。地震和海啸其实是被动地把人放在与动物同样的地位上,甚至人显得更脆弱,更无能,动物已经对地震有预感的时候,人类还茫然无所知。这样来认识大自然,我们就会认识到人类的渺小;这样来思考生命,就能够摆脱"人类中心主义""人类沙文主义"的立场,就能消除人类对动物的傲慢与偏见,就能消除人类在大自然面前的种种错觉,承认人类并不是地球的主宰者、不是大自然的主宰者,人只不过是地球上一种能用语言思维、表达,从而具有物质和精神创造(首先是艺术创造)能力的动物而已。只有当我们认识到,地球是一个人与动物命运与共的大生物圈,地球是人和动植物一起拥有的生存共同体,我们的生态伦理观念才能正确地建立起来。理想的生态环境应该是美国新环境理论的始创者利奥波德所指出的:"真正的文明是人类与其他动物、植物、土壤互为依存的合作状态。"我们要努力形成这样一种氛围:对有些生命意识和生态环境意识特别强的人士怀有更高的敬意。所以,某种范围内可以涵盖动物文学的大自然文学作为一个文种,尤其是学科性的大自然文学研究,不可能在工业文明、科技文明和城市文明兴起的 19 世纪以前产生。当动物的生存问题因为工业和城市的迅猛发展而引起严重关注的时候,当作家对动物生命有新理解的时候,以动物为本位、为重心的动物文学就自然而然应运而生了。动物文学作家只不过是能用文学方式来思考与描述大自然、思考生命、思考动物的一批人而已。他们把真实的动物世界用艺术的语言经营成为精彩故事、生命传奇,打造成为文学图书的常青树。

动物文学能给孩子以独特的生命教育,从而有助于孩子的健康成长。

儿童从动物文学的形象中获得审美感动,与动物文学里的形象发生共鸣,与此同时,孩子会认识到,动物是一种与人类不同的生命存在,它们的行为可以促使孩子对人类的行为进行反观和反思,促使孩子审察人类自私本性的后果,从而克服人类的骄横和偏见。孩子在受到生命教育的同时,他们的人格也就可能在更宏阔、更丰盈的背景上得到健康的发展。

伟大的大自然文学作家普里什文的创作理念,就明显超越了环境保护和生物保护层面上的意义:他的作品激励读者去亲近大地母亲,去和大地和谐相处,去恢复与大自然的良好关系,去关注每一株草,每一棵树,每一只禽鸟和野兽,每一座山峦,每一条河流。高大的松树,清澈的湖泊,连绵的山峦,飞跃的松鼠,胆怯的小鹿,清新的空气里脂香和果香扑面而来,在各种动植物的环境中,人的心灵能有一种与天地融为一体的感觉。普里什文的说法与动物文学的先驱G.D.罗伯茨的说法不谋而合。罗伯茨认为,动物文学有强大的解放力量,它"……有助于我们返璞归真,但并不要求我们倒退到野蛮状态。这类作品将我们带回到古老大地的亲缘关系中去,又并非叫我们放弃……世代积累的智慧,放弃任何'历代巨大成果'的精华……它的深远意义将日益凸显,使我们焕发勃勃生机,使我们更加古道热肠,具有更加高尚的悲悯情怀,而且只有到了这一境界,我们才能更好地理解动物故事的奥秘。"

飞过天空的野鸭有无形的价值;出没于山间的灰熊有无形的价值;野外的声音、气味和记忆都有无形的价值。

向森林走去,纵然只是向城市中央公园的绿洲走去,去看看鸟们筑在树桠间的窝巢,怀着朝圣——心灵朝圣——的心情。

四、动物文学不是以生态环境保护为宗旨的文学

法国著名电影导演让·雅克·阿诺于20世纪80年代末完成了由詹·奥·柯伍德的动物小说《灰熊》改编的电影《熊的故事》。电影在许多国家上演后,据说"吸金一亿多美元",可见其观众数量之多! 而且还不只是观众受到强烈的震撼,继而居然还发生了这样喜人的效应:在法国,这部电影上映之后,法国总统弗朗索瓦·密特朗宣布将尽全力去保护比利牛斯山上仅存的那16头野生灰熊;在奥地利和瑞士,人们正努力为熊做宣传,并为它们建造国家公园;其中,

奥地利正计划取消在某个美丽山谷中建造水电站的项目,以保护熊的生存环境;芬兰人观看了电影之后意识到他们还没有禁止捕熊的法律,所以他们正在为法律的制定做努力;英国的查尔斯王子,挪威的国王,以及荷兰的女王,都以世界自然基金会成员的身份参加了电影的首映式,并努力在各自的国家为熊谋取生存权利。

我举出这个例子,可能会被人误解:是不是我要把动物文学的创作宗旨定位到自然环境的保护、动物保护、动物物种的抢救上?从客观效果上看,动物文学的创作和流播可能在这方面起到些许积极作用,发挥它的正能量,即有利于强化人与自然和谐共处的意识。然而究其实,所有这些都还是以人类的利益为出发点和归宿的,就是说,倡导人与自然和谐相处,其潜在的立场还是人类为自己着想,利用自然、博物来为人类谋取自身利益使之最大化。和这种立场相对立的生态伦理观,是把大自然中的动植物都放置于和人一样的平等地位来考量。每一种生命的存在都体现着造物主的美意,都有其不可剥夺的生存权利。人类其实担当不起救赎被人类破坏了的大自然环境之责,人类要做的,是克制和收敛自己"征服自然"的野心和欲望,不去侵扰其他生命的自然存在。这种生态伦理观需要人们从内心深处消除面对大自然、面对宇宙时常常持一种自以为是的观念,从而对所有的生命存在树立一种谦卑的而不是傲慢的姿态,尊重造物主的法则,与世间万物达成和解。这不仅是爱心、责任和良知的问题,更是一个信仰的问题。如果一个人的内心里没有形成对于生态的生命主义信仰,那么,他的生态意识、环境意识,对动植物的态度,就只是暂时的、相对的和有限的。有什么样的内心生态,就会有什么样的外在生态。世界上的恶、不义、非人道、破坏、攫取、剥夺、虐杀等等,难道不都是从人的内心里生发出来的吗?我们应该发自内心地去感触自然的痛苦,抚摸动植物的伤口,深入认知地球生物圈的共生关系。现实地,我们可以多去听听非洲塞伦盖蒂大峡谷大自然保护区的动物卫士们、可可西里藏羚羊保护者们的诉说,恭恭敬敬地聆听他们所讲述的大自然中动物的传奇故事;还得听听动物物种保护专家们的警告:一样动物物种消失了,就永远从我们的星球上消失了,人类没有恢复动物物种之智、之策。

中华民族有个好传统。中国的儒家学说、佛教学说、道教学说在推动和谐社会和和谐生态方面都有可贵的治理智慧。无论是儒家的天人合一,还是道家的道法自然,或是佛家的众生平等,中国这些哲学理念已经帮助我们的文化存活了几千年。对于"我是谁"这个问题的回答,儒家的答案是:"我是父母的孩子,也是我孩子的父母。"我国古人都知道,人都是延续千万年的血缘关系的产物。从这个角度说,个人的利益与其前辈和后辈的利益都是息息相关的。中国民间(尤其是兄弟民族地区)朴素的观念,就是想到子孙,想到千秋万代的利益。

在考虑地球和生命这一命题的时候,西方有西方的模式,东方有东方的模式,但是,可以相信,人类的大智慧都是相通的。

动物文学是文学。文学有自己必须完成的、文学所规定的艺术使命。如若将动物文学的阅读附丽于生态保护和环境保护的需要,并以此为动因来创作和阅读动物文学,就把主要供人作精神性欣赏的文学功利化了,把文学的审美意义泅淡了。所以,动物学的真实性只是对动物文学的内容要求,文学还有自身的"文学性"要求。

五、地道的动物文学作家总是为数不多

往往是这样,满足优秀动物文学创作的这样一些条件的人总是为数不多:他们终年和森林、和草原同春秋共冬夏又懂得如何在文字中藏匿艺术密码的人来从事动物文学书写,对他们的作品我们可以预设信赖的态度,而且它们总不会辜负读者的期待;他们常年在野外,与山林和大海为伴,以考察禽兽和水栖动物为业,这一类人来写动物文学,以细腻的文笔呈现于读者眼前的动物世界就总是鲜活、生动、陌生和震撼心魄;有的人天性里就存在这样一种因子——愿意把所有心中的爱都痴痴地倾泼向野生动物或家养动物,一接触动物就会投入他们全部的感情、热忱和心智;他们保护大自然生态平衡的职业需要他们挂着、背着望远镜、照相机、摄像机和录音机,在深山野岭间跋涉,风餐露宿,在艰险中付出悠闲居于城市的人们所难以想象的苦辛,又总能抽时间从事动物文学的写作;他们颇具文学涵养而矢志献身于动物保护、动物物种抢救;他们本身是科研人员、文学人或有各种学问的人,而又愿意与动物亲密接触,与鸡鸭、猫狗、马牛羊等动物常年厮混,把他们对家养动物与田园动物的观察、理解所得以文学方式奉献给读者,与好奇心特别重的人们分享他们与动物相处的心得……以上所述的多种多类动物文学创作者,都有一个共同点,那就是对描写对象的直接性和直击性,而恰是在这一点上,动物文学和其他文学尤其是书斋文学划

出了分界线。从事书斋文学创作的人数量多,从事动物文学创作的人数量少,当是无足为奇。

在俄罗斯,以作品的质朴和醇厚著称于世界的维克托·彼特罗维奇·阿斯塔菲耶夫一直对大自然怀有博大而深沉的爱心,流淌在西西伯利亚平原与中西伯利亚高原分界线上的叶尼塞河的风风雨雨,洗礼得他满脸皱纹、皮肤粗糙,"活脱脱一位好心肠的西伯利亚大叔"。也就因为这个缘故,他笔下的大自然就总是充盈灵性,富有强烈的动感,在疾风暴雨过后,在絮絮叨叨的溪水旁,他会一连几小时观察花蕾悠悠绽开,欣喜地看着黄瓜怎样开花、结出小黄瓜纽儿;他哀叹一片秋叶从枝头飘零到地面……他看到,狂风骤雨过后黑麦倒伏在地上,虽然很吃力,但还是慢慢从地上站立起来……而在这位大作家的作品里,所有这些景语都是情语,融化着人/作家的心态和情绪。请来读读这篇《羽毛留下的思念》:

> 雪,融化了,湿漉漉的。
>
> 玻璃窗上残留着一片羽毛。鸟羽揉破了。没有光泽而且看上去没有生命的神采,令人痛心。可能是一只小鸟儿夜里用喙啄我的窗户,哀求我给它些温暖,而我这个人听力不济,没有听见,因此没有把它放进屋里来,于是这片洁白的羽毛就贴在了窗玻璃上,像是在责怪我。
>
> 后来阳光晒干了窗玻璃,小鸟的羽毛不知飘落到哪儿去了。可是它却给我留下了痛苦的思念。也许这只雏鸟儿没有找到栖身之所过冬,没有活到春暖花开的季节。我心中有一种莫名的郁闷和忧伤。无疑的是这片小小的羽毛飞入了我的心扉,黏贴在了我的心上。
>
> (陈淑贤、张大本/译)

阿斯塔菲耶夫,一位20世纪在世界上占有重要文学位置的大作家,在为谁痛苦?为谁忧伤?为什么忧伤?思念什么?思念有多悠长?

这样的作家在欧洲、在美洲固然不止三五个,但为数也不多。

在我国,刘先平长年累月在荒无人烟的艰险所在披荆斩棘,时时还要提防猛兽、毒蛇、山蚂蟥、牛蜂……的袭击,每天忍饥挨饿走几十里隘道,晚上还得在跳蚤、黑虫满身爬,在臭气熏天的牛尿味中睡去,这样,第二天才能在鸟鸣声中迎来清新的黎明,才能在山崖的云海间继续在险象环生的境域中开始工作……

> 小翠鸟发现鱼了,飞下了树枝,向水面扎下来,可是不知为什么,快到水面时,它却不往下飞了,抬起头,翠蓝的小身子向上一仰,两只翅膀不停地拍扇着。
>
> 它就停在那个高度,不上,不下,不前,不后,像是直升飞机泊在空中,两只小眼睛却紧紧盯着水面。
>
> 突然,它头一低,尾巴一翘,猛地往水里俯冲,然而小鱼在它眼皮底下遛跑了。它还停在空中,耐心地等,直到小鱼再浮到水面,才立刻扎下去,一口叼住……
>
> ——《云海探奇》

动物捕食的场景可以有千千万,但是小翠鸟捕食的技能技巧,停泊在空中的耐心,刘先平给大家所勾勒和细描的,却是独一份。

这样的人,这样的作家,在我国尤其是凤毛麟角。

有的作家是在庭院里和动物朋友游戏着、玩乐着、观察着、感受着,把自己独特经验与体验精心营造成了动物文学作品;至于动物园里的动物驯养员,就直接把园务工作体验和所见所闻演绎成了精致的动物故事。但不是愿意在林海雪原里付出辛苦劳瘁的人都有幸成为动物文学作家,不是所有动物驯养员都能成为专业作家。所以,其动物文学作品多大程度上能受到读者的青睐,走进人们的阅读,还得具备文学天赋、文学涵养诸方面的种种非意志与努力所能成就的条件。这样,进入文学宝库、进入文学史的动物文学作家、作品,就当然只能是少数了。

六、人文文学和动物文学

人文文学和动物文学在许多时候、许多情况下交叠、混合在一起的,只是常人没有多少区分的必要,但是一旦准备为动物文学来建立系统的理论,那么就必然面临区分人文文学和动物文学的问题。

人文文学中也有不违背动物学原理的。读者读它们,也不一定会意识到自己是在读动物文学。这里举一首诗为例:

听 话
韦苇

老母鸡,
抱小鸡,
抱出一只小鸭鸭。

小鸭鸭,
呷呷呷,
漂在河里,
直叫妈妈。

鸡妈妈,
去救它,
"我教你刨地,
你总不听话,
现在你看,
遭淹了吧!"

小鸭鸭,
只管划,
"妈妈,妈妈,
下水来呀,
干吗尽去刨地,
河里有鱼有虾!"

鸡说鸡话,
鸭说鸭话,
哦哟什么叫听话?
你说什么叫听话?

这首诗从生物学原理来看没有违背动物生性原理。鸡只在泥地上刨食,整天价往后抓扒,扬起蓬蓬土尘;鸭则总在池沼、水塘里捉鱼逮虾。两者都是没完没了,不知疲倦。但诗的写法一开始就是寓言性的。它的宗旨乃在传达一种浅显的理趣:什么叫"听话"?

再譬如金波的这首诗:

记　忆

我至今记得,
童年的时候,有一天,
我唱着歌,
从草地上走过。

突然,在草丛里,
闪过使人目眩的颜色!
我只觉得一阵寒战
从我脊背掠过。
啊,我看见了一条蛇!

我逃遁得远远的,
望着那条蛇,
它穿过草地,
又游过小河。
像一阵冷风吹过。
它慢慢地、慢慢地
攀上一棵古树,
变成了一根枝条,
在绿叶中隐没。
而小鸟,还在枝头唱着歌。

突然，那蛇，
纵身飞去，
擒住了小鸟，
也吞下了
小鸟没唱完的歌。

（我只看见
几片彩色的羽毛
像枯叶一样飘落……）

我童年的记忆里，
有星光，有月光，
也有春天的花朵。
然而，我
永远不会忘记：
那鸟儿没唱完的歌……

  这首诗的内容也没有违背动物文学所需要懂得的丛林里弱肉强食的法则。丛林里天天都发生着动物觅食、捕食、掠食的场景。丛林法则要求动物有无声无息的脚步，明察秋毫的目光，识别风向的耳朵和尖锐的獠牙。狮虎豹之类的猛兽要维持自己处于林中食物链的高端地位，就必须具备搏杀和捕食的强大本领，只是动物文学的书写需守住"中间立场"，即清醒地认识到：没有弱肉强食的生物链存在，丛林里的活力就难以为继——长白山虎不捕食其他动物，哪来它们的啸傲山林、威猛无敌？丛林活泼泼的生动存在就是因为有丛林法则在维持着动物的生存链条和物种繁衍规则。弱肉强食，在人们看得见和看不见的密林里长年累月上演着。只是，丛林法则是万不可挪用到人世间来运用的。人性的一大意涵就是从根本上自觉、严格排斥丛林法则在社会、人间运用。而金波这首诗之所以无关于动物文学，就是因为它传达的是人的"人情味"，透露的是一种强烈、浓稠的悯恤情怀，欧洲人在这种情况下说的"humanism"，就差不多是这个意思。这首诗所表现的是一种弱者的生命被毁损时在作者心灵里激起的痛切感和震撼感。《记忆》属于人学——人文文学的范畴。动物文学里也难免有人的情感因子和审美因子在隐隐起作用,但重心不在人文。

七、动物文学被儿童文学收编的合理性分析

动物文学在原初意义上,显而易见,它不是为儿童的文学。从创作动因到创作成品到发表园地,作家书写动物题材的文学作品,本也无意于瓜葛儿童文学,希图被孩童所阅读。考察许多动物文学作品之归属于儿童文学,往往是双向的:擅长于"人与动物"题材和动物题材的作品问世后,作家意外地发现他们的作品能吸引少年儿童,能轻易在少年儿童中间赢得众多读者;而在儿童这边也希望作家能为他们提供动物题材的新鲜故事和动人传奇,这类作品内容的陌生感很容易唤起他们的好奇心,让他们从中获得阅读快感和阅读满足。于是,创作方、儿童方、出版方三方一拍即合,共同合谋勠力,在社会上、在文学界、在学术界把这类文学固化为儿童文学的一个分支(至少在中国的情形是这样),成为儿童文学的有机组成部分,成为构成儿童文学的一大块。但动物文学和儿童文学仍然是若即若离的,它们的维系仍然是松散的。不过,有一个明显的事实是,越是低龄儿童可读的动物题材作品,作家创作它们时为儿童的目的性越强,甚至有的创作动机就蓄意讨取孩子的欢心。

在中国,在世界上,普里什文的大自然文学创作现象被关注得最多。如果遍读普里什文的纪实性随笔,那么就会发现,把普里什文认定为儿童文学作家,无疑是窄化了他的作品的深远意义与影响,也涉及对普里什文的评价高度。儿童文学确实难以涵盖普里什文作为"哲理抒情散文开创者"的崇高地位。他的自然美和人性美母题的创作,反思着人性的丑陋残酷、净化着人们的心灵,从伦理道德的角度加速着人类文明的进程。具有如此重要价值和意义的普里什文,应不能为儿童所独享。纵然就整体的大文学而言,纵然就世界范围而言,很难找出第二位作家能如他这样把自己柔韧的美学触角潜探到世界的原初和根本,能如他这样饱蘸诗意的笔墨去触摸人类血缘的根脉,让读者感受到阳光与水流的纯净、树木生长的蓬勃和繁茂。与此相类似的,还有中国黑鹤的作品,把它们框定在儿童文学里,其实也是窄化了它们的阅读意义。

动物文学被归属到儿童文学,是因为有相当数量的动物文学作品连年龄偏

低的儿童都可以阅读欣赏,对他们具有强劲的吸引力。于是,教育工作者们就认定"儿童大自然文学阅读是儿童教育培养体系中的重要一环",其理由有这样五个方面:

1. 培养孩子们对大自然人道的亲善关系。
2. 为孩子们认知大自然中繁富生态的知识及其规律奠下初步基础。
3. 引导孩子们发现和感受大自然的美质。
4. 在孩子们的内心深处培养保护大自然的意识与愿望。
5. 让孩子们知道到野外参加卫护大自然行动的途径。

动物文学的功能从来是双重的,既有文学美的诱惑,同时又能扩大和深化对大自然世界的认知。教育工作者队伍,其数量之庞大、之遍布于广大地域的每一个角落,他们理智地、自觉地——在认识到动物文学的作用和意义的前提下——来接受动物文学、利用动物文学,搭起动物文学通往儿童读者的桥梁,是动物文学创作者们和出版者们所梦寐以求的事。所以,动物文学成为儿童文学的组成部分,主要是因缘于动物文学数量众多的少年儿童接受者的存在,也就是说,动物文学在孩子们那里有"买方市场"。

八、"动物文学"的命名

命名往往是先姑妄名之,后姑妄用之,渐渐约定俗成。譬如今天文学理论著作中普遍采用的"儿童文学""成人文学""女性文学"等等,若究根问底,其科学的准确度都是有待探究的。"儿童文学"这种命名就可以被提问:"儿童文学"是儿童的文学?是儿童写的文学?那么,"动物文学"也是姑妄名之,姑妄用之,"动物文学"作为一个术语其边界在不同的学人那里有不尽相同的理解,至少有"宽""严"两种。

C.G.D.罗伯茨于20世纪初年在《动物故事概述》的自序中第一次提出了"动物文学"这一术语。但是欧洲后来并没有普遍采用,即并没有用"动物"作为定语来限定一类"文学"。教科书里用的是"大自然文学""儿童大自然文学""以动物为描述对象的文学""动物故事"。中国通常言论中的"动物文学",在外国语里与"动物故事"最相近。看来,"动物故事"(包括篇幅较短的描述人与动物关系、动物与动物关系的小说)的涵盖力比较强。但在中国人的感觉里,用"动物故事"来概括这一类文学,似乎显得分量轻薄了些,容易造成与动物文学内涵、规模、审美要求不相称的误解,中国的动物文学作家们也不愿意说自己是"动物故事的专业书写者"。

1983年—1985年,我撰修《世界儿童文学史》时,因为是史无前例,需要做的综合、归纳、分类、命名工作是大量的。我必须在"大自然文学""动物故事""动物文学"三种指称里挑定一种作为《世界儿童文学史》中一类文学的章节标示。这三种指称互有交集。我选定的指称即命名应该能够与这样一些经典文学创造者的名字相配称:西顿-汤普森、费·萨尔登、米·普里什文、韦·比安基、乔伊·亚旦森、椋鸠十、吉约……这三种指称都有"动物文学"的内涵,但三者所指都不尽一致。哪一种指称与我对文学史是最恰如其分的呢?写文学史,文学性必须立为第一标准。而所谓文学性强不强,又主要取决于作品中人和动物的形象多大程度上是成功的,对于人与动物关系、动物与动物间的关系的描写多大程度上是精准和深刻的,对于动物传奇的表现多大程度上是地道的和到位的。"大自然文学"的描述对象包括山川湖海间生活着的所有生物,虽然野生动物必然是描写的主要对象,但对植物、花卉的观察与实录也一定会占相当重要的位置(俄罗斯的尼·帕甫洛娃博士就是专写以植物、花卉为描述对象的文学作品的,并流传至今)。对植物的描写多半是静态的。然而对孩子有着强大吸引力的则总是动态的甚至惊险的描写,狂野、猛烈、奇谲、跌宕,传奇性、陌生感和意想不到的结局等等,总是更能抓住孩子的阅读注意。"动物文学"书写注重的是后者。更重要的是,"大自然文学"不涵盖活跃在田园中、庭院中、动物园中的动物,而动物文学中,"庭院狗猫文学""田园动物文学"是其重要一脉。我于是有理有据地选定了用"动物文学"来命名以西顿-汤普森、普里什文、比安基、吉约和他们的动物小说为高地标志的这一大块文学。定名时引用了法国安·拉格尔德的话:动物文学中的动物"比神话中的仙女们要更可信";也引用了日本户川幸夫的话:"动物教我们的东西意外的多。"并指出:这个文学品种吸引了一些生物学家和大自然探索者为少年儿童创作了许多新奇而又有多重价值的作品。

自中国有儿童文学理论著作以来,这是头一次在文学史里设置独立章节来介绍和阐述这块内容独特的文学。2009年,在《世界儿童文学史》出版后的第23年头里,在应运而生、面貌崭新的《儿童文学概论》(朱自强著)里,"动物文学"被作为其中的"第十一章"进行了理据齐全的论列。到此,"动物文学"的崛立和它的命名应已然趋于稳定,没有人企图去动摇它了,因为在命名这块文学时,就严格地遵守了动物文学的国际通则:把生物界生命科学奠为这块文学的基石,强调的是大自然生命观的真实,是一种与人类密切相关却远离人类中心主义的对动物生命历程和生活习性的种种事件的生动呈现和细致描摹。

第一章

动物文学独立研究的必要性

第一节 动物文学需要独立研究

一、动物文学在文苑中自立门户的依据

描写动物的文学,如若对其作溯源研究,那么可以追溯到公元前。公元前9—8世纪的荷马史诗《奥德赛》里,狗就已经成为史诗里的一个角色,写到一只诨名叫"百眼巨人"("警觉性很高"之意)的经验丰富的狗,独自离家长期浪荡之后,回来居然还认出了自己当年的主人。十九世纪欧洲专事动物保护的塞西尔·奥勃里为孩子写了一部长篇小说《漂亮的狗狗和塞巴斯蒂安》,叙述一个男孩和一只比利牛斯山的狗一起共历险难的故事。以狗为主人公而成为传世之作的自推埃利克·奈特的《莱西》,叙述英国南方一位旷工家里养的一条叫"莱西"的狗,它每天到学校门口去等小主人乔从教室里出来,可是有一天莱西不来接乔回家了,男孩乔回到家才知道,原来是父母因为穷困,无法渡过眼下难关,不得已把莱西卖给了别人,而那买狗的人已将莱西带到了千里遥隔的苏格兰;让人万万意想不到的是,忠实于男孩乔的莱西竟克服重重困难,从千里之外回到了乔的身边,重又出现在了乔的面前;这个狗的故事还被拍成了电影,深深感动了欧美的观众,以至于"莱西"就成了西方家养宠犬的共名。法国儒勒·凡尔纳的著名小说《地心之旅》《两年假期》《神秘岛》的小说主人公在险难重重的旅程中常常是多亏有狗在身边,或相救或相助,狗成了主人公们最忠信的依靠,险些失足时有了狗这根拐棍就站稳了脚跟,作家通过动物描写传达出自己的心境和感受。同样,美国作家约翰·斯坦倍克在他的小说《鼠和人》中描述了这样一个悲惨场景：自私、不公和孤独统宰着的人间世,一只年迈的狗和一个靠打工度日的老穷汉紧紧相依,前者正一点点咽气的时候,旁边的主人也喘出了人生最后一口气,人和狗,狗和人,这样的相依相怜,同苦同命,这意蕴深刻的小说篇幅不长,却读得人心直打寒颤；斯坦倍克用另一种格调写成的《小红马》,更是儿童文学史上必须记载的名篇佳作。世上多有类似的关于动物的故事。许多动物学家、动物酷爱者、大自然保护区的相关人员、大自然摄影爱好者、不畏山高林密和条件陋劣的作家,等等,很多很多,若要说出他们的名字,诚会是很长的一串：英国的安娜·史薇尔、杰·达莱尔和考·达恩、詹·奥尔特里奇、吉卜林、马特·休厄尔；美国的玛·金·罗琳斯,还有阿特沃特夫妇、威·约·兰格、卡尔·凡-多林、鲁特·弗兰奇尔、阿·凯申、坡尔·盖利科、阿·宾兹、凯瑟琳·拉丝季；法国的吉约、黎达和莫·格纳瓦；包括德国和奥地利的德语地区葆有动物文学的传统,除广为人知的乔伊·亚旦森,还有别·葛日密克、孔·劳伦茨、冈·鲍埃尔、埃·施特里马特、弗·罗尔德、卡尔·弗·利什和海·凯伊；斯洛伐克的鲁道·莫里茨忠实纪录他林猎生涯的《从猎袋里取出来的故事》是一部受到广泛青睐的动物文学名作；波兰除扬·格拉鲍夫斯基的家园动物小说名著外,还有动物驯养员安·扎宾斯卡娅的动物故事集；塞尔维亚有埃·斯塔涅夫、默·伊萨耶夫、斯·布莱奇、阿·赫罗马齐奇；保加利亚有埃·斯塔涅夫和莫·伊萨耶夫；澳大利亚的莱·黎依斯,挪威的英·斯温索斯、乌·库歇隆；芬兰约·库尔维年描写狼犬与少年学生的故事《狼犬罗依》系列(10 部)；日本有椋鸠十等。至于加拿大和俄罗斯,本书后面将论证它们确是世所公认的动物文学大户,它们有庞大且有实力的作家群保证其在动物文学史中的崇高地位。

动物文学是由上面列举到的这样一大批有实力的作家在支撑着的文类。没有作家们及其动物文学创作成果在数量上充作连绵的群山,没有足够优异的动物文学作家像高峰矗立于群山之上,动物文学自是难以被公认是一个文种、一个文学支脉的。

二、把动物文学同寓言区分开来

寓言是简短而完整的,以传递精神、睿智、道德和伦理教谕为目的的虚构故事。中国的寓言成熟得很早,《庄子》《列子》《战国策》《说苑》等古籍里,就有与明代由传教士和利玛窦带入我国的《伊索寓言》有相同的形式和目的故事文学,即为了强化说理有效性而在言论中插入的简短故事,有趣,好听,在深意盎然中领悟了宣传主体所要达成的效果。中西方寓言相当一部分以动物为角色,是一种巧合。人类的祖先,或民间或文人圈,都为说服受众而采用动物角色来虚构蕴有道德格言、社会责任、生活真理和言传教诲内涵的微故事。而动物文学作品不担负或不在意精神道德伦理的宣谕目的,连人文文学里的真善美、假恶丑这类美学意蕴都不宜来主宰动物文学。动物文学不排斥使用人文文学的常用手段来书写实录性很强(或必须符合生物学真实)的动物故事。中长篇规模的动物故事作品里有虚构,但其虚构严格受到生物学真实的制约。

动物文学作为一个文类的形成,它比寓言的形成要晚好几千年。

有许多寓言并不用动物承载意涵寄寓,而动物文学则必须是以"人与动物"或"纯动物"为故事角色。

寓言从发生学意义上说,它并不是为儿童创作,甚至完全没有为儿童的初衷。但动物文学几乎一开始就被儿童文学收编——虽然其本意从来也都不一定是为儿童。

寓言中的动物,多数与动物"类"的特性不违悖:狐狸是狡猾的,兔子是胆小的,狼是凶残的,麋鹿是警觉性很高的,狮子是勇猛的,马是骄傲的,驴和骆驼是耐劳的,等等。这些都是人类祖先从长期体验、观察中总结出来的动物"类"的特性。然而,动物文学的创作不是以这些"类"的特性作为出发点和归宿的,也不是为诠释这些"类"的特性而提供形象的实例,动物文学不以"类"的特性来支撑自己的存在。

三、把动物文学同童话区分开来

动物文学和童话,比之于寓言有更多相邻的品格。譬如,费·萨尔登的《小鹿斑比》,就是一部骑墙文学作品,童话史固然在说《小鹿斑比》,但动物文学史有时有的人也把《小鹿斑比》纳入自己的论述范围。可是,童话借动物说事,动物就频频开口说人话以演义情节、推进故事发展,而这是动物文学所忌惮的。下面举个例子:

想咕哒叫的小鸡

全院子的鸡都知道,一只毛茸茸的小黄鸡很想学母鸡妈妈叫咕哒咕哒。可一开口,就总叫成"叽——叽——叽"的声音。

"为什么你这么叫咕哒咕哒呢?"母鸡妈妈想来想去,怎么也弄不明白。

"不为什么,就为咕哒咕哒呀,好听呀,有意思呀,"小东西叹了口气说,"我是不能咕哒咕哒叫了,我是学不会了。"

不管小东西多努力,可就发不出咕哒咕哒的声音。她只好细声嫩气地叽—叽—叽……

时间一天一天地过去,黄毛小鸡不知不觉长成了一只漂漂亮亮的白母鸡。谁都知道,母鸡是必须学会咕哒叫的。可是,咱们这只小母鸡直到现在还是叽呀叽呀地叫。

她感到太难受了,很生自己的气。她一急,一打哽,把母鸡都会的咯咯咯,也发成了"咯——咯——咯"。

老公鸡不止一次安慰她说:"用不着苦恼。"他说,"你能咕哒叫的时候总会到来的。要叫出真正的咕哒声,每只母鸡都有一个很重要的原因。无缘无故怎能叫出咕哒声来呢?所以你得有耐心。"

老公鸡的话并不能使她感到宽慰:她已经等了太多的日子,可总是不行;她都失去信心了。

有一天早上,这只母鸡下了个蛋,白生生的,光溜溜的,个儿还挺大,十分可爱。

她为了让全院的伙伴们都来分享她成功的喜悦,便大声叫起来:"咕的—咕的—咕哒——!"怎么搞的,她便没有要咕哒叫呀?她这才明白:要发出咕哒的叫声,只有在生下了这样一个了不起的、白生生的、光溜溜的蛋之后才行。她高兴极了。

也许她是想叫别的母鸡都来看她下了这么大、这么漂亮的蛋吧,这下全院子都听到了她响亮而又充满自豪的声音:"咕的—咕的—咕哒——! 咕的—咕的—咕哒——! 咕的—咕的—咕哒——!"

(拉乌德【爱沙尼亚】,韦苇/译)

这篇故事的内容符合动物的生物学原理。但这篇故事毫无疑问就是作家特意为低龄儿童而创作的童话,为的是让孩子懂得"动植物都有不可违逆的自在规律""耐心对于任何成功都是不可缺少的"之类的意思。

动物文学不一定是为儿童的,而童话虽然可以也应该适合各年龄段的人赏读,但从作家创作到被阅读的事实,它就是儿童文学主要的一大种属。

童话必定是虚构的。而动物文学里的"虚构"只是在保证生物学真实基础上的一种辅助性文学创作手段;动物文学创作必须以自然真实为基底,动摇了生物性真实对动物文学的根基意义,就是动摇动物文学本身。

四、把动物文学同动物知识读物区分开来

在论述"动物文学"同"动物知识读物"的区别时,不妨先举个例:

> 鸟卵的大小,不是一律,雏鸟的大小也随之而异。豆那样大的蜂鸟卵,她的雏鸟,好似一个蜜蜂;鸵鸟的卵,巨大得像我们的头,它的雏鸟就有鸡那样大。
>
> 假如你破碎一个新鲜的卵,你将不能看见什么雏鸟,因为这时候雏鸟还没有形成。后来卵被母鸡抱伏着,受着母鸡的体温,经过多日,卵内的雏鸟就逐渐长大,一直大到充满壳内。
>
> 母鸟静伏巢内的时候,雄鸟不是常能帮忙的。惟蓝鹊的雄鸟,能取食物来给她,所以她能长时间伏在巢中,不用离巢。有些雄鸟也代母鸟抱卵,而让她去觅食。有些则甜言蜜语,骗母鸟同去觅食,暂时将卵和巢放置着。
>
> 雄鸟另外有一种事业,就是唱歌,这就是我们在春天常常听到鸟儿歌啭的缘故。雄鸟终日伴着雌鸟,无事可做,异常寂寞,所以歌唱起来,消遣自己,也慰藉雌鸟。
>
> 卵内的雏鸟渐渐长大,觉得不舒畅,太气闷,她于是用她的嘴尖的齿,特名为"卵刺"的,啄破卵壳,雏鸟就走了出来。
>
> (贾祖璋:《鸟类研究·雏鸟》)

有许多知识性叙述中,在保证动物知识可靠性基础上所讲述的可能会形成一个故事,但目的还是为了把有关动物的生物学知识精准地传递给读者。

刘御下面的这首题为《骆驼》的歌体诗,虽写成了诗,但传递动物知识还是其作者意图:

> 四腿长长脖子弯,
> 背上驮着两座山。
> 膝盖上面套软垫,
> 大脚掌儿分两半。
> 眼睛外面刮窗帘,
> 鼻孔有门能开关。
> 冬天反穿大皮袄,
> 夏天又把单衣换。
> 一次吃饱水和草,
> 几天不饿不口干。
> 担上重担走沙漠,
> 不怕烈日和风寒。
> 它的名字叫骆驼,
> 外号"沙漠里的船"。

《骆驼》让幼儿一读就记住这种动物的生活、劳作特点,它用大量的谜语作比方,其知识无一处不准确,但总体来说,它更是幼童知识儿歌。

动物文学是文学的一个类别,保证文学性和可读性是它的使命所在。动物知识读物首先要确保知识正确;动物文学作品在保证科学性不受损害的前提下,要求蓄涵文学的阅读魅力。前者以知识的传授被人需要,而后者需做到"读者不邀自来"。

第二节　动物文学研究成为一门显学

显学,是指在社会上处于热点的、备受关注的学科、学说。在文学研究中,"鲁迅研究"一直都是显学。这是由"鲁学"的文学内涵和审美内涵的深广度决定的;《红楼梦》研究也从来都是显学。这也同样是由《红楼梦》作为中国四大古典文学名著之首的文学内涵和审美内涵的深度和广度决定的。儿童文学成为一门显学,是因为民众生活的逐步改善甚至显著改善,是因为父母、家庭有财力、物力来保证家庭、社会对儿童成长和培养的重视及其可能性决定的。父母、家长本身文化程度的普遍提升,他们对自家孩子涵养、出息的焦虑,自然而然引起父母、家庭、社会对包括文学在内的儿童读物的重视,不惜财力投入,出版社看到其中庞富的商业机会,包括文学在内的文化部门敏锐地意识到社会、政府对儿童文学阅读和出版中应负的管理责任,在这种情况下,儿童文学作家自发地增加创作数量的同时,竭尽心力去提高自己的文学创作质量,使之愈益精品化。儿童文学数量和质量的客观存在,自然而然使文学理论研究工作者"随行就市",遂使儿童文学研究脱颖而出,成为一门显学。

动物文学研究成为一门显学,是因为 20 世纪虽然发生了两次世界大战,褫夺了人类多年的安宁,但人类创造动物文学的脚步并没有因战争而停顿,加拿大动物文学、俄罗斯动物文学中的一些经典作品都是在 20 世纪前半期产生的,甚至乔伊·亚旦森离群索居到肯尼亚奈瓦沙湖畔进行野生动物考察,主要是对狮子、猎豹等猛兽展开旷日持久的研究,其过程的时间就含括了中国、苏联、英法、美国结成的同盟国对法西斯轴心国——纳粹德国、意大利、日本的战争年月。这样空前规模的大战居然没有让乔伊·亚旦森夫妇中断对母狮由野到驯和由驯到野的开创性实验,乔伊还根据自己的亲身经历写成了她的《她生来是自由的》(中译作《猛狮爱尔莎》)和《我的朋友——猎豹皮芭》等名著。动物文学作为显学的热点地位是以成批质量坚挺的作品作为基础的。中国在 20 世纪 80 年代前主要是翻译一些国外的动物文学作品,所幸的是中国在 20 世纪 80 年代后到 21 世纪初期,动物文学作家和作品被广泛关注,也引起了研究者的重视,譬如时有对诸如黑鹤、沈石溪等人的动物文学作品展开研究性讨论。动物文学创作和对它的研究互相助推,出版品热销不衰,使对它的研究成了一门显学。

动物文学研究之成为显学,还因为动物文学的传播方式并不止步于报刊、书籍等纸媒体,还由作家本人,更多是由他人,改编成幻灯片、动画片、电影、电视,在银幕、屏幕上获得第二次生命,其影响被无限放大。关于《莱西》(《莱西回来了》),前述中已有提及。这部作品出版后,评论家就预言:"这是一本出类拔萃的、关于一只神奇的狗的故事;今后人们将在众多描写狗的故事中脱颖而出、长印不衰。"果然,这部关于狗的故事1940年出版后很快就被译成25种以上的文字出版,还分别于1942年和1978年两次拍成电影。杰克·伦敦的小说被拍成电影的数量更多,仅长篇小说《海狼》一部就10来次被搬上银幕。西顿-汤普森的《狼王传奇》《狼王洛波》《熊王传奇》《熊王察克》《黑狐多米诺》分别于1962年、1970年、1973年被拍成电影;《小狗钦克》1992年在俄罗斯被拍成动画片。德国教授仑加尔德·格日密克的《坦桑尼亚国立动物公园不应毁灭》被搬上银幕后获"奥斯卡"金像奖。在俄罗斯,仅比安基一人,鉴于他的作品能给观众首先是孩子以种种趣味性认知,一再以纸媒体以外的影像形式深入大众,深入儿童,仅以被搬上银幕一项,从1937年的《第一次打猎》到1998年的《猫头鹰》至少有13部。格·特罗耶波利斯基本人就是一位电影剧本的作家,20世纪70年代,他荣获苏联国家奖金的长篇动物小说《白比姆黑耳朵》被搬上银幕后短时间内轰动了横跨欧亚的俄罗斯大地;而乔伊·亚旦森的《猛狮爱尔莎》被搬上银幕后当时就轰动了欧美,感动并启示了整个西方世界的人们重新认识大自然,尤其是大自然中的猛兽。国际安徒生奖的第六届得主吉约的小说《白鬃马》(1953)被拍成了电影;法国著名导演据普·格兰佩尔据吉约的小说《幼狮》《母狮希尔伽》改编并拍摄了两部影片,分别于1993年、1995年公映。被拍成电影、电视、动画片、卡通片的远不止这些,在此自不能一一列举。

动物文学研究之成为一门显学,其原因很多,大略梳理如下:

一、动物文学自有独特内蕴和魅力

现代人物质上享受着现代科技文明的成果,而心灵则仍需要大自然的滋润和抚慰。英国现代大自然文学作家M.赖特对此说得好:"水鹈的宁静与歌声是弥足珍贵的,因为它们安抚着人的心灵;果园、阳光及归来的牛群都是弥足珍贵的,因为它们温暖着人的感情。"人类工业文明的一些消极后果,是人们始料未及的,割断自己与太阳及大地的联系的结果,就会让人类从根上流血!人类到此时才发现动物,譬如,人从狗身上竟还可以获得人道主义的启示:真心实意友爱、关心、悯恤和互助。安东·契诃夫发觉自己的动物文学名著《卡什坦卡》受到儿童读者广泛青睐后发表感想说:"我有时觉得家畜素有的那种对主人的容忍、忠实、大度和真挚,对孩子所发生的肯定性影响,远比冗长的说教要强有力得多。"

这也就呼应了法国罗朗夫人的一句话:"我对人了解越深,就越发喜欢狗。"在此,契诃夫和罗朗夫人的话,都是在说,从动物身上可以发现许多积极的、具有正面启示意义的东西,可以用来反观人性中某些顽劣与瑕疵,克服人与人之间的牵系和思念的日渐荒凉。经常读些动物文学,就可以做到不时时刻刻把社会价值作为自己的人生标准,减少些烦躁情绪。

中国的动物文学同欧美的动物文学相比,其发生、发展自然是后起者,但也在 20 世纪 80 年代末 90 年代初,清醒的评论家刘绪源就看到了这一点,他说:"优秀的动物文学之所以能够激起美感,还有一个最基本的原因,那就是人类在这些动物的生活和秉性中看到了自己的影子,比如'母爱'和'童趣'。"他还把"自然的母题"同"爱的母题""顽童的母题"平列为儿童文学的三大永恒母题。他以为,动物文学"传递出大自然的神秘",而"神秘是一种召唤"。凭着神秘的召唤,动物文学就可以超脱于人文文学。动物文学独特审美价值就与动物文学的神秘感有千丝万缕的联系,从而使动物文学的审美价值里也具有某种玄丽的色彩。

二、动物文学在文学中的位置

关于动物的文学,在文学大系统中本来就占有自己的位置。许多大作家,许多语言艺术大师在动物文学的宝库里留下了他们珍贵的遗产:杰克·伦敦的《白色的獠牙》,约·吉卜林的《茅葛利》(《丛林传奇》,系获诺贝尔文学奖的主要依据),西顿-汤普森的许多中短篇动物小说,屠格涅夫的《木木》和《麻雀》,列夫·托尔斯泰的《兜售粗麻布的人》里的《白马的故事》以及名作《狮子与小狗》,契诃夫的不朽短篇《卡什坦卡》,还有,流布于民间的关于狗、鹰、狐、虎、狮、驼鹿和麻雀、兔、鲸鱼……的传奇故事就更不计其数了。这些被塞·叶赛宁叫作"我们的小本家"的动物为什么会受到大作家们的关注呢?其潜在的原因有种种。

其中的第一个原因是,人与动物、人性与动物性难于割舍的天然联系。正因为如此,我们能够理解动物和它们的世界。人只要认真仔细留意动物的动作、表情、姿态,就可以猜测到动物的举动所传递出来的感受和心态,知道动物是怎么想的,其意图是什么,欲达成什么目的。动物的表情和形态无限丰富,其复杂性是人所难于完全臆测的,而对于有心人来说却是趣味无穷的。

其中的第二个原因是,人类越来越明显地意识到,人乃是地球上自然生物的一部分，并且很容易意识到，要是大自然毁灭了，那么人类也就随之毁灭了。真正热爱大自然的人，真正读过些动物文学的人，他不会一边嘴里说着保护大自然的生命活力，却一边捡石子、树枝去伤害松鼠和金花鼠，去捅毁树上的鸟窝，而是脚下留情，以免踩死没来攻击人的蜘蛛和甲虫。

其中的第三个原因是，动物文学已经成了儿童文学中响当当的领域。动物文学可以让孩子在还不懂"生命"为何物时，就开始敬畏生命——枝头摇曳的绿叶，水中翔游的鱼儿，海面穿飞的海鸥，不倦采蜜的蜜蜂……抽象的"生命"，孩子不懂；具象的生命，孩子已经懂了。少年儿童从浸透了人道精神的对动物的生动描绘中，理解"生命""善爱""人性""美""悲悯"，也就正如列夫·托尔斯泰所坚信的"……一个人，他越是对所有的生灵怀以悲悯情愫，他就越善、越好、越人。""越人"的原文是"более человек"，托尔斯泰的意思应该是"越具有人味""越像个人"。

三、动物文学的强韧生命力已经得到时空检验

动物文学强韧生命力的证明，用不着到法国的动物史诗《列那狐的故事》里去寻找，虽然那部史诗传诸久远，尽人皆知；也不必过于借助 J.哈代《林中居民》中"林鸽在树林中抖动翅膀的响声"，甚至也不必过于求助文学名著《小鹿斑比》里那令人心灵悸动的形象，因为它们都不在我们所严格划定的动物文学范围。动物文学的强韧生命力可以到 19 世纪前半期的俄罗斯文学圣匠屠格涅夫的《白静草原》《木木》《麻雀》《鸫鸟》《鹌鹑》《沙鸡》里去寻找。屠格涅夫大自然题材的部分散文，一直被收在教科书里，让孩子与动物情脉相通、肺腑相悯，并从中向大作家学习使用母语。

动物文学的强韧生命力可以从地道的"动物文学"中去寻找，譬如，列夫·托尔斯泰的《狮子和小狗》，仅寥寥几百字，却用戏剧性的情节写出了一个闻所未闻的感人故事：小狗被抛进笼子里去喂狮子，不料因为小狗看上去小巧温顺，而使狮子喜欢上了它，"当园主扔肉给狮子吃的时候，狮子撕下一块留给小狗。"于是小狗就枕在狮子脚爪上睡觉。而更奇不胜奇的是，一年后小狗死了，狮子竟从此一蹶不振、痛不欲生，"狮子突然腾地一跳，立起毛，甩动尾巴猛捶自己的腰侧，一下下在笼栅上撞击，还咬铁栏杆，啃地板"，然后抱着死去的小狗一直躺着，到第六天，狮子自己也死去了。这样的故事只需读一遍就会让人永生铭记，没齿不

忘。因此无妨说,列夫·托尔斯泰的《狮子和小狗》是一件小型巨著。

当然,至此就不能不提起西顿-汤普森、普里什文、比安基和乔伊·亚旦森了,因为在孩子们的阅读视野中,首先是这些作家的作品抓住了他们的心。

如今,动物文学已是一类大众文学,也就是说,动物文学作品普及率已经很高。倘若要谈论人和大自然的关系和谐问题,要了解大自然的奥秘,有见识的人就会说:去读动物文学,去读西顿-汤普森、读乔伊、读比安基!

四、对动物文学的研讨不再停留在褒赞和赏析上

对已经被证明是成功了的动物文学作家和作品作赏析、评鉴和推介,必须由文学评论工作者来做到位,让读者在有限时间里读到动物文学的菁华之作,并有效地影响他们精神世界的完善。儿童文学理论工作者们在做这件工作,文学媒体也在做这件工作。他们的工作都是有效的,发挥了预期的效果。

但是,这不应该是文学评论工作者责任与使命的全部。他们的头脑和肩膀应该显示他们的文学担当,告诉读者:什么样的动物文学是最地道的动物文学,是真正优秀的动物文学。

当有的人评介西顿及其作品的名人语录里,在西顿名字前后冷不丁加进了一个中国作者的名字,意图在夹带中顺便推介这位中国作者的动物文学作品。这就不只是编辑工作的诚信缺失,而是为了赢利不惜编造虚假信息,是不择手段了。这时有人站出来责难,是维护信息真实性的需要,是维护读者知情权的需要。如果说这种造假还不是普遍现象的话,那么不止一位批评家站出来质疑动物文学(主要是动物小说)中某些细节偏离生物科学原理,显见作者没有近距离直击鸟兽世界,把人类社会学意涵、人类伦理关系意涵植入其作品,对动物、动物社会、动物关系作"合理的想象"等等。这种质疑所维护的是动物文学之所以能成为独立文学品种的本体性应有本质,所标志的是动物文学创作与研究理论之日臻成熟。

刘绪源在谈到动物小说异军突起时,就指出:"它写真实的动物,真实性、纪实性,从一开始就是它的基本特色所在。"在他的动物文学信念里,动物小说的"纪实性"是不可动摇的——"离开这种纪实性,就不是严格意义上的动物小说。这是这一文学形态脱颖而出的根基所在,也是它受到小读者们特别关注的关键

所在。"当今中国动物小说的创作,需要有文学良知的评论者出来大声疾呼:"要守住底线!"

批评家们的担忧,是让中国动物文学自觉和欧美的动物文学比较,后起的中国动物文学每一个前进的步子都需走得稳当,不越出动物文学这个文类的创作通则——要警惕,动物文学不能滑向沃尔特·迪斯尼,把动物写成披着动物外衣的人类。

这些质疑之声,是动物文学研究作为一门显学在我国渐趋成熟的一个实证。

第二章

动物文学的分类

动物文学的分类很难使用严格的、绝对的科学术语,因为各类别的动物文学彼此间的交集是显而易见的,因此绝对的边界很难划定。而对动物文学大体的分类还是可以进行的。大体的分类参照的是这样一些标准:创作动机;对阅读对象的照顾;叙事内容和方式;作品形制;规模大小;有无故事;人物角色(人、动物)刻画时对典型性、个性的注重程度;对故事性的强调程度;对文体、样式的有意识采取,等等。

第一节 动 物 故 事

"动物故事"是一种很泛的、难于严格确定边界的说法,甚至可把所有故事性动物文学作品都笼统涵括在其中。"动物故事"一般来说多指形制不太长,在较短时间内可以读完,故事性却很强,是一种富于戏剧性甚至喜剧性的动物纪实类作品。动物故事多以"事件"相贯穿,但仍要求形象鲜明、生动。

动物故事有许多典型的、代表性很强的故事可以取来作为例子。令人印象深刻的可举俄罗斯的盖·斯克列比茨基的《大狼狗把门》。

故事中的尼古拉依给自己的好朋友"我"(住五楼)带来一只叫"杰克"的大狼狗。

我对他说的杰克细作打量,嚯,好大一条狗,说它是条狼也可以的:"毛灰灰的,嘴尖尖的,耳朵竖竖的,尾巴毛茸茸的向下拖垂着,就跟狼没两样。"

尼古拉依自己有事走了。杰克这条很聪明的大狼狗就被留给"我"当警卫,看家,什么小偷都进不来。可是万没有想到故事没有发生在"进不来",而是发生在"出不去"。"我"要到郊区别墅里去住一晚。然而杰克不让"我"出门。

"怎么办?"我竟被看守住了。

起先,我想开导开导它,不成,就想哄哄它,后来,甚至用饼干、用糖块来博取它的欢心,赢得它的好感,但全没有用。我简直要绝望了:难道我就得在家傻呆两个星期不出门,要一直等到我的朋友回来解放我?在这两个星期里,我和杰克都得饿死,就是不知道谁先死?

不巧这时伊凡·谢尔盖耶维奇来约"我"外出。可客人进来就出不去了。"我"和伊凡·谢尔盖耶维奇千方百计设法出去,办法想尽,就是出不去。这时送牛奶的安娜·谢尔盖叶芙娜偏巧来了。"我"的妹妹放了安娜·谢尔盖叶芙娜进来后,也被困在五楼"我"的屋子里了。送奶员替"我"想出去的办法,再后来接着发生的故事简直精彩极了:

"有办法了!"她忽然欢呼起来,"我有办法了,快把这只胶合板箱子的书给倒腾出来……"

"倒腾出来干什么?"我们不解地问。

"快,快!"安娜·谢尔盖叶芙娜闪着机灵的目光说,"你们情愿在这里蹲两个星期?我可不情愿!"

大家只好听她的。我们立刻七手八脚地把书倒腾出来,一摞摞叠放在墙脚根。

杰克好奇地看我们忙乎,倒是并没有来妨碍我们。

偌大一只胶合板箱子腾空了。

"伊凡·箱子你蹲下,"安娜·谢尔盖叶芙娜命令她的哥哥说,"我们拿箱子扣住你,你爬出去,你从屋里爬出去求救。"

伊凡·谢尔盖耶维奇心有余悸地瞥了一眼杰克,说:

"万一它钻进箱子去,那我就不是给它撕吃了吗?"

"没有万一!它钻不进的,"安娜·谢尔盖叶芙娜回答,"做胆小鬼你不脸红啊!"

伊凡·谢尔盖耶维奇重重叹了口气,蹲下身去,我们把板木箱抬起来,扣住他身上。

"好极了!"安娜·谢尔盖叶芙娜给哥哥打气说,"现在你开始爬,我们告诉你爬的方向,我们说左,你就往左,我们说右,你就往右。"

木箱于是立刻蠕蠕地动了起来。它稍微抬起了一点点,晃晃悠悠地向门口爬去。

刚才杰克一直观察着我们,这时,它欠起身。它的嘴脸露出了惊奇和讶异,表情中甚至还有点恐惧。接着,它竖起了浑身的茸毛,向着一点点逼近它的木箱扑去。可怜的伊凡·谢尔盖耶维奇啊!他在那辆木板制作的装甲车里该受多大罪啊!

杰克扑到木箱上,又是抓又是咬,但木箱还继续向前爬动着。我们屏住呼吸,一动不动地看着。

木箱爬到挨近门口了。杰克旋风也似的绕着箱子打转,但是箱子还在爬着。箱子快爬到门槛那里了,只需抬起一点点,就能过那门槛去。

可事情太出人意料,杰克竟猛一蹲跳,跳到了箱背上。木箱马上紧贴地面,僵住不动了。伊凡·谢尔盖耶维奇惊恐万状的声音仿佛从地窖里传来:

"哎,我爬不动了,怎么回事啊?"

"后退,往后退!"安娜·谢尔盖叶芙娜指挥说。

"我爬不动,怎么忽然这么重啊?"伊凡·谢尔盖耶维奇带着哭腔大声说,"我可快要折成两截了!"

我和安娜·谢尔盖叶芙娜急得在屋里团团转,不知道怎么才能把倒霉的装甲兵救出来。

"我出的什么馊主意啊!"安娜·谢尔盖叶芙娜痛心疾首地自责道,"我把哥哥给害苦了!我们怎么给他东西吃?扣在木箱里蹲两个星期,这罪谁能受得了!"

她软塌塌地跌坐在椅子上。正在这彻底绝望的时刻,像是天外来了客——尼古拉依出现在门口。

(韦 苇/译)

这个故事的妙趣在于,盖·斯克列比茨基竟用这样的喜剧性情节来表现狼犬看守家园的耿耿忠心、痴诚地完尽天职!它完全是从生活出发,是从生活中摄取的故事,"纪实性"很强自不待言。

超越常人想象的故事,毫无疑问的,更多发生在森林里。韦·比安基的《松鼠饿疯了》就是比安基和他的儿子共同经历的故事。

来到比安基笔下的,没有了无趣味的动物故事,而《松鼠饿疯了》更其突出。有一天,"我和我儿子彼嘉到林子里去采蘑菇"。

> 白生生的蘑菇把我们陶醉了,我们不知不觉进到了树林的最深处,忽然,一小片垄畦出现在我们面前。
> "哎,瞧!"彼嘉小声儿说着,拉紧了我的手,"一只松鼠!"

这是一只饿极了的松鼠。它看见自己喜欢的蘑菇就赶紧蹦跳过去。

> 松鼠才跑近白桦树,还没来得及咬到蘑菇呢,突然,说时迟那时快,从草丛间蹿出来一只野畜——是狐狸!
> 狐狸扑向松鼠。
> 我们"啊呵"一声,倒吸了一口气。
> 还好,松鼠立即发现了袭来的危险,猛一下掉转身,才两下,就蹦到了白桦树跟前。
> 眨眼间,松鼠上了树,在枝叶繁茂的树梢上躲起来。它可怕狐狸了,怕得紧紧缩成了一小团。
> 狐狸立刻钻进草丛藏身,在那里等着松鼠下树来。
> ……
> 狐狸见等不到松鼠出来,就钻进了一片垄畦和白桦树间的矮树丛中躲起来。松鼠已经耐不住饥饿了。"喀叽、喀叽"——它尖厉地叫着,它是用松鼠的话咒骂惊天奸诈的狐狸,它憋屈得浑身抖动起来。
> 看不见狐狸的尾巴,它停止了咒骂的喀叽声,随后呈螺旋形地顺着树干爬上了树,它知道,只有树冠丛密的枝叶能救它的命。它的想象中,狐狸正从树丛里跳出来追逐它,这会儿已经追到树的半腰上了。

"又陷入僵局了，"我对彼嘉说，"松鼠还得忍着饥饿，还得憋屈，狐狸是存心哪怕守到天黑也不会放弃了。可松鼠当然耐不住这么长久的饥饿，白桦树上没有它任何可以充饥的东西，没有松球，也没有榛果。它不得不下树来的。"

这样僵持了几分钟。松鼠和狐狸都没有显示出任何行动的迹象。彼嘉拉起我的袖子来。

"轰开狐狸，咱们去采咱们的蘑菇吧。"

可就在这时，松鼠从一根粗枝跳到一根细枝上。这根细枝很长，是白桦树最长的一根细枝，直伸向林边，那里，有一棵松树，半个小时前，它就是从那棵松树上下来的。

松鼠顺着细枝向枝端跑，细枝上下左右弹动着。松鼠跑到细枝尖，接着一纵身，跳了起来。

"松鼠饿疯了！"彼嘉小声叫起来，"它……"

我猜，彼嘉是想说：松鼠要落进狐狸嘴了。

可是，彼嘉没有把他的猜想说出口，事情瞬间就完结了。松鼠没有料到它的这一跳，没能跳到林边。这距离实在太大了——松鼠又不是鸟！它只是怒不可遏，憋不住，就不管不顾地跳了，反正它是想跳到林边去的！当然它是没有能够，它只是飞起来，翻了几个跟斗，落了白桦和松树间的地面上。

我们得看看松鼠往下飞，飞哪儿去了——松鼠撑开自己的四只脚、竖起尾巴往下飞，飞进了矮树林，而狐狸在那里等的正就是它！

然而，没有等它飞到矮树林，狐狸就……

你们准会做这样的想象：狐狸抬头、仰嘴、卜哆，一下接住了飞下来的松鼠……

没有的事，狐狸一蹦多高，跳出矮树林，越过树桩和矮树林，慌慌忙忙，没命地跑了。

我的儿子顿即放声大笑，那笑声大得能震聋我耳朵。

而松鼠落到的那根树枝弹力很强，一下把它小小的身躯高高抛起，还好没有把它摔坏，它立刻调整了自己的身姿，终于得以轻巧地落到地面。松鼠三蹦两蹦，蹦上松树，又从松树蹦到白杨树，再从白杨树蹦到另外一棵什么树……

(韦 苇/译)

这个故事以儿子随口念出的一首诗在结尾处来概括其意蕴。"上了火线你别胆怯,/敢打敢拼的勇士/狭路相逢一个赢三个""狭路相逢勇者胜",弱者松鼠利用自己会飞跳的优越条件,给强者来一个拼死奇袭:总不能就这么躲着饿死!应该说,用这首诗来概括这个故事的主题意思,概括得很有高度也很巧妙,但这里谈论的是"动物故事"作为一种文体,它要求故事最好是有"超常"的传奇性,充分满足读者的"故事性期待"。

好故事有很多种,凡感人、新奇、韵味悠长的,都是好故事。

第二节 动 物 传 记

在所指能力很强的"动物故事"这种指称中,其实还可以分出一类"动物传记"或"动物报告"来,它的意涵里,强调的是事件过程的"亲历""体验""翔实""细腻""连贯",不排斥"抒情性"和"散文性",有的作者更善于融入创作主体的主观感受、内心情感、思考和见解。这类文体可以篇幅较长或很长。乔伊·亚旦森的《猛狮爱尔莎》(也译作《生而自由:野生母狮爱尔莎传记》《它生来是自由的》《花斑狮》)就是个好例子。

自幼喜爱动物的乔伊·亚旦森,和她的丈夫把他们的一生都献给了非洲动物考察和保护事业。1938年暑假,她到东非的肯尼亚狩猎区旅行。那里辽阔无边的热带原始森林和出没其间的各种异兽珍禽,一下子把她吸引住了。于是,她就决意留在肯尼亚。她从丈夫那里得到了一只小雌狮。乔伊对小宝贝爱护备至,取名爱尔莎,对它进行驯化实验。驯化后的狮子简直像猎狗般的忠实和听话。但实验没有到此停止:他们又帮助爱尔莎重返大自然中自由生存。这就是乔伊的名作《猛狮爱尔莎》的大概内容。

乔伊用散文的甚至抒情散文诗的笔墨在读者面前展开非洲原始丛林丰富多彩的自然画卷。她把人和被驯化的狮子之间的感情通过生动有趣的情节表现出来。表现的时候,作者把自己和母狮的柔情和困惑真实地袒露无遗,笔端常含爱婉和激情。当乔伊把幼狮爱尔莎抚养大并耐心地帮助它获得在大自然独立生活的本领时,她就把这个"来自丛林的养女""嫁"回到丛林里去。爱尔莎"嫁"回去后,作为"养母"的她又思念得很苦:

河水在我们面前慢慢地流着。昨天这样流,明天也仍然会这样流。水在日月的变迁中,将永远不停地流下去。河边有些鸟儿在呼唤。几片枯叶从树上轻轻飘落下来,被河水冲走了。爱尔莎是生命的一部分,她属于大自然,不属于我们。我们是人,我们爱她。她曾经受到教育,也爱我们。她会忘记今天早晨以前她所熟悉的一切吗?当她肚子饿的时候,她会自己去捕食吗?到现在为止,我们从来没有让她单独出去过。以后,她还会深信不疑地等待我们回来吗?

……

我再也不能克制自己了,我默默离开帐篷,低头向着河畔那熟悉的绿色书斋走去。那里有许多同爱尔莎在一起时的美好的回忆。我坐在绿色树荫下,看着眼前缓缓流过的河水,止不住眼泪夺眶而出。我的眼泪滴进这抚育爱尔莎的非洲土地,滴进这条清澈的小河。将来,在这留下许多纯洁的回忆的河面上,一定会照映出爱尔莎和野生狮子愉快玩耍的身影。……我久久地凝视这股流水,衷心祝福这走向独立生活的爱尔莎……

(杨哲三/译)

作者频频站出来,直接面对读者,把优雅、温情、爱、关切、牵念……传递给读者。"我强烈地感到对爱尔莎的爱恋和依赖","当我一想到我今后不能再同她一起散步,一同生活,心中的孤独、悲戚之感便使我喘不过气来"。整部动物传记就像一部抒情散文,像一条忧伤感情的溪流,在非洲大地上呜呜咽咽。这样来写动物传记,是乔伊的一个大胆尝试,也是乔伊的一个艺术创新。她在非洲大地上蘸着自己的生命和博爱为人类写下一部别样的动物文学经典。

第三节 动物传奇

宽泛些说,"动物传奇"也可算是"动物故事"大类里的一个种属。

"动物传奇"这种文体可以是广义的,也可以是狭义的。广义的,包括对大自然中人见所未见、闻所未闻的、故事性强的现象描述,包括对人在动物世界里所有探秘活动的叙事——非洲草原是野生动物的天堂,角马大军的到来,猎豹、狮群、秃鹫、鳄鱼,都在这里等待狩猎以裹饥饿之腹……而作为文学的"动物传奇",则应该是相对狭义的,要求其结构严谨、完整,上下勾连得天衣无缝,新奇情节联翩出现,场面令人叹为观止,且篇幅往往比较大,多是"小中篇"和"中篇"。法国勒内·吉约的《白鬃马》和比安基的《大山猫传奇》都是这类文学的好例子。

  日本的椋鸠十也有一批"动物传奇"的文学遗产,他的中篇动物传奇《镜子野猪》就饶有奇观感。野猪常年糟蹋农作物,猎人想要除掉它,但是难乎其难,原因是它浑身披着铠甲——镜子一样光滑、明亮得像铮铮的铠甲。其传奇性也就在于此。野猪被满身的虱子吸血。

> 野猪们到了晚上就到山谷一个湿漉漉的地方。那里遍地是黏糊糊的红土。
> 它们在湿土里咕噜咕噜打滚,把身上的虱子蹭掉。
> ……
> 接着,粘着浑身黏土的野猪们到松林里去,在粗糙的大松树躯干上蹭身子。被虱子咬痒的地方,让松树皮挠着很舒服,同时还可以把没蹭掉的虱子蹭下来。
> 野猪们猛力蹭身子的时候,松脂和泥土就交混在一起,而且更牢固地黏在身上。这样,虱子就咬不到野猪的身体了。这样反复做了好多年,等野猪老了,搅合在一起的松脂和泥便厚厚地包裹住身体,一干,就像铁板一样,硬邦邦的,如铠甲一样保护着野猪。
> 朝阳里和夕阳下,站在山脊上的野猪,远远望去,松脂和泥土结成的铠甲反射着阳光,闪闪发亮。……
> 这厚厚的、硬硬的松脂和泥土层,像镜子般发亮的铠甲,铅弹打到它们身上,就会被迸弹回来。
>
> (安伟邦/译)

  "动物传奇"如果不计较篇幅长短,那么比安基的名著《森林报》里的《雪怎么爆了呢》就更富传奇感。

> 我们的通讯员好久没揭开这个谜团:这雪地上的脚印究竟是谁留下

的,曾发生过怎样一个事件。

　　起先看到的兽蹄印小而窄,步子稳稳当当的。这行字不难读懂:有一只母鹿在树林里走动,它丝毫没有意识到自己会顷刻间大祸临头。

　　突然,这些蹄印旁边出现了大脚爪的印迹,随即,母鹿的脚印就显出蹦跳、逃窜的样态。这也是不难读明白的:一只狼从密林里发现了母鹿,就向它身上飞扑过去。

　　而母鹿一撒腿,闪身从狼身边逃走了。

　　再往前去,狼脚印离母鹿脚印越来越近,越来越近,狼逼近母鹿,眼看就追上母鹿了。

　　它们前头倒着一棵大树。

　　到了大树旁边,两种脚印就几乎不能分辨彼此了。看来,母鹿在危急关头纵身跳起,飞越过了大树干,狼紧接着也在它后面纵身跳起。

　　树干的那一面,有个深坑,坑里积雪被搅得乱七八糟,抛起的脏雪溅向四面八方,看着,就像是雪底下有个炸弹轰然爆开过。

　　这个炸坑旁边,分明可见母鹿的脚印和狼的脚印分别跑向了两边,而当中不知从哪里出现一种很大的脚印,很像是人的光脚板留下的印迹,只是它们显然不是人的脚印,因为脚印前头有可怕的、弯弯的利爪印痕。

　　这雪底下埋着颗什么样的炸弹?这可怕的新脚印是谁的?狼和母鹿为什么要分开,往不同方向跑?这里发生了什么事件?

　　我们的通讯员苦苦思索,这究竟是怎么回事。

　　思索了好一阵子。终于,他们才好不容易弄明白:这些带脚爪的大蹄印是谁的。想明白这一点,就一切都迎刃而解了。

　　母鹿凭借它轻捷如燕的细长腿,一跃就跳过了横在地上的树干,向前逃窜了。

　　狼在它后头也随即跳起,不过没能越过,显然,它的身重太沉,扑通一声从树干上滑了下来,砸在雪地上,四只脚插进了熊洞里。

　　哦!原来,树干底下隐着一个熊洞!

　　熊正睡得昏昏沉沉的,上头忽然来了这么一个大惊吓,就一纵身跳了起来,于是雪啊,冰啊,枯枝啊,顿时向四方溅飞,就像是一枚炸弹爆开那样。

　　熊飞也似的向树林逃去——它以为有猎人朝它开枪了呢。

狼翻了一个跟斗,沉沉地跌进了雪里,猛见那么大一个胖家伙,就全然忘了再去追踪母鹿的事,自顾自逃命要紧了。

母鹿自然早已逃得没了影儿了。

（韦　苇/译）

人的好奇心是天生的,只是多寡、大小因人而异。这也就可以解开类似《雪怎么爆了呢》这样的作品能久传不衰之谜。

第四节　动物特写

"特写""速写"两个词语,前者缘于电影拍摄,后者借用绘画术语。它们在20世纪50、60年代苏联的文学分类中曾流行一时,后来被"报告文学"（以文学性文笔所写的新闻报道）所取代。"动物特写"也可以说是"动物故事"的派生品种,只是更强调"直击""近距离""纪实""在场""集中""鲜活的场面叙事"。

比安基的《小熊洗澡》是一个较能说明这个文类特点的例子。

一个猎人在林间小河的堤岸走着,突然听得树枝喀嚓一声响。猎人一惊,他想准是有什么猛兽在不远的地方,于是他三下两下爬上了树,在树上向四面细细观望。

从密林里走出一头大黑熊,是熊妈妈,后面跟着两头小熊。它们在河岸上走着,小熊可开心啦!

熊妈妈停下,用牙齿叼起一只小熊的脖子,直往河里扔。小熊尖叫着,四脚乱蹬,但是熊妈妈不马上将小家伙扶上岸来,直到小熊洗得干干净净,熊妈妈才让小熊爬上岸来。

另一只小熊怕洗冷水澡,就往林子里撒腿溜跑了。

熊妈妈追上小家伙,啪!打了它一巴掌,接着像叼前一只一样,叼来扔进了水中。

两只小熊洗过澡,爬上岸来。这样闷热的天气,它们还披着厚厚的绒毛,凉水使它们爽快透了。母熊带着小熊洗完澡,又躲进了森林,这时猎人才从树上爬下来,回家去。

(韦 苇/译)

动物文学作品里的这种幽默趣味,不是坐在书斋里可以想出来的。比安基的动物特写读来让人长知识,而叶·恰鲁欣的动物特写让人读来不禁为之喷饭——看《勘察加河上的渔夫》中写熊渔夫的一段:

> 我觉得有点儿不对劲,我甚至发火了。
>
> 我越来越火,简直怒气冲天了。我睁开眼睛。这事儿可真是怪透了。什么呀?我还打鼾!我不由得心里发毛了——这是怎么回事?这究竟是怎么回事?
>
> 终于我恢复了知觉……哈,不是我打鼾,不是的……压根儿也不像打鼾的声音。
>
> 这是谁在什么地方大着粗重嗓门吼叫,在呼噜噜地喘气,在哗啦哗啦地游水。
>
> 我欠起身,抬起头来,一下就看见河里站着一头熊。这是一头堪察加老熊,魁硕而又壮实。哦,原来是你啊,是你这个大畜生的呼噜声在梦里打搅我,让我死活睡不安生哪!
>
> 我没带猎枪,这可怎么办呢?一定得抽身悄悄离开它。
>
> 起先我小心翼翼地爬离河岸……突然碰上了一块石头。石头骨碌碌滚下去,扑通一声,落进了河里。这下我傻眼了!我屏住呼吸,躺着,闭上了眼睛。这下熊要来同我拼命了!这不是,它一走上岸来,就会看见我,这样我的命就准没了。
>
> 噢哟。我吓得不行,连身子都打起颤来了。
>
> 我躺了很久,一动也不敢动。过了一阵,我听见仿佛一切都太平无事。熊在原来的地方吼叫着,发出呼噜呼噜的声音——莫非它就没听见那石头落水的扑通声。难道它是个聋子?
>
> 我胆子壮了些。我从矮树林后面偷偷看了它一眼,我又睁大眼睛看了一阵。我渐渐似乎不再害怕了。这头老熊只专心一意地在那里捞它的鳟鱼。它的神志竟集中到这种程度——竟没有听见石头落水的扑通声!

米哈伊尔·伊凡诺维奇——俄罗斯这样戏称狗熊——目不转睛地呆着,河水浸到它的喉头,水面上只露出个不沾水的脑袋,像煞是一团树墩子。

它的脑袋很大,长满了茸茸的毛发,颔下拖着湿漉漉的须髯。它的头一会儿扭向这边,一会儿扭向那边,搜寻着从上游下来的鱼。

河水清澈得能见到河床,因此,熊怎么样在水里伸缩它的前掌,我看得清清楚楚,熊的整个身体我都能看见。

它的毛湿得紧贴在身上,它的头大得同躯干有些不相称。哟,这头也太大了呀!

老熊伫立在水里,突然,闪电般神速地用前爪逮住了一样什么东西。我看见它捉住了一条鱼,是一条鳟鱼。它把鳟鱼咬了一口……,随后就把鱼垫到了屁股底下坐着。

"它为什么要坐在鱼身上呢?"我心里纳闷。

它在水里,它坐在鱼身上。有时用前掌来摸索一下,看鱼是不是还在自己的屁股底下。

又一条鱼游过来了。它又伸爪去把它逮住,又咬了一口,又同样把它给塞到屁股底下。可是塞鱼的时候,屁股不免要稍稍抬起来。于是它捉到的前一条鱼就从它的屁股底下被水冲走了。我从高处看得一清二楚。

老熊于是呜噜一声怒吼起来!娘的,鱼不在了!唉,老熊,你呀!你这个可怜的家伙,不明白自己储存食物的事情上都出了什么毛病,不知道垫在屁股底下的鱼到哪儿去了。

它坐着,坐着,忽而又担心地用前掌摸摸屁股底下——鱼还在不?没跑掉不?

它捉到一条新又过了的小鳟鱼,我又看见原来坐在屁股底下的鱼从它的屁股底下逃掉了。啊,你还怎么去找它呀!

这是可伤透了它的脑筋,鱼逮住了,鱼又不在了,一点儿办法也没有!

它就这么久久地坐在鱼身上,呼噜噜呼噜噜地叫着,嚷着,却就在它叫嚷的时候两条大鱼错过去了,它怕屁股底下的鱼跑掉,不敢欠身去逮。我看见大大小小的鳟鱼游过它的身旁,后来又听见啪嚓一下,它用前掌逮住了一条鳟鱼,可又跟前一条鱼一样,原先逮住的一条鱼又逃掉了。

我趴在岸上,不由得哧的一声笑出来,然而又不能笑。要是笑出声来,那么熊就会蹿过来狠狠地把我咬死,活生生地,连纽扣一起吞吃掉。

一条昏昏沉沉、迷迷蒙蒙的鳟鱼被湍急的河水冲到熊身边。熊眨眼间逮住了它,随即搁到自己的屁股底下……这下,不用说,它屁股底下又什么也没有了。

熊的恼怒我是能想知的。它气得连鳟鱼也忘掉了,它用尽它全身气力吼叫着,那声音的响,就仿如火车嘟一下拉响了汽笛。它用后腿站起来,用前掌拍打着水面,河水随之四溅起来,激起了一片白花花的泡沫。它气喘吁吁地嚎叫着,愠怒中带着难于抑制的伤心,它几乎要哭出来了。

看着这一切,我实在按捺不住,哇哈一声笑出来。熊听见了我的爆笑声,同时看见了我。它用后脚站在水里,像一个人似的望着我。

我笑得实在开怀,以至于忘了害怕了。我哈哈大笑着,摆晃着双手。去你的吧,我似乎在说:傻瓜,你已经没甚力气了!滚你的去吧!

该我运气好,就这样,它真的走开了。

熊扬嗓大声吼叫过后,从水里爬出来,抖了抖身子,往森林里走去。

它屁股下的鳟鱼又给湍急的流水冲走了。

(韦 苇/译)

这是俄罗斯画家和作家恰鲁欣对熊捕鱼的近距离观照和书写,仿如摄影师的镜头一直推向前去,对着激流中忙得不亦乐乎的熊渔夫,旁观的读者则不由得叫出声来:"真聪明!——真蠢!"

第五节 动 物 随 笔

"动物随笔"随普里什文的诗性随笔之被重视,而使这个文类经常映入人们的眼帘。和它紧紧相邻的文类是"动物札记""动物散文"。"动物随笔"的有些篇章置于"动物故事"的名目之下有时也并无不可。普里什文的《小山雀》更容易让人读出随笔的文体味道。

我的眼睛里吹进了一粒细小的木渣渣。我才把它揉出来,另一粒细木渣儿又落进了我眼睛里。

我这时才发觉,这细木屑渣渣是风刮进我眼睛里的,它们从上面飘落下来,而我走着的小路在下风,所以就纷纷扬扬飘进了我眼里了。

那么,风吹来的那一边一定有人在枯树上头砍斫什么东西。

我逆着风,在木屑渣渣铺成了白色的山间小路上走着,稍稍抬头,一下就看到两只小不点点的山雀,身子幽蓝幽蓝的,雪白的脖子上有两条漆黑的斑纹,颈毛蓬松着,它们蹲在枯树干上,用嘴壳子不停地啄凿着,从腐朽的木头里找小虫子吃。它们干活的动作非常麻利,眼看着这两只小山雀往树洞里越凿越深。我用望远镜久久地观察着它们干活,直到当中的一只露出一截小小的尾巴。

这时,我蹑手蹑脚地悄悄绕到树的另一边去,小步儿走近山雀翘出小尾巴来的那个地方,用手掌蒙住了树洞。小山雀在树洞里静静的,一动不动,仿佛它一下子就死过去了。我把手掌移开,拿手指轻轻碰碰它的尾巴,它依然是一动不动;我再用手指在它的小背上亲柔地抚刮了一下——它趴着,还是像被打死了的一般。

而另外一只小山雀停在两三步远的小枝桠上,不住声地吱吱叫唤。不难猜想,它是在给它的伙伴出主意,让它静静趴着,别动弹。它定是在说:"你趴着,别吱声,我在他旁边叫,等他来追我,我就飞开去,你可别发懵,要抓紧时机逃掉。"

我并没有想要捉弄小鸟,所以就退到一旁,看接着会发生什么故事。那只自由的小山雀看见我并没走远,就提醒那趴在洞里的小鸟:

"你最好还是继续趴着,别动,别吱声,他还站在近旁看着呢。"

于是我不得不耐心地站着,等着,观察着。

我就这样久久站着,直到那只自由的山雀不再用特别的声调喋喋地叽喳,我猜想,它一定是说:

"出来吧,他就是死站着,能拿他怎么办呀。"

尾巴不见了。脖颈上带条纹的小脑袋伸了出来。它叽的叫了一声,说:"他在哪儿?"

"诺,那边站着哪,"自由的鸟儿也叽的叫了一声,说。"看见吗?"

"啊,看见了!"那只受困的鸟儿说。

于是它冷不丁啁一声飞出洞来。

它们只飞开几步远。它们准是急于要告诉对方:

"咱们来瞧瞧,他到底走了没有。"

它们站在一根高枝上。在那里,它们双眼直溜溜地对着我看。

"还站着哩。"一只说。

"就赖着不走呢。"另一只说。

说完,两只小山雀便飞开去了。

(韦 苇/译)

这类文字的特点是"随""近""亲",涮清了"刻意性""卖弄性""做作性""强扭性",读它们,细细咀嚼,不难觉察其实当中的文学书写内功很深;读它们,不用为读而读,因为读者内心对它们有"精神享用"和"营养心灵"的精神需求,所以感觉上会是一种惬意。

第六节　动物小说

人文小说写的是人的喜怒哀乐、红尘冷暖、酸甜苦辣、生老病死,写的是人生百态,写的是人的爱、恨、孤独、怜悯、自豪、颓丧、荣耀、落寞……加拿大在动物文学上其成就可媲美于西顿-汤普森、G.D.罗伯茨和赞恩·格雷的詹姆斯·奥列佛·柯伍德曾说:"动物和人一样有喜怒哀乐,他们身上也有非常有趣的故事,这些都是真实的存在,不是人类可以凭空编造的。"他同时指出,动物王国里天天呈现着鸟兽的"兽生百态""禽生百态"。这就是说,人文文学里的创作经验和规则,有许多可供动物文学创作者参照与借用。人与动物的共同之处,便于人理解动物世界林林总总的现象。作家创作动物小说,当然不可以把人世的情愫、理念毫无保留地加诸动物。动物小说既为小说,就要求符合如下规则:一、把动物形象刻画得栩栩如生、活灵活现。二、把动物故事、人和动物事件发展与推进安排得跌宕起伏、急徐有致,既有高潮和紧张情节,也有舒缓、抒情段落,结构要做到环环相扣、严丝合缝,要能经得住读者的细细推敲,要有前后呼应、有阅读悬念,结尾还要余韵悠长。三、要让读者看得清动物角色的心理活动流程,真切、流畅而细腻。四、动物文学的行文语言要有别于人文文学语言,要有利于动物世界氛围与叙事环境的营造。

柯伍德说动物有爱,确实有。他在他的代表作《灰熊托尔》(又译作《灰熊》,托尔,北欧民间古代雷神的名字)里就写了灰熊托尔对"情人"怀想得丧魂落魄:

> 托尔抽吸着鼻子,缓缓地向山下走去。到了一片绿色的草地,托尔沿着河床往东北方向慢悠悠地迈着步子。空气中没有母熊的味道,但直觉告诉它,梦中情人就在附近。托尔一点儿都不担心它的情人会出什么意外,或是生了病,也没想过它会被猎人捕杀。过去,它总能在这附近找到它,现在它也会在这里等到它。它熟悉它的味道。于是,托尔沿着河床走啊走,相信自己一定能找到它。
>
> 托尔犯相思病的时候,和人没有什么区别——也就是说,它也会变成白痴。其它任何事情都变得不重要了。过去,它的习惯就像天上的星斗,从未发生改变,现在这些习惯都被它抛到了九霄云外。它甚至感觉不到饥饿,现在那些啸鸭和地鼠都安全得不得了。而且,它根本不知疲倦。它起早摸黑,披星戴月地赶着路,为了就是找到自己的情人。

柯伍德说动物有恨。托尔对放来围猎它的猎犬们就恨得毒进了心。一旦它逮到发泄的时机,它的行动表现就是这样的:

> 托尔一动不动地盯着猎狗们——它的敌人看了半分钟,它的胸腔里已经酝酿了一声低沉的极其可怕的吼声。直到敌人再次发动扫荡,托尔才继续往山上走。……托尔一边走着,一边产生了一种不祥的预感,心中的那股烦闷渐渐上升为怨恨。……
>
> 狗吠叫着进入了坡下的小凹地,声音忽然像长了翅膀似的飞了上来。托尔知道,它们已经爬上绿山坡了。它停了下来,这一回它闻到空气中满是猎狗们的气味,而且其中还夹杂着人味儿。它全身的肌肉顿时紧绷了起来,身上像着了火一般热得像个熔炉。
>
> 托尔加快了步伐,后来,它的面前出现了一块陡然耸立的岩石,岩石前有一小块空地。空地的一边是堵垂直的石壁,右边六米远的地方是个三十

多米深的悬崖,一块从山顶滚落的石头堵住了前方那条比托尔的身体宽不了多少的通道。这时,疯狂的狗吠声离它们只有九十米了。托尔让马斯夸从通道边上的裂缝中走过去,自己猛地一转身堵住了去路,……直立起了身子,准备独自迎战。

它的眼里燃烧着熊熊的火焰,直直地盯着耸立的石壁,等着猎狗进入圈套。

猎狗的吠叫声越来越近了。后来,它们并排出现在离托尔只有四五十米的地方,不一会儿,其中一只窜了出来,闯进了托尔挑选的竞技场,然后它猛地一刹车,紧随其后的猎狗一个个撞了上来。

托尔大叫了一声,向它们扑了过去。它抡起右掌来回抽打,把一半狗压在了身下。然后,它张开大嘴,嘎吱一下咬断了冲在最前头那个家伙的脊梁,二话不说扯下了它的头,拔出了红绳般的气管。

其他惊魂未定中的九条狗,全吓得直往后退。

(徐　洁/译)

这样精彩的小说描写,拍成电影,卖座率高应在情理之中。

写野生动物要用情节和细节到位地写出动物的野性。下面所引的是加拿大参加动物文学奠基的杰出作家G.D.罗伯茨的《克航克的思乡之情》里的一段:

当南迁的候鸟群开始排着长长的队列从它头上飞过,克航克(野天鹅名)变得焦躁不安了。它会展开双翅小跑一阵,感觉到自己翅膀的缺陷后,它便会挺直身体,发出洪亮、悠扬的叫声……

在晌午阳光的照耀下,散发着稻草味的粪堆热气腾腾,其他的鹅(家鹅)依然满足于这种呆倦的生活,可克航克却不一样。在它大脑的角落里,有一种对生前所去过的南方温泉的眷恋,那里长满了各种高高矮矮的枝叶阔大的绿色植物,根部甜美的各种水中植物可以从深深的黑泥中被轻松地拔出来。它真正的同类们在热带的黄昏中喊叫着,互相致意。……

同类的叫声,充满了魔力的叫声,疲倦得难以起飞的克航克迫切地游到小河北岸,沿着湿湿的北堤奔跑,然后疲惫不堪地站住,聆听着从高空传来的那声音。

(史菊鸿/译)

人是社会性动物,有合群的需要,有在群里被认同的需要,所以很能理解一只家养的野天鹅欲高飞而不得的懊恼与痛苦,然而它的欲望世界总在天空。它备受展翅高飞而不得的欲望煎熬。罗伯茨用富于魅力的文字形象地诠释了"野性的呼唤"。野天鹅的野性是前世的祖祖辈辈留在它血液里的。它没有去过南方,但它"生前去过"——罗伯茨这样洞悉野天鹅生理和心理(谁能确证呢?但这样写很好,很经典),才得以把《克航克的思乡之情》和罗伯茨其他动物小说一起推送到经典的高地。

动物小说可以是短篇,可以是中篇,也可以是长篇,比如柯伍德的《灰熊托尔》译成汉语就有13万字,这样的容量,就给作家提供了足以让其腾挪文学手脚的舞台,铺展繁富且复杂的内容。

动物小说虽说是动物文学中的一大类。但在中国,也许是过多受到西顿-汤普森的影响,也许是对动物文学有误解,也许是中国稿酬过低,有心在动物文学中有所作为的人,往往一入行就写中长篇,而无视于动物文学其实更需要的是篇幅不冗的精彩故事,是"轻骑型动物文学作品"。

第七节 动 物 散 文

动物散文在许多情况下是指以动物为书写对象的散文。其中抒情品格特别明显的,也可以叫做"动物散文诗"。

动物散文最典型的篇章或可推普里什文的《森林居民的楼层》:

> 森林里,鸟和兽各住各的楼层。林鼠住在树木的根部——它们住在最低层;各种鸟类呢,譬如野莺这类鸟,将自己袖珍的窝巢紧紧挨贴着地面;鹈鸟则在稍微上面些,在矮矮小小的灌木上;那些穴居的鸟类,像啄木鸟啊,山雀啊,猫头鹰啊,住得更高;树干的顶端,树冠的最上面,高高低低住着各种各样的猛禽:个儿庞硕的鹞鸟和鹰。
>
> 有一次,我在森林里专意留神观察,看见许多小兽和鸟,它们不像我们人似的爱住高楼大厦。我们人,住过来住过去,反正都在高高的楼层上,而它们,各种类别的兽各种类别的鸟,再搬再迁,楼层都有一定之规,不会高上

去，也不会低下来。

　　有一回，我们来到一片枯倒了白桦树的林中空地上。白桦树长啊长啊，长到一定的高度就枯死了，这样的桦树我见多了。别的树枯死了，树枝就向地面萎垂，那些落光树叶的木头很快就朽了，不多久就倒地，就糟烂了。而白桦的树干却不是这样，枯了，也不倒下，这糊满树脂的白色树干，那些桦木干，看上去依旧好端端的，不腐，不烂，明明死了的树吧，像活着的树一样直直挺立着。

　　就是已经朽了，桦木木质已经变成渣渣了，整根树干里都已经多半是水分了，都十分沉重了，这时候的白桦树也依旧如它活着时那样笔挺笔挺的，昂首矗立着。然而，这样的树如果稍稍使上点儿劲推它一把，那么，它就会在瞬间碎裂成许多沉重的木块，顷刻间轰然倒塌了。去推倒这样的树，是一种十分有趣的活儿，不过也挺危险的。要是躲闪不及，饱含水分的沉重木块就会砸到你脑袋上。好在，像我们这样经常出入森林的人倒是不会怕这种危险的——要推倒这样的树，我们就只会从树的一边上去，然后一齐用力推，把树一下推倒。

　　我们来到的，就是立着这样的朽木的白桦林中，要把高插云霄的白桦树一棵棵推倒，白桦树倒下后向四面迸裂的木块中，有一块木头是山雀的窝。个头儿小小的鸟在桦树倒下时也没受伤，只不过是一窝小鸟哗啦一下从它们的树洞里震颠了出来。毫毛未及生长的小鸟，光裸裸的，身上只覆着些柔细柔细的胎毛。它们张开红红的大嘴，把我们当作它们的爹娘，唧唧、唧唧地叫着，要我们喂小虫子给它们吃。我们赶忙从地里挖些小虫虫，给它们喂进嘴里；它们吃着，吞噬着，完了又唧唧大叫开了。

　　才不一会儿，小家伙们的父母就回来了，是山雀，它们的小脸一律胖嘟嘟的，嘴里全叼着一条小虫子，在窝边蹲下来。

　　"亲爱的，你们没事吧？"我们向它们问候，"让你们受惊了，我们万万想不到会有你们的窝在树上的。"

　　山雀没有回应我们问候。它们一定是不明白这究竟是怎么回事儿，好好站着的树怎么说没就没了呢，孩子们这会儿都在哪儿？

　　它们倒是不怎么怕我们，它们焦急地从这根树枝飞到那根树枝，一副忧心如焚的样子。

"你们的孩子在这儿呐!"我们给山雀们指了指地上的雀窝。"它们都在这儿,你们没听见你们的孩子在唧唧、唧唧不住声地呼唤你们吗?"

山雀什么也没有听见,它们只顾心慌意乱地忙着寻找它们的孩子,它们不愿意飞下来,它们不想离开它们住惯了的楼层。

"难说,"我们一个对一个说,"它们是怕咱们吧。咱们躲起来试试!"这样说着,我们就藏了起来。

不对! 小鸟唧唧叫唤,大鸟也唧唧叫唤。父母飞来飞去,可就是不飞下来。我们猜想,鸟儿们不像我们人这样爱呆在高楼大厦里,它们不能够适应习惯以外的楼层,它们就只觉得住着它们孩子的楼层消失了。

"喂—喂—喂,"我的伙伴对鸟父母们说,"你们也真是傻到家了!……"

这山雀,样子挺漂亮的,又长着一对灵敏的翅膀,就可惜不会变通,而死死板板地在高空中寻找它们的楼层。

于是,我们只好把那一大截筑有鸟窝的桦树木头按到邻近一棵树干上头,使这个鸟窝的楼层位置刚好相当于倒掉那棵树上的高度。我们耐着性子在旁边一个隐蔽处等待,果然不出我们所料,几分钟后,鸟父母又能在自己的楼层里欣喜地亲热自己的孩子了。

(韦苇/译)

《森林居民的楼层》告诉对森林生态不熟知的普通读者一些动物营巢居宿的知识,很开眼界,但在写法上,它并没有集中在一种动物上,叙事连贯却没有严密的故事。

而动物散文诗,最典型的要推儒尔·勒纳尔(1864—1910)。在法国,孔泰·德·布封(1707—1788)、让·亨利·法布尔(1823—?)、儒尔·勒纳尔都写了许多动物文学小品类的经典篇章并被传读至今。这里举勒纳尔一篇散文诗《云雀》为例:

我从来没有见过云雀,尽管我黎明即起,也是徒然。云雀不是地上的鸟儿。

从今天早晨起,我就踏着泥块和干草到处寻觅。

一群群灰色的麻雀或鲜艳的金翅雀在荆棘篱笆上飘来飘去。

松鸡穿着很长的礼服在检阅树丛。一只鹌鹑从苜蓿地上掠过,在空中划出一道笔直的墨线。

　　牧羊人比妇女还要精巧地打着毛线,他身后跟着一群一色的羊群。

　　这一切都浸润在清新的朝晖之中,即使从来不预报吉兆的乌鸦也令人含笑。

　　听吧,像我这样的倾听吧。

　　您听见,在那上面,某个地方,正在金杯里捣碎一颗颗水晶细粒吗?

　　谁能告诉我云雀在哪里歌唱?

　　如果我仰望苍穹,太阳光会烧灼我的眼睛。

　　我只好不去看她。

　　云雀生活在天上,在天上的飞鸟中,唯有你,歌声闻于人间。

(徐知免/译)

　　当然,勒纳尔自己无意于专写动物,但动物文学里无妨拿它们做点缀,其精致、幽丽、别致,正可以用来说明它们是动物文学里最耐读的诗。

第八节　动　物　诗　歌

　　动物诗与歌,侧重点在动物。诗而契合动物生物原理的,是有所见。譬如这首土库曼斯坦诗人努·拜拉的《小瞪羚羊》:

我在沙丘上逮住了你,
我们把你拴在我们院子里,
小瞪羚羊,咱们做朋友吧,
咱们今后就生活在一起。
你没有朋友不孤单吗?
咱们交个朋友不好吗?
我拿草喂你,
你把头从东晃到西,
我拿水给你喝,

你压根儿就不搭理；
不吃草，
不喝水，
小家伙，我可拿你怎么办呢？

"放我出去，
沙丘，才是我生活的天地！"

（韦 苇/译）

"动物生而自由"，瞪羚羊的自由和幸福不在庭院里也不在田园里，所以这首诗的第一层次理解就是：瞪羚羊的幸福不是人赐予得了的。

动物还可以被写成儿歌。谢之峰就拿动物的特征和它们的生理功能写成了几百首儿歌，可算是写动物儿歌的有心人和成功者。下面是其中的两首：

长 颈 鹿

动物界的"千里眼"，
站得高能望得远。
大眼睛是"瞭望哨"，
被它踢中腰腿断。

大 白 鹭

大白鹭，背儿驼，
走路常常缩着脖。
一步一步往前挪，
看到小鱼用嘴啄。

用动物儿歌去跟幼儿接近，可以让小孩子自幼对自然界、对动物发生兴趣，为将来接触大自然奠一点基础。当然，这样的儿歌叫作"动物知识诗"或许更恰当。

第九节 动物童话

　　动物文学本不该有童话。"动物童话"是指比安基等一些俄罗斯的动物文学作家有意把动物的行迹以童话的文体形式写出来,在有些情节里让动物开口说话。比安基本人明确地把自己为低龄儿童创作的这类童话叫作"童话非童话"——就是说,他的这些童话,童话只是其外壳,其中蕴涵的内核、描写的点点滴滴,都是经得住生物科学检验的,其实是童话形式写成的动物小说或动物故事。比如他的《黑山鸡捷灵蒂》:

　　森林里住着一只黑山鸡。大家叫它捷灵蒂。

　　四个季节里,夏天是它最喜欢的季节。因为夏日里只要它藏进草丛中,钻进浓密的树叶里,就能躲过那些凶恶的眼睛。它不情愿冬天的到来,然而冬天还是来了。高树矮树凋落了树叶,黑山鸡捷灵蒂没有了藏身之地。

　　这不,林中两只凶恶的野兽现在为谁来吃黑山鸡捷灵蒂而争吵起来。狐狸说黑山鸡得归于它,而貂则说黑山鸡只该属于它。狐狸说:

　　"捷灵蒂在矮树林里生活,蹲地上睡觉。夏天它藏在矮树丛中,没有谁能看见它的影儿。可这会儿是冬天,草枯叶落,它没处藏躲了。我是地面打猎的把式,它自然得由我来吃。"

　　可貂却说:

　　"不,捷灵蒂在树上睡觉。我是树上打猎的把式,它不用说得由我来吃。"

　　两个恶棍争吵的话黑山鸡捷灵蒂全听到了,它不由得心里直怵。它飞到森林边上的树枝梢头上,在那里蹲着想蒙过恶兽眼睛的办法。蹲在树上吧,貂会来抓它,飞到地上吧,要落入狐狸的爪子。到哪里去过夜好呢? 捷灵蒂在梦中蹬空了一脚,扑通一声从树上掉了下去!

　　积雪绒绒的,很深,很软。狐狸在雪地上躲闪着身子匍匐前行。它向林边疾奔。在树上,貂从这根树枝跳到那根树枝,也迅速往林边接近。它们都为吃到黑山鸡捷灵蒂而奔忙。

　　瞧,貂先跳到捷灵蒂做梦的那株树上,它上下左右找了个遍,没有捷灵蒂!

"唉!"貂想,"我来迟了! 显然,它是在地上,在矮树林里睡觉,准是让狐狸给吃了。"

狐狸走到林边,四下里望了个遍,走遍了所有的矮树林,没有捷灵蒂!

"唉,"狐狸想,"我来迟了! 它是睡在树上的。不用说是让貂给吃了。"

狐狸抬起头看,瞧,那不就是貂,它正蹲在一根枯枝上,呲着一排白牙。

狐狸气不打一处来,拉开嗓门就嚷:

"你把我的捷灵蒂给吃了,瞧我对你不客气!"

貂也对着狐狸嘶声嚷:

"你自个儿吃了捷灵蒂,还赖说是我吃的。瞧我给你颜色看!"

说着,两个就厮打起来。两个恶棍非要打出个你死我活才罢休。它们下面的雪化了,团团向四方飞溅。

突然,一团黑家伙从积雪里弹飞出来!

狐狸和貂吓了一跳,顿时魂飞魄散。它们各自飞跑开去:貂眨眼间蹿上了树,狐狸眨眼间蹿进了矮树丛。

这弹飞出来的是黑山鸡捷灵蒂。它梦中从树上掉下来,一头扎进了深深的积雪里,埋在雪底下,它还继续睡。刚才,要不是两个恶棍的声音把它吵醒,它这会儿还酣睡在积雪里呢。

(韦 苇/译)

比安基的这部作品,就其内容来说归入"动物传奇"也无妨,或者可以叫作"有动物对话的动物故事"。比安基这样的作品有一批,其中人所共知、流传也广的是描写老鼠在极端恶劣的环境中求生本领的中篇《小老鼠皮克》(韦苇译作《皮克鼠历险记》)。

第三章

盛产动物文学的加拿大

第一节 加拿大动物文学概说

幅员辽阔的加拿大,人口仅 3 700 万,地广人稀是该国国情的一大特点。加拿大从 16 世纪到 20 世纪初一直是英、法两国殖民属地,所以形成今天由两种语言的使用者组成的国家(两种语言均为官方使用语言)。加拿大城市多近临森林、河流和海洋。加拿大人天然地与大自然有不同程度的接触、关联;早年,初迁入加拿大的人们就多以经营野生动物皮草和捕鱼为业,这与加拿大的地理环境有直接关系。两个语言区,若论对儿童文学发展的贡献,显然法语区的儿童文学在加拿大之外未有所闻,而英语使用者人群中的儿童文学作家群在世界儿童文学史中占有一定的地位——他们的文学成果是世界儿童文学史所不能忽略、不能不加以载述的(譬如蒙格玛丽的《绿山墙的安妮》)。这样一些响亮的名字,使儿童文学研究者在面对加拿大的动物文学时眼目为之一亮:欧·汤普森-西顿,查·罗伯茨,詹·奥·柯伍德,法·莫威特,弗洛仑斯·伯仑斯,"灰枭",谢伊拉·巴仑弗尔德,维利亚·杰姆斯,阿尔奇·比姆斯,豪斯顿,爱伦·凯,埃米莱·海仑……他们一生的生活都与大自然、与动物文学命脉相系,他们多半就出生在与大自然有天然联系的阈域。柯伍德论住地、论国籍倒是在美国,而作为一名作家,他的命运始终紧连着加拿大。西顿按出生地说是在苏格兰,居住生活地在美国,也曾在英国,而归根结底,他是以动物文学作家闻名于加拿大,著称于世界。

一生把才华奉献于"自然与人"的作家在加拿大占有相当重要的地位。他们多半取材于北美大自然和在那里居住的各族人,就写法来说,都严格采用了现实主义笔法。这种以大自然为题材的现实主义文学是从加拿大杰出作家欧奈斯特·汤普森-西顿开始的。在汤普森-西顿开辟的文学道路上进行动物文学创作的,有一批加拿大作家和一批美国作家。

第二节 西顿与他的动物文学

一、西顿成为动物文学作家

欧奈斯特·汤普森-西顿(1860—1946)至少可以冠以四个名分:作家自不待说,其外还应该有博物学家、画家、生态保护理念明确的杰出社会活动家。他是动物小说这种文学样式的奠基性作家;为加拿大文学乃至整个美洲文学开拓了一条文学新路,为世界文学的多样性和文学美的多样性开辟了新的努力方向。

西顿曾于1898年自述,他的动物文学著作是和妻子共同完成的。他的妻子名字叫格丽丝·贾拉丁·汤普森,帮助西顿修改和最后校订,还负责封面、扉页的设计,所以西顿本人对著作署名是"欧内斯特·汤普森-西顿",而在加拿大之外则多以"西顿-汤普森"标示。西顿生于英国贵族之家,原名 Ernest Evan Thompson,因与父亲关系不和谐,自己将名字改成 Ernest Thompson Ceton。"塞通"(西顿)是英国贵族姓氏,是他从年轻时就留下的一个爱慕虚荣的印迹。通常西文中也称"Thompson Citon"(汤普森·西通),俄罗斯用"Ceton-Thompson"(塞通-汤普森),中国习称"汤·西顿"——20世纪50年代定型后就一直被沿用至今。

似乎是命中注定,加拿大北部荒原的大自然世界的奥秘要由西顿来揭开。他自幼酷爱大自然,爱森林,爱禽鸟和野兽。1865年,他六岁时,西顿一家迁往加拿大,于是西顿就在安大略湖的林赛市和多伦多长大。父亲在加拿大经营一个农场。由于西顿同父亲的关系总是不融洽,待到稍略长大,他就独谋生活出路,打工挣钱,为自己积蓄上学所必需的费用。他除亲自去揭开深藏于密林里的秘密,就是翻阅为数不多的图书,从前人介绍动物的书里获取鸟类知识。他几乎一生都在北美的森林和草原度过。西顿完全有条件在大城市过安稳的日子,然而他就是爱在荒野浪迹，像是加拿大和北美的动物（首先是动物）、猎人、农人、印第安人非要他去惦念、接触、亲密不可。他成为一个博物学家不是偶然的，据研究西顿动物小说的专家大卫·阿纳森披露："当农夫们忙于耕作时，他正费力地耐心数着一只鸟身上的羽毛，4 915根。"谁又能比西顿对动物更明察秋毫呢？西顿后来成为教导我们生物多样性和美的多样性的导师绝非偶然。所以他曾自述："我所写到的那些动物，都曾如我描写的那样生活过。"

西顿孜孜不倦的努力使自己成为一个远近闻名的画鸟兽的画家。但是他的声望还是由动物故事书赢得的。那年月，在西顿没有写动物文学书前，还不曾有专写动物的作家，如西顿这样把动物写得生动、鲜明、真实，把动物的生活、行动和心迹写得这样深刻的，就更是史无前例。事实上，除了动物研究大师法布尔的成果，西顿对野生动物的研究成绩是最引人注目的，被公认度也很高的，他因此为自己赢得了同作家、画家和学者交往的机会。他舍得花时间去考察动物，对动物进行大量素描，因此他写动物故事，能直接从大自然获取用之不尽的素材。

西顿知名于动物研究界，是从获得美国的高规格奖励开始的。很快，他的影响力就远及欧洲，以至于遥远的俄罗斯。吉卜林的著名动物小说《毛葛利》《丛林传奇》就是因为读了西顿的读物小说而起意创作的。

正因为西顿既是出色的动物学家又是出色的动物文学家，所以他的动物小说既有文学的质地又有动物学的品格，他的作品既可作为文学书读，也可以作为动物研究的著作读，其著作的影响力也就能从文学和科学两个方向发挥。所以，加拿大政府特为西顿一人设立"国家级博物学家"的职称，美国以政府的名义授给他"埃利奥特科学家金奖"。

城市文明的发达使亿万青少年一代更比一代远离了大自然，远离了森林，远离了野生动物。他们成长过程中其实越来越对自己生存于其间的星球缺乏了解。这种情形下，西顿的书，西顿的动物故事、小说就显示了对他们重要的养成意义。西顿动物故事、小说自从问世到如今，为时已有一百二十年，也就是说，西顿陪伴我们已超过百年。

西顿在他的自传体作品《一个考察动物的画家的道路》(1940)中，叙述了他为何准确无误、一丝不苟地在自然环境里观察体验，叙述他如何以他的坚韧不拔的意志和始终不渝的信念坚持着故事创作。他积累了五十巨册日记和素描。野兽世界的现实存在和动物们建树的"奇勋"促使他一辈子自觉地以日记的方式积累大量的原始素材。他只是为研究艺术和自然科学的原因才暂离加拿大到伦敦、巴黎和纽约去。他一生的绝大部分岁月都在寥廓的北美林莽和大草原中跋涉奔走。他已经写成的作品所用的材料只不过是他五十巨卷素材的一部分而已。

西顿从不滥用感情。他是最早的达尔文主义画家之一。他的作品也不因为他是深厚的人道主义作家而去改变达尔文学说的基础:生存竞争、自然淘汰、野兽世界内部的有规律的相互关系、对自然条件的适应能力等支配着整个动物界,凭人的主观愿望是改变不了这一切的。忠实于生物学的真实性、忠实于他自己的野外观察、体验——这是西顿最了不起的人品和文格。因此,西顿强调"作家不把动物加以人化,千万要防止堕入庸俗的拟人化"。

西顿作为一个动物小说的杰出作家,他的注意力始终牢牢地集中在各种动物独异的个性上。西顿认为作家应该把自己的注意和兴趣集中在那些天赋出众的生性特别优越的动物身上。这些动物中的英雄经常会弄出"戏剧性事件"来。西顿就是从这些"事件"中汲取他的故事所需要的那种引人入胜的紧张性、英雄行为的动人性和尖锐的矛盾冲突。但是,西顿的人道精神仍然在作品中处处表现出来:表现在他注意描写野兽无所畏惧的勇敢,不惜自我牺牲的母爱,对于友好的人所表现的充满英勇精神的忠实。

西顿的动物小说在全世界发行已无以胜计,许多国家都涌现了仿效潮,在俄罗斯,韦·比安基和尼·斯拉德科夫就既是西顿动物的译介者,也是他动物文学的追随者、承继者,遂而成为世界著名的动物文学作家。

西顿100周年诞辰(1960)时,他的原葬于新墨西哥的骨灰,由他的女儿季·西顿-巴尔别尔和他的孙子西顿·柯台尔用飞机在高空撒在了辽阔的"西顿丘陵"山野间。而他满盈文学天赋的动物小说则将永远灿烂在文学宝库里,西顿强韧的文学生命则将永远活在广大少年儿童读者心中。

二、西顿的代表作

西顿1883年始发表动物文学作品,1898年始出版动物文学作品集,至1912年,共出版了42种动物短篇、中篇小说集(加上其他著作,譬如《一个博物学家的艺术道路》《我的一生》等,则计有50多种)。其中流传最广的是:

《我所熟悉的野生动物》(1898)

《灰熊的一生》(1900)

《捕兽人生活纪事》(1901)

《桦树皮》(1902)

《动物英雄》(1906)

《银狐的一生》(1909)

《罗利弗在森林中》(1911)

《森林书》(1912)

《野兽们的生活》(八卷集,1925—1927)

西顿的《我所熟悉的野生动物》,包括八篇动物小说(其动物主人公:狼王,乌鸦,白尾兔,猎犬,母狐,野马,黄狗以及松鸡,都一一给取了人用的名字)——从它们幼小时写到它们衰老,或写到它们非命夭亡(通常是由于人类的暴虐无道)。西顿曾说他的故事是全都有事实作为基础的。作家从一开始就给自己树立这样一个的目标:"尽可能写到动物自然消亡就打住。"他为了保护大自然而参与各种社会活动,献出了他许多宝贵的精力和时间。故事集中的都是现实生活中与人发生种种关系的动物典型,西顿通过对它们的细致入微的观察和体验,把它们的故事生动地展现在读者的面前。动物生存的艰难困苦多半是因人类而造成的,这是这部小说故事集里作品的共同主题。西顿的动物文学中贯穿的是达尔文主义适者生存的逻辑和生存竞争的动物观。

西顿的第一批作品打开了动物文学的现实主义路子之后,作家又写了这样两本奇特的书:《两个小野人》(1903)、《罗尔夫在密林中》(1911)。这两部历险体长篇小说,对年轻的自然考察工作者有很高的实用参考价值,书中回答了许多追踪者不解的问题。这些书放在一起,就是一部地道的森林生活百科全书。

西顿动物小说的著名篇章是《狼王洛波》《宾果》《野马飞毛腿》《信鸽阿诺》《小战马》《银狐的一生》《山猫》《乌利》《红脖子》《霹雷虎》《威尼佩格狼》《豁耳朵小兔子》等。这些篇章主要出自《我所熟悉的野生动物》和《动物英雄》两个集子。《狼王洛波》中,狼群之王洛波是只智敏狡黠的老狼,它爱自己的异性伴侣勃兰卡爱到忘我的程度,它的伴侣遭遇捕兽器毙命后,它竟郁闷而憔悴地死去。其他牧狗、野马、信鸽、野兔都写得活灵活现,完全区别于一般虚构的动物故事。《山猫》写一个少年在病中与山猫斗争的紧张故事。春田狐非常狡猾,却有着一种非常强烈的母爱本能。《乌利》中的小黄狗"乌利"身上残留着恶狼的本性。漂亮的松鸡怎样从小到大,勇敢地跟敌人顽强战斗到最后一息……西顿的每则故事的动物都有它们各自一套表现英雄感情和行为的方式,读来令人心魄激荡。这些故事均生动、有趣、细致,带有西顿特有的温柔。西顿的动物故事中最受儿童欢迎的是《豁耳朵小兔子》《威尼佩格狼》《小狗钦克》《豺狼基多》等。在他的作品中,一方面是冷静地展示出动物世界生存竞争的残酷规律,另一方面又友善地颂扬了动物的勇敢无畏精神、自我牺牲的母爱和忠诚的友情等等。他的渗透着人道主义精神的动物故事中,其动物主人公某种程度上是被赋予了近似人类社会的价值观念和道德判断,反映了达尔文式的适者生存、物竞天择、自然淘汰的逻辑和生物界相互依存的内在本质。在动物自传性小说中写出动物世界本质的真实,是西顿动物小说最可贵的价值,也是西顿最大的贡献,也是西顿给世界作出的榜样。西顿告诉我们:我们和动物有一个共同的母亲,这就是大自然。我们写的既然是动物小说,那么就需得防止掉入"拟人化"的陷阱。

三、西顿动物文学受到少年儿童的青睐

1. 表现母爱的小说情节感染着孩子们

西顿早年曾专为孩子写过小说,篇名叫《两个小野人》。但总体来说,西顿不是儿童文学作家,这是人所共知的。

西顿的作品是在19世纪末"遇上了"期待中的少年儿童读者,孩子们遂将其视为至宝。西顿的作品一开始就受少年儿童欢迎,其缘由大约有三:一是作品感动了他们;二是能从作品中得到他们期待的乐趣;三是意蕴耐得住长久的品味。这三项,西顿的动物小说里都具备。

"爱"的题蕴在西顿的动物小说中有三类,第一类是动物生理本能的情爱,第二类是动物与生俱来的母爱,第三类是动物对生而自由的酷爱。

其中,"母爱"是最为突出的,也是最能打动孩子的。西顿小说里动物"母爱"可举的例子比比皆是。其中最具震撼力的例子之一是《豁耳朵小兔子》:

> 苏苏声听起来离他很近很近,声音先是转到左边,接着又好像远去了。兔娃娃慢慢抬起皮球似的小圆脑袋,屁股垫着毛茸茸的尾巴坐起来,把圆圆

的小脑袋探出洞去,向森林窥望。他身子一动,苏苏声立刻就停了。他的脑袋正跟一条大黑蛇的脑袋撞了正着。

"妈妈!——"可怜的小兔子简直吓死了。在大黑蛇向他扑来时,大叫起来。

小兔子四条腿憋足劲儿逃跑,但是大蛇像黑色的闪电一般追上了他,咬住了他的耳朵,用又黑又长的身子缠绕着孤独无援的小生灵,正想把他吞下去,当他的一顿美餐。

"妈妈!……妈妈……"可怜的兔娃娃尖声大叫着。这时,残忍的大黑蛇缠得他喘不过气来了。

本来,这小生灵很快就该是永远叫不出声音来的,但就在这时,他的母亲毛丽从森林深处箭也似的飞蹿出来。此刻的毛丽就不是从前的那只只会被自己的影子吓得魂不附体的胆小母兔了!母爱给了她无穷的勇气。她的孩子撕心裂肺的叫声使她忘却了一切恐惧。于是……兔妈妈嗖的一跳,前脚跳过了那可怕的蠕动着的蛇身,尖利的后爪灵活地把蛇抓了一下。蛇被毛丽这猛烈地一抓,不由得抖动了一下,恶狠狠地苏苏叫起来。

"妈妈!……"小兔子低弱的声音尖叫着。

毛丽又跳起来,用爪子更有力地狠命抓了一下粗大的仇敌。黑蛇还咬着兔娃娃的耳朵不放,同时又想来咬兔娃娃的母亲。不过大黑蛇只咬下了毛丽的一撮毛。这时,从大黑蛇浑身是鳞的长圆躯体上淌出了几道血沟,这是被拼命的母兔用爪子抓出来的。

大黑蛇觉得受不了了。他缠着小兔的身子不那么得劲了。兔娃娃当即逃脱了蛇口,钻进了矮树林中。他吓坏了,心惊肉跳地喘着气。他倒也没有重伤,只是左耳朵被可怕的大黑蛇咬出了一个洞。

(韦 苇/译)

母兔听得自己孩子撕心裂肺的叫声时,所表现出来的惊人之举,足见动物母爱之伟力。只有她"忘却了一切恐惧",奋不顾身,才在大毒蛇的口中救下了自己的"骨肉"。母兔用自己的"母爱"塑造了豁耳朵,使家族得以延续。后续的小说中,母兔虽用尽了她所有的自救技巧,但还是成了狗的猎物。不过"她的心肝宝贝豁耳朵还在,她仍然活在他的身上,并通过他,给她的种族遗传一种更为优良的品质。"母狐的母爱则完全是另一种表现："如影子一般,母狐悄没声儿潜来,却只一会儿又消失了。母狐好像丢了样什么东西在地上,小狐狸立刻扑上去,津津有味地吃起来。才过不多时,小狐狸就突然开始抽搐,刀绞般剧烈地疼痛,接着一声尖叫后就倒了下去,在地上抽搐了一阵子,终于不动了。"活着不自由,在母狐想来是一种绝顶的痛苦。这时,毒死自己的孩子就是母狐的母爱。

《红脖子》里的邓谷的松鸡妈妈也全心全意地照看着小松鸡们。当危险来临,松鸡妈妈独自引开了狐狸,全然不顾自己的安危。随后,又"凭着野生鸟类对地点精确无误的记忆,她准确地回到她刚才踏过的那片草地,她在那儿站了一会儿,欣赏着孩子们安安静静的样子,心中充满了爱意"。当全家都染上寄生虫病时,她为了帮助孩子去除病魔,毅然冒险去尝试毒漆树上有毒的果子。《红脖子》里松鸡妈妈刨开了蚂蚁一个土堆。这个土堆是蚂蚁窝,刨开后满是白白胖胖的蚁卵。小松鸡们不知道蚁卵是美味,松鸡妈妈"就捡起一颗看起来多汁的蚁卵,啪地扔在地上,再捡起来,再扔,然后才把它吞了下去。"母亲这样一再示范,小松鸡们才鼓足勇气来啄食蚁卵。从这种示范的良苦用心中,母爱就不再是抽象的了。所有的幼小野畜其生存本领都是动物母亲不厌其烦地传授经验,像《狐狸的母爱》中的母狐便是这样教会了幼狐逮田鼠和松鼠的。"动物都有自身的长处,否则无法生存;当然也有自身的弱点,否则其他动物就无法生存。红松鼠的弱点就是愚蠢的好奇心,狐狸的弱点在于无法爬树。训练幼狐,也要本着取长补短的原则,以己之长,攻其之短。"幼狐就是从母狐的生存经验总结中学到了狐狸世界的生存要领。

世界上也只有那种无私的"母爱"才会让动物母亲们如此奋不顾身。这种爱令我们人类都不能不发出由衷的赞叹!

2. "英雄主义"的小说氛围鼓荡着孩子们的心

西顿的动物小说创作从来不写"动物的类",而是写出头领型的"动物个体"。他以大量的细节真实演绎出充满戏剧感的故事,在故事的推演中刻画出动物首脑的鲜明的、不可复制的个性。每一个动物主角都像人一样取有自己的姓名,其目的之一也就是不使自己笔下独异的动物肖像不混进"动物的类"。

西顿爱对自己笔下的读物有所神化。这里所谓"神化",其意思之一就是他的动物小说的主角兽类也好,鸟类也好,总是或魁硕,或暴烈,或强壮,或英武,或多智,或勇敢,或完美,或鲜丽,或特别富于自我牺牲精神,然而他们的结局都是悲剧性的,却都不收结于束手受擒,其"困兽犹斗""死拼到底"的情节所传递出来的都是一种英雄气概、英雄情结，给整篇小说蒙上或"悲壮"或"壮烈"或"痛惜"的气氛，塑造出一个又一个的动物英雄。

《野马飞毛腿》中，屡屡从猎人手中逃脱的黑野马，最后的结局是这样：

> 大黑马惨不忍睹地挣扎着。他身上沾满了厚厚的黏液，中间还夹杂着鲜血。他重重地摔了无数次，加上经过一整天的追逐消耗了许多体力，他渐渐地没劲了。他嘘嘘喘着粗气，鼻子里连连喷出血来。……
>
> 当马圈出现在大黑马眼前的时候，他用尽最后的力气，挣脱了缰绳，拼命往绿草坡上冲去。猎人朝空中开了几枪，想吓住大黑马，但大黑马根本没有理会，他依然沿着草坡向高处冲，冲啊，冲啊，他冲到了二百英尺高的悬崖边，纵身跃起，跳了下去，纵身一跃，落向悬崖下的一片旷地，落下去——落下去——两百英尺之后，落在一丛岩石之中。他现在是一具没有生命气息的躯体了，却自由自在。

关于大黑野马极具张力的小说叙事，最终告诉我们的是：不自由，毋宁死！

《银狐的一生》中的银狐，被追逐得死去活来的时候，万般无奈，逃无去路，一纵身跃入了汹涌的激浪中，拼尽全力泅到了河对岸。狡黠惊人的狼群头领为了自己爱进命里的勃兰卡情狼，痛苦地死在了捕兽夹里，"被捕捉的狼王洛波显示了英雄式的尊严"。《宾果》中的宾果，一只个儿小小的狗，小笨狗，居然舍生忘死扑向一头穷凶极恶的灰熊，把主人从熊爪下救了出来。《乌利》中的黄狗乌利尽职尽责，对主人无比忠心，但先是主人罗宾弃他而去，随后，主人多利又用柴钩狠狠地砸了两下，敲碎了他的头颅，结束了他的生命。"乌利，聪明、勇猛、忠诚而又奸诈的乌利，抽搐了一阵，然后撒开了四肢，永远静静地躺下了。"

所有这些，都与时时向往英雄奇迹、憧憬非凡勋业的儿童心理相吻合。他们爱上西顿的动物小说是不言而喻的。

3. 素描画图加强了小说的直观性

西顿年轻时期的动物行迹素描和动物图画不但数量多，而且都能传达出各种野生禽兽的性格和特点。正是缘于对绘画的酷爱，他进了英国的托隆斯基绘画专科学校。1879年毕业后，为了在绘画上有更高造诣，晚些时他毅然只身前往巴黎、伦敦和纽约研修绘画艺术。他的画还在巴黎公开展览过。为画画练习，他曾养过兔子等几种哺乳动物,不过他很快就知道,要了解森林里的动物,在家里养养兔子什么的是不够的,只有频繁地与野生动物打交道,成为野生动物世界里的一部分,才能充分熟知野生动物的生活习性。他的《草地琴鸡》就是在画素描时涌生的灵感。西顿的素描和插图都传递出野生鸟兽的内心世界、刻绘出它们的个性、心绪和对作者的态度,洋溢着作者发自内心的爱与天真、俏皮的幽默。他的素描插图,笔法轻盈流畅,恰当地安排在书页间,作为文学描写的注脚和补充,并与文字配合成一个有机的整体。磨刀不误砍柴工,他的素描令他的小说大大增色。

给孩子的文学读物就是要具有很强的直观性,而他小说行文中大量的素描配置,使他的作品在少年儿童中备受青睐——他们读的不只是文学作品,还通过画面汲取了动物知识的营养。

汤普森-西顿著作年表:

Mammals of Manitoba (1886)

Birds of Manitoba, Foster (1891)

How to Catch Wolves (1894)

Studies in the Art Anatomy of Animals (1896)

Wild Animals I Have Known (1898)

The Trail of the Sandhill Stag (1899)

The Wild Animal Play for Children (Musical) (1900)

The Biography of a Grizzly (1900)

Bird Portraits (1901)

Lives of the Hunted (1901)

Twelve Pictures of Wild Animals (1901)

Krag and Johnny Bear (1902)

How to Play Indian (1903)

How to Make a Real Indian Teepee (1903)

How Boys Can Form a Band of Indians (1903)

The Red Book (1904)

Monarch, the Big Bear of Tallac (1904)

Woodmyth and Fable, Century (1905)

Animal Heroes (1905)

The Natural History of the Ten Commandments (1907)

Fauna of Manitoba, British Assoc. Handbook (1909)

Biography of a Silver Fox (1909)

Life-Histories of Northern Animals (2 volumes) (1909)

Boy Scouts of America: Official Handbook, with General Sir Baden-Powell (1910)

The Forester's Manual (1910)

The Arctic Prairies (1911)

Rolf in the Woods (1911)

The Book of Woodcraft and Indian Lore (1912)

The Red Lodge (1912)

Wild Animals at Home (1913)

The Slum Cat (1915)

Legend of the White Reindeer (1915)

The Manual of the Woodcraft Indians (1915)

Wild Animal Ways (1916)

Woodcraft Manual for Girls (1916)

The Preacher of Cedar Mountain (1917)

Woodcraft Manual for Boys: the Sixteenth Birch Bark Roll (1917)

The Woodcraft Manual for Boys: the Seventeenth Birch Bark Roll (1918)

The Woodcraft Manual for Girls: the Eighteenth Birch Bark Roll (1918)

Sign Talk of the Cheyenne Indians and Other Cultures (1918)

The Laws and Honors of the Little Lodge of Woodcraft (1919)

The Brownie Wigwam: The Rules of the Brownies (1921)

The Buffalo Wind (1921)

Woodland Tales (1921)

The Book of Woodcraft (1921)

The Book of Woodcraft and Indian Lore (1922)

Bannertail: The Story of a Gray Squirrel (1922)

Manual of the Brownies 6th edition (1922)

The Ten Commandments in the Animal World (1923)

Animals (1926)

Animals Worth Knowing (1928)

Lives of Game Animals (4 volumes) (1925—1928)

Blazes on the Trail (1928)

Krag, the Kootenay Ram and Other Stories (1929)

Billy the Dog That Made Good (1930)

Cute Coyote and Other Stories (1930)

Lobo, Bingo, the Pacing Mustang (1930)

Famous Animal Stories (1932)

Animals Worth Knowing (1934)

Johnny Bear, Lobo and Other Stories (1935)

The Gospel of the Redman, with Julia Seton (1936)

Biography of An Arctic Fox (1937)

Great Historic Animals (1937)

Mainly about Wolves (1937)

Pictographs of the Old Southwest (1937)

Buffalo Wind (1938)

Trail and Camp-Fire Stories (1940)

Trail of an Artist-Naturalist: The Autobiography of Ernest Thompson Seton (1940)

Santanna, The Hero Dog of France (1945)

第三节　加拿大的其他动物文学名著

一、马·桑德斯的《漂亮的乔》

马歇尔·桑德斯(1861—1947)虽然出版过30多种小说,但她的名字几乎只与《漂亮的乔》紧密相连。《漂亮的乔》有现实中的事实做根本。乔是一条残狗,它连连遭遇不幸——它被主人毒打且不说,还被割掉了双耳和尾巴,而桑德斯正是从乔的丑陋和乔后来的幸遇中看到了人心的善恶和人性的丰歉。桑德斯为了写好乔,特意来到给予乔幸福生活的莫里斯家,和他们共同生活了 6 个月,而后才据乔的由苦转甜的经历写就了《漂亮的乔》这部世代流传的小说。小说以平实朴素的描述语言娓娓道来,没有丝毫炫技之痕,非常适合儿童阅读。《漂亮的乔》1893 年出版后,很快成了加拿大第一本销量超过百万的书籍(时年加拿大人口不到 900 万),创造了世界出版史上的奇迹。1930 年,该书在全世界销量突破 1 000 万,凭借这一成绩,这部小说被美国国会图书馆评选为"20 世纪最精彩的图书之首"。它成了加拿大第一本被翻译成法、英、西班牙、荷兰、日、汉等 54 种语言的小说,是百多年来喜爱动物的人们世代相传的必读书。

《漂亮的乔》对后来加拿大动物文学的发达和繁荣起了鼓舞和推动作用。

二、柯伍德的《灰熊》

詹姆斯·奥列佛·柯伍德(1878—1927)终生都在加拿大度过。他爱好狩猎,嗜好探险性的旅行,长年跋涉在渺无人烟的斯卡利斯特群山间,那里林木繁茂,就是在这样的跋涉中,他成了加拿大北部的博物学家和作家,用他自己的话说,就是他的一半生命是在野兽中间度过的,剩下的一半生命就用于写作。柯伍德年轻时以报社记者为业,后来他离开新闻工作岗位,专事小说创作。从 1908年起,他一共出版了 25 部小说。起初写就的一些短篇小说明显受杰克·伦敦的影响,没有引起多大反响。使他在文学界成名的是写动物的长篇小说《卡桑》(1914)和《灰熊》(1916—1917)。正是这两部小说让他的名字和加拿大文学史联系到了一起。他的长篇小说赢得了广泛声誉后就被译介到了外国。

柯伍德在《卡桑》出版时自序说:"在《卡桑》这部作品中,我试图反映我在北方林区的生活,那时,我正进行着亲近野狗的试探,我想进一步了解野狗。"作家叙述一只叫"卡桑"的半狗半狼的四脚动物的生命史时,让读者分明感觉到他作品主人公那种完全抛却野性的痛苦。当野狼卡桑生活在善意关怀着它和体贴着它的人们中间时,它的野兽本性被抑制着,然而它一旦发觉人们骗取了它对人的忠信时,马上就由人的忠实朋友变成凶残的猛兽,瞬间复活了与生俱来的野性。

柯伍德的代表作除《卡桑》外，还有《灰熊》和《北方流浪者》(1919)。这些作品中的主要出场人物是灰熊、狼群，还有养驯了的野狗——它们都跟人有相互关系，作者熟谙它们的心理、习性和各自相异的个性特点。

柯伍德在《灰熊》的自序中这样写道："我把我的第二本反映大自然生活的作品奉献给读者。这里面写的都是我的自白和我的希望。这自白是这样一个人的自白：他在尚未揭开野兽奥秘之前，在尚未尝到占有密林的欢趣之前，在尚未改掉杀兽习惯之前，许多年来总是想方设法去猎杀野兽；而现在我希望：但愿人们通过阅读我的作品能感觉到和理解到不是首先为捕杀野兽，而首先是为保护野兽去入林打猎。"作家为了揭开力大无比的灰熊托尔的详细生活史，曾旷日持久地顽强地随熊游猎于加拿大斯卡尔山区。最后，猎人以为已经找到了射杀这头熊老大的好时机了，正在这当儿，他却由衷地叹赏起它的伟力和对生活的惊人适应能力，从而打消了非射杀它不可的念头。所以《灰熊》是一部以忏悔捕杀野兽为小说指归的书。他希望读者读过他的这本书以后能做到"首先是为保护野兽去入林打猎"。于是《灰熊》中留下了一句警言："捕猎最让人兴奋的地方不是杀死动物所带来的快感，而是放生。"这句话很能说明人类敬畏大自然意识的觉醒。他始终为人类停止恣意猎杀的举动以及为动物保护极尽心智。柯伍德号召猎人们不在万不得已时不要枪杀林中动物；他教导少年读者们热爱大自然、熟悉大自然、理解大自然。他的优秀作品，除了艺术上自有成就外，其教谕意义就在这里。

柯伍德的动物小说作为儿童文学读物，其意义在于启示孩子热爱大自然、认知大自然、熟悉大自然、理解大自然。他因动物文学作品连连获得成功而与杰克·伦敦和赞恩·格雷齐名。

三、查尔斯·乔治·道格拉斯·罗伯茨的《荒野一族》

　　加拿大用英语写作的杰出诗人和作家查尔斯·乔治·道格拉斯·罗伯茨（1860—1943）被称为"加拿大文学之父"，他以诗质的优美语言进入了文学史，他以动物文学的优秀品质进入了儿童文学史。他的动物文学完全根据自己探究大自然的经验所得来结构极富乐趣的故事情节。他的故事集《荒野一族》（史菊鸿译作《荒野里的呼唤》）、《水下小屋》《火红的狐狸》表现了诗人对密林中的动物世界观察之细致、深入和透辟。在罗伯茨的作品中，人与自然的相互关系，加拿大猎人、渔民、伐木工人生活中非凡的故事，与野生的和被驯养的各种动物的命运遭遇奇妙地交织在一起，有机敏谨慎的野兔、足智多谋的秃鹰、胸豁志大的野天鹅、责任心很强的刺猬父亲、机灵骁勇的驼鹿，等等。

　　亚·鲁卡斯将罗伯茨的大自然文学和动物故事归纳为三种类型：传记型（探索行为或个性特征）；情节型（强调情节并通常有人类参与）；特写型（说明主宰自然世界的一种自然力）。

　　罗伯茨的动物小说篇幅都不是太长，但是却很注重细节描写和心理描写。看罗伯茨动物小说里这样写秃鹰的巢：

　　　　秃鹰的巢看上去就像是一堆任意堆放的树枝，也像是堆放在悬崖之上的一小推车没用的干草。但是实际上每一根树枝都是秃鹰精心挑选的，彼此之间镶嵌得非常紧密，使得整个鸟巢足以抵挡袭过老糖块崖的最猛烈的风暴。

　　　　　　　　　　　　　　　　　　　　　　（《空中之王》，史菊鸿/译）

　　写动物的脚印则更是笔笔有来由。"清澈的月光使得雪地上这些脚印格外醒目，在亮晶晶的白雪中似乎紫气腾腾的"——罗伯茨这样写兔子的脚印。罗伯茨写动物的亲情、生存的艰难，在娓娓道来中感动人们的肺腑。罗伯茨首先是一个诗人，被称为"加拿大第一代摆脱英国诗歌束缚的歌者"，所以他的小说语言优美，甚至可以把罗伯茨的小说当作诗来读。

四、灰枭的《莎乔和她的海狸》

加拿大笔名叫"灰枭"的乔治·别兰尼(1888—1938),从一个猎人和捕兽人发展到大自然探索者和动物故事作家,并以动物文学作品赢得世界声誉,其间走过的是一条艰难而又复杂的道路。父亲是苏格兰的逃亡者,栖居在母亲所在的印第安北方部落里,接受的是印第安人的世界观和生活习惯。因父亲早亡,灰枭历来只说自己是印第安人。他自幼深爱北美原始状态的荒野环境。他取笔名为"灰枭",就是因为他每天夜晚像猫头鹰那样出去捕捉林中禽鸟。为了糊口,他什么都干——他卖过海狸皮,当过脚夫,做过林中向导,干过船夫——在滩多浪急的河流里撑行。第一次世界大战爆发后,他应征加入不列颠帝国的军队,成为一名狙击兵。1917年,他在火线上负重伤后回到加拿大寻找他的故乡,那里已经面目全非:森林稀疏了,海狸绝迹了,印第安部落往北迁居得更远了。他在他的自传文字中说:"火灾、铁路、电站、飞机场,把古老的生活剁成了碎块。印第安的疆界像退下去的海浪,直往后撤去;我连跟上都感到吃力。"(《林中书页》,1935)他在一片没有遭到毁灭的湖边森林里把自己安顿下来。就在这里,他开始了动物观察和试验。在一个偶然的机会里,他逮到了两只小海狸。于是他每天做观察日志。后来,灰枭就在这些观察日志基础上写成了一些动物札记和动物故事,号召人们来共同保护行将绝种的"海狸种族"与其他珍稀动物,以免其继续遭到滥捕滥杀。

灰枭的第一部作品《消逝的游猎部落》(英译作《国境线上的人们》)出版于1937年,一问世就以反映令人惊诧的印第安部落生活而轰动加拿大,报刊纷纷刊载关于这位印第安作家的文章,同时配发作家身穿民族服装、头戴鹰毛编就的冠饰的照片。加拿大政府也对这位少数民族作家对动物的观察发生兴趣,划定了海狸禁猎区,灰枭于是被委以保护海狸群落的职责。

灰枭传到国外的动物文学著作一般就这三部:《林中书页》《莎乔和她的海狸》《空棚里的故事》。

在《林中书页》里,他带着忧伤和痛苦诉述资本主义文明的推进把印第安人赶进了渺无人烟的荒原,那里的小棚屋浓烟呛人,不时有风声呜呜嘶啸。当灰枭的作品传入俄罗斯,普里什文立刻在他的作品里感觉到作家对大自然生活的热爱,和对世界富有诗意的感受。普里什文惊讶于这位加拿大动物文学作家的作品竟与自己的作品如此相似。普里什文满怀欣喜地亲自动手翻译,把这部自传色彩很浓的作品介绍给俄罗斯少年读者,并为他的另一部作品《莎乔和她的海狸》(俄文版)作序,在序文里热忱肯定他的动物文学作品的阅读价值。普里什文认为灰枭的作品也是世界动物文学之典范。

在《莎乔和她的海狸》里,灰枭刻画了几个印第安人形象,其中一个名为"大羽"的是中心人物———一个印第安猎人和捕兽人。他有个儿子叫希皮安,有个女儿叫莎乔。这部故事就写莎乔和她的哥哥为追回一只被白人带走的海狸而历尽苦辛的故事。兄妹俩得到父亲送给他们的一样礼物:一对迷路的海狸。两个孩子把小海狸珍养在自家的棚屋里,他们打算待到冰化雪消时节就把小海狸放回森林,还它们以自由。可是突然跑来一个讨债的白人,他把海狸捉走了一只以抵债。为了把被白人带走的海狸找回来,他们穿越了一大片处女林,才终于进了城。兄妹俩在途中遭遇许多不幸。印第安猎人们知道此事后深深感到不安,即刻在头领的率领下飞快前往追赶。莎乔最后终于找回了那只小海狸。作品对兄妹俩的英勇表现描写得异常动人。整个作品的抒情笔墨极富诗意。更可贵的是,灰枭也和西顿一样,由作家本人配以铅笔插图。

五、莫威特的《狼们,别叫!》等

法尔利·莫威特(亦译作"莫厄特",1921—?)是当今在"自然与人"的总题下写作的加拿大重要作家。同前述几位作家不同,他的写作偏于人——他的目光投注在用金钱说话的世界中受欺压的少数民族、爱斯基摩人和印第安人。他一生写了30多部作品,被译成超过52种以上的语言。

莫威特除了文学著作,还有考古学和人种志学方面的著作,并有研究加拿大北部的著作。15岁时,他就随作为著名动物学家和旅行家的堂祖父到北部旅行,开始了解并熟悉那里的居民爱斯基摩人和印第安人的生活习俗。北部的动物、少数民族是少年儿童最感兴趣的题材。

莫威特在爱斯基摩人部族居住了一段时间,写成了《鹿区的人们》,描写善良的爱斯基摩猎人勇敢地捕猎北美大鹿的情景。这本书一出版就被译成所有的欧洲文字。继而,他写出了《绝望的人们》、《狼们,别叫!》(1968)等。在这些作品中,作家为北部边陲的少数民族倾吐苦怨和悲酸。在这里,作家和社会活动家的身份已是两者得兼了。

莫威特专为孩子写了几本描写野生鸟兽的精彩故事,主要有《爱嘲笑人的黑兽》《猫头鹰之家》,还有几本反映爱斯基摩人和印第安人生活的历险故事,主要是《被遗忘在冻土带的人们》和《海盗墓的诅咒声》(1966)。

莫威特还以强烈的愤怒之情号召人们为拯救动物世界的生态环境而斗争,并写成了一部受到读者一致好评的书《屠鲸纪事》(1976),这本书写得既有根有据,又充满戏剧趣味。它继承和发扬了加拿大动物故事的传统,强烈的忧患意识使他的作品推陈出新,在加拿大文坛和世界文坛上独树一帜。而《狼们,别叫!》则是表现人、动物、自然三者融合的主题的作品中的名作。这是一部纪实性很突出的作品,写作者与野狼一族在草原地带共度一个夏天。人与狼在广袤大地上为邻为伴,在同一个苍穹下,同享共分着日落日出,一起拥有一个特定时空的所有权。它带给当代人的遐想是深刻的,对于熟稔二战中希特勒、墨索里尼和东条英机嘴脸的莫威特来说,狼的世界比人类世界更可爱,更令人神往,因为它给人类带来的不仅仅是荒漠上顽强生命的象征。莫威特的《狼们,别叫!》在表现人、动物、环境的关系中,突破了以人类为中心的人类沙文主义,克服了人类传统行为的惯性,批判了人类在开发自然的过程中的霸主态度和殖民行为,动摇了"人定胜天"的真理性。《狼们,别叫!》的魅力在于,它在使读者激动、喜悦和增进知识的过程中,自然而然地迷恋上动物王国。在那儿,乔治一族狼似乎是我们雍容大度的友好邻居,它们安身立命,自觉地与自然一体的生存之道,甚至堪称人类之榜样。作者笔下的狼,不再是固化在人类主观意念中的狼的"类",而是超越假说和偏见的鲜灵生命:它们的理性超过了它们的动物本性,它们的社会行为高于它们的本能行为,它们有自己的丰富情感,不需要人类画蛇添足地注入世俗的情感。可以说,莫威特的感叹"狼使我认识了它们,也使我认识了自己"是具有普遍意义的人类自省、反思的警示之声。《狼们,别叫!》旨在防止人的生存环境恶化,最后甚至可能把人类引向毁灭。这当中包含的特定价值取向和丰富的内容,注定了它将成为不朽的动物文学经典。

就像莫威特继承了罗伯茨和西顿的传统一样,弗雷德·博兹沃斯(1918—)光大传统的亮点是其代表作《最后的极北杓鹬》。据文献记载,直到19世纪中叶,极北杓鹬的数量多得惊人,在拉波拉多观察到的报告说,此鸟群聚,一群之量长达一英里,宽略为一英里,估计达四五千之巨。《最后的极北杓鹬》的中心角色是只雄鹬,它像其他的候鸟一样,往返于南美洲的大草原和加拿大的北极荒地,单程九千英里。随着种群数量的减少,年复一年,他形单影只,在忍受了孤独、精疲力竭和失望之后,生存的希望最终不堪人类活动毫厘之力而粉碎,一个物种从此消失了。博兹沃斯以雄鹬的命运遭遇再次敲响了莫威特首鸣的警钟。

六、豪斯顿的《爱斯基摩少年历险记》等

詹姆斯·豪斯顿(1921—?)出生于加拿大第二大城市多伦多,与爱斯基摩人一起生活了12年,搜集了许多爱斯基摩人的故事、传说和民歌,并研究了他们的艺术,还与他们一道作惊险的旅行。因为他对北极群岛生活很熟悉,能栩栩如生地刻画爱斯基摩人的形象,逼真地描绘北极风光,所以读他的爱斯基摩人故事,等于在眼前打开一个见所未见的新鲜世界。豪斯顿在16年时间里写了14本书,其中《蒂克塔利克塔克》和《白人的射手》获加拿大儿童读物奖(1966,1968)。他的作品已被译成12种文字。

豪斯顿的《阿卡瓦克——一个爱斯基摩少年》(又译作《爱斯基摩少年历险记》),写阿卡瓦克陪伴爷爷去找叔祖父的历险经过。他们走的是一条极其艰险的道路,但是为了护送爷爷见到弟弟,他表现了一片赤忱和百折不挠的毅力。其中最精彩的是"饿猎麝牛"一章——这一章里把一个勇敢、机巧、灵活的爱斯基摩少年写得活灵活现、惟妙惟肖。

第四章

盛产动物文学的俄罗斯

第一节 俄罗斯动物文学概说

一、俄罗斯动物文学的背景因素

俄罗斯19世纪的文学不仅不输西部欧洲诸国,而且19世纪作为"欧洲小说纪",首先是指法国、俄罗斯和英国的小说,就是说,俄罗斯19世纪小说作家的群雄并峙是"19世纪是欧洲小说纪"这一文学判断的重要依据。这与近代俄罗斯人的特殊命运有直接关联。长久以来,俄罗斯社会较其他欧洲一些先发达起来的国家相对要闭塞些,接受资本主义经济革命和政治革命影响的节奏要慢好几拍,但是俄罗斯文化精英却同西欧知识分子一样是敏感的,他们在法国等西方国家文化思想的刺激下,在东正教人道主义的影响下,对俄罗斯国家的命运、俄罗斯社会现状与民族的未来表现出了深度的关切与忧思,并将这些关切与忧思熔铸在文学作品中。因此19世纪的近代俄罗斯文学作品都有着深刻的人文内涵,表现出更多悲天悯人的情怀。我们还很容易在俄罗斯文学中感受到俄罗斯人民性格的坚毅,且有近乎先知的睿智。诺贝尔文学奖得主亚·依·索尔仁尼琴1970年在斯德哥尔摩受奖时说:"繁重的生活负担,使俄罗斯人产生强健而具有含蓄的性格,远非安逸条件下生长的西方人所能相比。"可是,同样是俄罗斯人,同样是俄罗斯作家的文学创造力,20世纪却因时代的原因而遭受重创。俄罗斯文学对世界辐射影响的能力大大减弱。尽管如此,20世纪中期的俄罗斯人,尤其是俄罗斯人中的知识分子依然非常重视精神价值对人的价值的支撑意义。

俄罗斯文学作家中有些采取以退为进的办法,离开"人与人"的主流文学,绕开当时苏联直接的社会现实,绕开政治意识形态浓重的是非,以"人与自然"为范畴创作大自然文学/动物文学。现在看来,正是这些从主流社会文学逃逸出来而厕身于大自然文学、动物文学的作家,他们的作品至今仍长久而广泛地流传着,显示着它们强大的时空穿透力。当曾红极一时的苏联"人与人"的社会小说作品因为事过境迁而成为过眼烟云,成为明日黄花,成为被扭曲的历史陈迹,而不再被世人提起时,大自然文学作家们的作品却凸显出了自己的历久不衰的鲜活生命力,这些作品中的多数本来就为给孩子们阅读而创作的(譬如比安基的作品),即使本来不是为儿童而创作,却也大部分适合少年儿童阅读——米哈伊尔·米哈尔洛维奇·普里什文就是这样一位一生都厕身于大自然、为所有年龄段的人钟爱的作家。

另外,俄罗斯有地跨欧亚两大陆的广袤、辽阔的大自然生态环境,尤其是俄罗斯的东北部和西部,群山连绵,河流纵横,湖泊遍布,森林密布,生长在城市的作家尚且可以扛着猎枪、背着望远镜、照相机和摄像机,到森林、草原和湖边去长时间驻泊、旅宿、巡游,况且还有的本是从大自然环境中成长的作家,譬如普罗科菲耶夫,他们的动物文学作品都丰富了世界动物文学的宝库。

二、俄罗斯动物文学综述

俄罗斯儿童文学中,以动物和大自然为主要描写对象的适合儿童阅读或为孩子阅读而专意创作的作品素来就有,其传统颇为悠远,历数其莘莘大端者,有阿克萨科夫的《孙子巴格罗夫的童年时代》和《带枪猎人的笔记》,屠格涅夫的《猎人笔记》《木木》,列夫·托尔斯泰笔下的故事和散文,如《老鹰》和《乌龟》等今天还是孩子们的必读作品。马明-西比里亚克的《灰脖鸭》和《猎人叶米里》等,契诃夫的《卡什唐卡》和《白额头母牛》、库普林的大象故事和狗故事。这个优良传统在 20 世纪 20、30 年代,尤其是后半世纪和人道主义传统扭结在一起,显示了动物文学、大自然文学读物作为一条儿童文学支脉的强大。俄罗斯儿童文学中,大自然文学读物享有很高的声誉,拥有自己日渐增多的读者群;以大自然为描述内容的高品位作品年年都保持很可观的出版量和销售量,所以大自然文学的创造者也源源不断地涌现。这在俄罗斯是应运而生的文学。20 世纪 30 年代有瑞特科夫、拉尔里(《昆虫历险记》/1937)、普里什文、比安基、恰鲁欣、恰普丽娜;战后十年里有兹维莱夫(《白马庞》《五彩山的禁猎区》/1946)、《兽族童话》/1946,《鸟兽故事》/1948,《谁跑得快》/1949,《各样动物各样爬法》/1949,《动物故事》/1952,索科洛夫-米凯托夫(《大地的精华》《猎人的故事》/1949,《森林图画》),盖·阿·斯克列比茨基(《不安的日子》《狼》/1946,《公乌鸦和母乌鸦》/1946,《在林间空地上》《狗熊》/1946,《松鼠》/1947,《两栖动物》/1947,《动物故事》/1951),以及斯拉德科夫以季节顺序写的一批精彩作品。

俄罗斯的大自然文学到了 20 世纪 60、70 年代出现了繁荣期,并成为俄罗斯当代儿童文学最具茁壮生命力的富有人道主义的文学一脉。当今的大自然文学作家们赖藉自然科学的飞速发展,都奋力从事作品创造。这些作家是:斯拉德科夫·特罗耶波利斯基,恰普丽娜(《牧羊人的朋友》/1961,《快活的猴子》/1962),奥·佩罗芙斯卡娅的(《小孩子和小动物》),阿凯姆莫什肯,巴内肯(《在生长白桦的地方》/1975,《早秋季节》/1981),罗曼诺娃、佩斯科夫、德米特里耶夫,萨哈尔诺夫、斯内革廖夫、里亚宾宁、斯拉维奇(《我想跟海豚交朋友》/1976),利夫(《龟一生中的五天》/1974,《因为它们很美丽》/1974),雅鲁什尼科夫(《老人和火狐》《卡佳和天鹅蛋》)等。

当代动物文学作家有两个新的特点。第一是作家们追随着现代意识,认为在世界动物品种日渐减少的情况下,对所有动物都要采取道义的态度。例如对蝴蝶的讲述,就不能再停留于实用主义的有害还是有益。第二是这类文学读物所担负的也不只是知识启蒙和知识普及任务,而是需要突出整个生命科学的相互有机联系。

第二节 普里什文的大自然文学

一、普里什文弃农艺而从文学

米哈依尔·米哈依洛维奇·普里什文(1873—1954)生于俄罗斯奥尔格夫省的一个败落的富商家庭。童年时代在乡村的自然天地间度过。乡村学校毕业后,他考入县寄宿中学,他开始沐浴于俄罗斯 19 世纪末 20 世纪初民主思潮。在德国莱比锡大学攻读农艺学期间,他大量阅读了斯宾诺莎、康德、尼采和歌德的著作。1902年毕业归国,后从事农艺工作四年。开始是在莫斯科近郊的克林和卢加地区做农艺师,后受著名民俗学家翁楚科夫委派,到当时很少有人研究的俄罗斯北方白海沿岸的密林和沼泽地带进行地理和人文考察,搜集了大量珍贵的民间文学作品,并对所到地区的文化历史进行了深入探讨。他从自己的兴趣出发潜心研究民俗学、地方志学和民间文学,并成为这些方面的专家,同时致力于文学创作。他还擅于狩猎、嗜于旅行,他漫游了整个俄罗斯,尤其熟悉俄罗斯北部和远东林区,以及哈萨克斯坦草原和克里米亚原始森林,成为著名的边疆考察者,成为苏联地理协会早期颇有名望的一名会员。他孜孜不倦地观察和记录土地上跑动和生长的一切,同农人和猎手谈心,向他们搜集有关飞禽走兽、各类植物和生活在大自然怀抱中的各类人的资料。他还游历过欧洲诸国。他集旅行家、林地考察家、动植物研究家和大自然文学作家于一身,用他关于大自然的广见博闻和丰富的生物学知识写下了大量诗性随笔。他融人类学、社会学、民族—民俗学于一炉所写成的作品,最早一个短篇小说《萨雪克》发表在文学刊物《泉》上,随后发表的《鸟不受惊的地方》(1907)成为此一时期的代表作,也从而显名于文学界。继后,他发表《跟着神奇的小圆包(作者注:民间童话中的物件形象)》(1908)、《神秘的木箱》(1908)、《亚当和夏娃》(1909)、《一个肤色黝黑的阿拉伯人》(1910)、《铃儿叮当》(1913)。还发表短篇小说《峭壁上的野兽》《鸟坟》,中篇小说《在看不见的城墙边》。声闻于文学界后,他结识了当时生活和活动在彼得堡的现代派、印象派诗人、作家阿·勃洛克、德·梅莱史科夫斯基、阿·莱米索夫等,并在高尔基的协助下出版了大自然散文随笔三卷集。

　　第一次世界大战期间曾充任战地记者。十月革命后一度当过乡村教师,著有特写集《屐》(1923)。在普里什文面世的第一批作品中,已经表现出小说故事作家、童话作家、大自然速写、特写作家的非凡才能,他的天才对儿童文学读者的适宜已是不言而喻的了——从他的作品全集里,至少可以挑出97件短作供儿童阅读。在主张征服自然、强调人定胜天的当时苏联社会,他却自命为"把自然界万物都看作人的泛灵论者",这种理念的坚持在苏联作家中殊为难得;用这样的超越彼时意识形态的理念进行文学创作并赢得有目共睹的卓异成就,尤为难得。这也是他为人为文不同凡响之所在。

　　在二十世纪二三十年代,普里什文相继推出自传体长篇小说《恶老头的锁链》(1923—1954)、随笔集《别莱捷伊的水泉》(1925—1926)、《大自然的日历》(1925—1935)、《鹤乡》(1929)、中篇小说《人参》(1933)等,这些作品的问世标志着普里什文创作风格日臻成熟,尤其是《别莱捷伊的水泉》,更具转折意义。它标志着普里什文"自然与人"创作思想的生成。在这部作品中,作家依循自然时间的演进,应和自然界的种种变化,从春天的第一滴水写起,直写到春天真正回归人间,其间穿插着俄罗斯中部乡村的打猎、农事、节庆等生活细节。在这里,普里什文不仅把自然与具体的日常生活,与人的复杂情感结合起来,而且第一次把"大地本身"当作"故事的主人公",于是大自然不再只是外在于人生存的环境,而是具体地贯穿于人的生命活动的全过程。

1941年,苏联卫国战争爆发后,他和所有良知未泯的作家一样,面对满目创伤的俄罗斯,面对尊严受到严重威胁的祖国,他自觉不能置身事外,他曾几度趋赴敌人驻守的火线。1943年,普里什文所在的城市列宁格勒被希特勒纳粹军队铁桶般围困,他发表了几篇描写列宁格勒孤儿院孩子从饥饿和死亡威胁中生存下来的故事。普里什文天性中的那份对生命的珍爱,使他不由得不去关注那些失去家园的孩子。他写作故事的目的就在于抚平这些危难中的孩子的精神创伤。树要是被砍出创口,创口周边就会淌出汁液来,那就是树脂,树脂有疗伤的作用。当时列宁格勒孤儿院的阿姨就像这创口上的汁液,就像树脂,为失去父母的孩子们忘我地奉献,让孩子们得以战胜法西斯带来的饥饿与死亡。这是普里什文在非常状态中写下的少许作品。1945年,他仅用一个月的时间急就了中篇童话小说《太阳的宝库》,为他与遭受法西斯侵凌中的祖国同呼吸共命运留下了有力的佐证。

二十世纪四五十年代是普里什文创作的全盛时期,《没有披上绿装的春天》(1940)、《叶芹草》(1940)、《林中水滴》(1943)、《大地的眼睛》(1946—1950)、《船木松林》(1954)和未完成的《国家大道》都为作家带来更广泛的声誉。

1954年,普里什文的生命止步于莫斯科近郊一个叫"杜尼诺村"的林中别墅。正是在这个别墅里,到2017年才在此发现了普里什文生前珍藏的八厚本札记。在其中的一则札记里,他这样写道:"所有作家的创作,其目的都是为了在其中获得重生,让自己得以复活。这是用不着诧异的,只要看看大自然中的所有活物,就不难明白:一切,野畜,禽鸟,树木,草芥,它们的死亡都是为了获得重生,为了变成更茁壮的新的自己。人可以从大自然活物身上获得启悟。作家总有他死的一个地儿,而他也就在他死的这个地儿上重生——他的作品就在他死的时候踏上了不死的道路。"

面对自己一生所从事的文学劳作成果,普里什文这样说:"我写作,我著书,我是在给后人留下我心灵的遗言,在我的书里,我写了许多我不太了然的东西,但愿后人对它们能了解和领会得透彻些,掌握它们,并利用它们。""我找到了我所喜爱的事业——在大自然中发现并揭示人类美好的一面。我将大自然视为人类灵魂的一面镜子:所有的野兽呀、禽鸟呀、草莽呀、云呀,都只有人能赋予它们以形象和思想。"

康·帕乌斯托夫斯基在读过普里什文的随笔后发表感想说:"要是大自然具有感知能力、会感激,那么它就一定会感激人融渗进大自然里的神秘而美好的情意,感激人对它的美质所作的倾情赞美,而首先要感激的则是以歌咏大自然为使命、为自己终生职志的米哈依尔·米哈依洛维奇·普里什文。"

二、普里什文的"人与自然"的文学

就其一生的文学成就而言,普里什文的作品都是建立在"人与自然"的题材和主题之上的。他为数众多的以大自然为题材的故事和特写,让我们懂得怎样谦卑地去亲近大地母亲,怎样去和大地和谐相处,怎样去关注每一株草,每一棵树,每一只禽鸟和野兽,每一座山峦,每一条河流。他曾说,他的《大自然的日历·春》是他"在春天的口授下完成的札记";他还觉得,春色"美得令你觉得自己的喜悦太过贫乏,自己的感激微薄得与之不相称"。

能够称得上是"语言艺术大师"的作家在俄罗斯是很少许的,在世界上也为数不多。俄罗斯曾获得过诺贝尔文学奖提名的杰出作家康·帕乌斯托夫斯基在推崇普里什文的时候,用了这样一句话:"在整个世界文学中,未必再能找到与他并驾齐驱的作家。"普里什文的大自然文学的写作天赋,他的生花妙笔,不只是属于俄罗斯人的,而是属于全人类的。在俄罗斯,在世界上,首先是大人们从他大量的诗体随笔中听到青草簌簌作响,清泉的潺潺流淌,百鸟争鸣喧响。他对万物复苏的春天情有独钟。"终于有一天晚上,早春柳树初舒嫩绿,碧草吐出清馨,报春花也开了。那时候回顾一下,就会想起,为了春宵的到来,我等待了多少个朝朝暮暮,经历了几多风雨啊。那时,你仿佛就同太阳、风、云一起参加了这个春的创造,为此今晚你就得到了它们的回答:'你没有白等啊!'"他是春临大地的见证者,更是大自然的应和者:"春天里,我的心中也总有什么东西在呼号",觉得"整片蓝天都开始同我应和",连城市中麻雀的叫声在他耳中也充满了诗意:"以春天的方式,节奏均匀似时钟般不间断地喞喳鸣叫""行人中有人掏表瞥了一眼,便加快了步履,有些人却相反——听到这春天的钟声,不由得止步驻足,微笑着朝四维巡望……",追寻着"第一次绿色的喧嚣"。

这种融心灵于大自然景物的写法,在诗体随笔《叶芹草》(1940)、《林中水滴》(1943)和中篇小说《人参》(1933)中更有所发展。文字中透露出来的越来越浓的哲学意味,在证实着他自己说过的一句话:"要知道,我笔写出来的是大自然,而心中想着的却是人。"

为了奖赏他的艺术建树,苏联政府曾授予他两枚勋章。

普里什文不是儿童文学作家,但从其面世的头一批作品中,以及后来连珠涌现的大自然速写、大自然特写、大自然诗体随笔中所显示的文学天赋,也可以是属于孩子们的。

普里什文在20世纪20年代就发觉自己的作品很受儿童读者的欢迎,就有意识为孩子写作品,直到生命终了。普里什文一生为孩子写了99件作品。他为孩子写的作品,都有十分真实的生活情节,连小说性童话亦复如此。1925年,他为孩子出版了第一本故事集《土豆里的村姑木偶》,随后出版了《深谷》(1927)、《刺猬》(1928)、《凤头麦鸡》(1928)、《猎人米哈伊尔讲的故事》。1926—1948年间写的故事作品都被收在《金色的草地》这部短作集当中。在为孩子构撰的作品中,作家用深度的爱和高度的真实传达母鸟、母兽对自己的雏鸟、雏兽的动人亲情——母鸟母兽作为母亲,它们甚至不惜牺牲自己的生命来保护它们稚嫩的亲生骨肉;作家用清新、朴实的诗意笔触描述人与动物的友善关系,包括救助受到危险威胁的动物(见《白脖子熊》)。作家一再重复这样一句话:"我们的思想是不在弱者头上逞能、耍威风。"1960年苏联国立儿童出版社出版了一部权威的选集,其中短篇故事有《狐狸面包》《深谷》《地鼠》《鸟兽谈话》《在马扎义依爷爷那个地区》《虾在低语些什么》《林中的主人》,中篇童话小说有《太阳的宝库》。

普里什文为孩子营造的文学百草园里,生长着许多精彩的动物故事和林地特写。

三、普里什文的独特风格

普里什文深受他的老师列斯科夫与雷米佐夫的影响,他的作品被一致公认为是写实主义的真实性和浪漫主义的诗性的美妙结合,观察细致准确,寓意深刻,文笔秀颖隽永,自然流畅,富有意境。这使他的作品具有了特殊的魅力,俨然是一位能融自身于大自然的语言魔法师。

普里什文的作品读来总让人品味到一种"悠悠不尽"的东西含蓄在故事里,所以著名诗人勃洛克评论说:"这当然是诗,但是还有一种东西。"这种"东西"真如普里什文本人所说:"是出于学者的思考""还出于一个真理追求者的探索"。普里什文大自然叙事的诗性追求甚至也频繁而又充分地表现在他故事里人物间的对白中,鲜活而风趣,其生动性和幽默性大有助于人物的刻绘。

普里什文对淳朴清丽、意境隽永的风格追求了一辈子。他说:"我一辈子为了把诗放进小说故事作品而耗尽心血。"他的充满韵律美的散文诗一般的作品,成为俄罗斯文学家和评论家共同瞩目的文学现象。其中,风格与普里什文相近似的帕乌斯托夫斯基曾这样描述过普里什文的散文诗魅力:"普里什文的语言清新明爽,丽质动人。时而有如芳草簌簌作声,时而有如清泉潺潺流响,时而有如百鸟啾啾和鸣,时而有如薄冰悄悄脆响,而时有如星移斗转般轻缓的旋律,印在我的脑际。"为印证帕乌斯托夫斯基的话,不妨来看一看普里什文的《白杨树冷了》:

> 在阳光温煦的秋日里,林边拥集着色彩斑斓的小白杨树,一棵依偎着一棵,它们仿佛在林中感到了寒意,纷纷跑到林子边上来晒太阳。

普里什文的风格也或可用"活"和"爱"两个字进行概括。

"活"是指大自然中的鸟、兽、树、花和风、雪等自然物和自然现象,一到普里什文笔下,就都被赋予了活生生的灵性。在他的故事里,小狗、野鸭、白嘴鸭常常相互对话——然而这只是作家的超常感觉。

"爱"是说普里什文在大自然里的超常感觉,是缘发于他对俄罗斯大自然的爱:爱一朵花、一只狗、一棵树、一座山,爱护大地母亲,关爱弱小……他持久的爱使他时有新的发现,他从视、听、嗅、触、想所得的感受一旦形诸笔端就都有强大的感染力。他从"爱"里孕育出绵邈的情韵,使人读来倍感余韵悠长。"爱"还指普里什文用诗的眼光看大自然。他具有一种把对大自然的爱心酿化成诗意的天才,也具有一种把对大自然的爱心酿化成故事的能力。为了说明普里什文这样把爱贯穿于日常的事事物物,这里录出他的《白脖子熊》。狗熊,俄罗斯人爱把它叫作"米沙"。故事讲的是西伯利亚贝加尔湖畔的一只"老米沙"。

  猎人向窗外探望时,忽然看到一头大狗熊,它向他的小木屋直蹿过来,一大群狼死死紧追着它。熊眼看就要完蛋……然而这头熊的头脑倒还挺机灵,它急中生智,一头闯进了小木屋,门随着砰一声自动关上了,它就尽着劲儿用脚爪、用沉重的身子紧紧抵住门。老猎人这时头脑才拐过弯来,知道是怎么回事儿,就从墙上取下枪来,说:
  "米沙,米沙,顶住门!"
  狼扑刮门上来,老头就从小窗口伸出枪口,准准地对着狼群,一边"叭叭叭"打枪,一边还不住声地对熊说:
  "米沙,米沙,顶住门!"
  老猎人就这样打死了第一只狼、第二只狼、第三只狼,他打枪时还不住声地对熊说:
  "米沙,米沙,顶住门!"
  第三只狼一倒下,狼群就哗啦啦四散奔逃。熊就留在小木屋里,整个冬天都在老猎人保护下度过。开春,森林里的熊都从自己的窝穴里出来了,老猎人就给这头熊的脖颈拴上个白圈作记号,他向所有猎人都打了招呼,让他们都别打这头脖子拴着白圈的熊,因为这头熊是他的朋友。

(韦 苇/译)

  短小(有的小到微型,小到袖珍,如《蚂蚁窝》《白杨树的命名日》《老爷爷》《秋叶》《黑琴鸡》等)、结实、紧张、有趣,格外富有人情味,它讴歌了俄罗斯老猎人的大度、理解、爱憎和乐助精神,而美也就在其中了。
  普里什文的艺术独创性是世所公认的。最早见诸文字的是 20 世纪 20 年代的高尔基。他在致函普里什文时由衷赞叹道:"在您的作品中,对大地的热爱和关于大地的知识结合得十分完美,这一点,我在任何一个俄罗斯作家的作品中都还未曾见过。"高尔基以为普里什文是俄罗斯作家的典范,大家都应该向普里什文学习,他本人就无保留地说出要向普里什文学习的意愿:"别以为因为我偏爱您,因为'谄媚的谦逊',我才说我要向您学习。不是的,我说要向您学习是发自内心的,我就一直在向您学。我向您学,也不只是因为'学习永远不晚',而是因为您是创作艺术无比精湛的文学行家里手。"勃洛克也认为普里什文鲜活、有力的纯粹的民众语言是值得所有俄罗斯作家学习的。作为普里什文开创的哲理抒情散文传统的直接继承者,帕乌斯托夫斯基认为,普里什文的一生是诚实的一生,他所写的每一句每一行都流淌自他的心中。他从不违心地趋炎附势,不追逐虚名。他一生只为丰富人类精神而不倦地进行着创造。

普里什文的独创性,还表现在感情深沉的故事中隐蕴着引人思索的哲理。高尔基因而称普里什文为"诗人和哲人"。《小青蛙》中的小青蛙,一开春就冒冒失失地出远门去旅行,结果初春的寒夜几乎把它给毁了。作家最后说:"不知道浅滩,千万别往水里钻。"冒失和轻妄有时会让它付出生命的代价。这类富于哲理的故事,可以引导孩子更深更好地理解大自然世界,丰富大自然知识,培养高尚和美好的道德风尚。

在普里什文笔下,哲人的思考和诗人的情怀从来水乳难分。但他却警觉着不让自己的作品因哲学意涵而流为平俗的寓言,不让自己的诗性随笔仅止境于寓意。

普里什文对供儿童阅读的作品要求十分严格,他坚信,最理性的儿童故事应该是成年人读起来也妙趣横生,让成年人感觉阅读它们是在享受着一种大美。他认为,是否写得出儿童喜欢阅读的作品,是作家才华的试金石。他说:"我们的事业常常是从童年时代发展起来的,就像植物幼芽是从土地长出来,而且总是向着太阳一样。"他还在《通向朋友的道路》中强调写给儿童阅读的故事其语言必须格外讲究,"任何地方也没有儿童故事中那样需要朴素的语言"。

四、对普里什文作品独创性的评析

从普里什文的作品里,我们可以找到许多他独创的东西。

普里什文按诗的要求和标准写出来的随笔和散文,从来不离开人而用零度感情孤立地写动物世界、写大自然。他笔下的故事总是与人类紧密相连,互为主体,延伸了人文的空间,拓展了心灵的疆域,让人们明白:除了需要关心个人内心世界之外,还需要关注更为广阔的大自然。

这种独创性,突出地表现在普里什文用自己细心的观察和别具只眼的发现,来揭示自然的某些规律,帮助小读者了解大自然、熟悉大自然。《金色的草地》《男孩子们和野鸭子们》《"发明家"》《四根柱子上的黑母鸡》《大力士》《小青蛙》《狐狸面包》《亚里克》《黑桃皇后》《林中楼层》《白鹇》都是这方面的好例子。《大力士》就几行字,却让孩子感到新奇——在蚂蚁耖松了的土地里面,孕育着一朵蘑菇,而蘑菇上头还压着一株红浆果。"蘑菇使劲儿往上顶,把整株红浆果顶到了地面上,于是它自己——一朵白生生的蘑菇,也就问世了。"

普里什文富于独创性的名作很多,随便抽一件名作都能代表普里什文诗体随笔的文学风格和艺术造诣。且以《男孩子们和野鸭子们》为例:

> 一只矮小的母野鸭终于拿定主意,把自己的小鸭子从林子里带出来。春天,湖水涨起来,涨得四周的斜坡地都淹上了,它们原来做窝的地方都泡了水,于是不得不远远地走四公里路,到沼泽林间的小土墩上去做窝栖身。现在,水退了,它们又远远地走上四公里,绕过村庄,下到湖里来。这湖,才是它们的自由天地啊!
>
> 母野鸭时时刻刻护着小鸭子,只要人、狐狸、老鹰容易看到它们的地方,它总是走在小鸭子的后面。它们不得不穿过一条横在它们面前的大路时,不用说,母鸭得让小鸭子跑在前面,自己好在后面照管它们,以便让它们安全地穿过大路。
>
> 就在这时,野鸭们让一群村里的孩子发现了。他们摘下帽子来扑罩野鸭。这下,鸭妈妈可慌了,它张开它的阔嘴巴,紧张地跟在小鸭子后面跑;它张开翅膀在近处飞,一会儿飞到这边,一会儿飞到那边,不知道怎样去把自己的小鸭子夺回来。孩子们正在扔帽子扑罩大鸭子和小鸭子,想要捉住它们的时候,我走到了。
>
> "你们抓小野鸭做什么?"我声色严厉地问。
>
> 他们停住了手,低声回答说:"我们会放掉它们的。"
>
> "既然要'放掉',"我十分生气地说,"那干吗抓它们?这会儿母鸭在哪儿?"

"在那边蹲着哩!"孩子们七嘴八舌回答说。

我顺着他们指的方向看,在不远处的一个小土丘上,母鸭真的蹲在那儿,紧张地张开嘴,注视着。

"快!"我命令孩子们,"快把小鸭子都还给它们的妈妈!"

他们好像很不乐意按我的命令去做。不过他们还是抱着小鸭子,跑上了小土丘,放下了小鸭子。鸭妈妈飞着后退了几步,可孩子们一回身走开,它就赶快飞跑过去救护自己的儿女了。它对自己的孩子用鸭话很快地说了几句,就跑进燕麦地里去了。跟着它跑进燕麦地的有五只小鸭子。野鸭子一家就这样沿着燕麦地绕过村庄,继续下坡往湖里走。

我欣慰地摘下帽子,向它们一家挥动着,边挥动边大声说:

"小鸭子们,祝你们一路平安!"

孩子们看着我的动作,听着我说的话,都叽里呱啦笑话我。

"小蠢货,你们笑什么?"我没好声气地说,"你们想,它们走这么远的路,从那边高墩子上下到湖这里来,容易吗?马上给我摘下帽子,对鸭子们说'再见'!"

孩子们在路上扑罩小鸭子弄得脏兮兮的帽子,这下全都举到了头上,并且同声叫道:

"小鸭子们,再见!"

(韦 苇/译)

在普里什文的故事中,读者还能品味出高品位的、毫不做作的素淡幽默。譬如这篇《男孩子们和野鸭子们》,作家要男孩子们理解母野鸭带小野鸭作四公里的旅行是挺不容易的,所以不但不能用帽子扑掳小野鸭来玩,还应把帽子摘下来,有礼貌地向小野鸭们表示敬意,道一声"一路平安",说一声"再见"。

读者之所以能从普里什文的文字感受到独属于他的韵致,是因为他终年用他的脚、用他的心和生养他的土地紧紧联系在一起。他能与大自然融为一体以至于难分彼此的程度。这个故事里的普里什文,他自己就是鸭子妈妈,就是大自然的保护神。他视万物为"亲人",他说:"我感到同所有这些能飞、善游、会跑的生物都有着血缘联系,我们现在要以亲人般关怀的力量来恢复这种关系";正因为他是这样来看待人与其他生物的共生关系,他就特别能理解野鸭子妈妈带着自己的孩子们长途跋涉的不容易。他急鸭子妈妈之所急。人,在这里不是对野鸭子操握有生杀权力的智能生灵;人,在这里是自觉地把自己放到了与野鸭子们同一个生存平台上,所以普里什文才会感到和想到:只是爱护它们是不够的,还得向它们不畏艰险进行远距离迁徙之壮举脱帽致敬。

还有谁能教我们这样爱护大自然呢?除了普里什文还有谁呢?所以,有人说,像普里什文这样的大师仅仅活一世人生是不够的。大自然倘若有灵,是不会不感谢这位大自然的知己的。

普里什文的独创性,表现在他所描绘的大自然能给人一种过目难忘的诗情画意。他的作品被一致公认为是写实主义的真实性和浪漫主义的诗性相结合的艺术妙品,秀颖、隽永、流畅,并且,还分明有一种徜徉在其中就会流连忘返的意境。评论家说他的随笔里,"充满智慧的话语像秋天的红叶那般毫不费力地飘然落下"——那样自然,那样洒脱,那样优雅,品味起来总觉其间"悠悠有不尽者"。普里什文对淳朴清丽、意境隽永的诗味追求了一辈子,他说:"我一辈子为把诗放进散文里而耗尽心血。"所以,我们能在他的随笔和故事里读出作家心灵的歌唱,读出作家心灵与大自然的亲密对话。

这种独创性,再有一种表现是作家笔下的鸟、兽、树、花和风等自然物和自然现象,都被赋予了活生生的个性。作家的爱,就贯穿在他取来进行创作的素材里,贯穿在流淌在字里行间的情感韵律里。"我告诉人们要关注大自然,要了解……生活本身的真实样貌,即一朵花,一只狗,一棵树,一座山,以及整个祖国边远地区的面貌。"作家的情怀,作家的爱,就流露在作家自己的这段表白里。

这种独创性,还表现在他感情深沉的故事中隐蕴着引人思索的哲理。诚如俄罗斯白银时代的著名诗人勃洛克所说:"普里什文的随笔当然是诗,但还有另外一种东西。"这种含蓄在诗意描述中的东西,就是"出于学者的种种思考""还出于一个真理追求者的种种探索"。

由于普里什文的作品能帮助我们通过大自然来认识人,能帮助我们在大自然中寻觅到和挖掘到人类美好的心灵,所以他的作品是审美教育、道德教育和知识教育的极好的文学材料。小读者读他的作品,既能陶冶和提升心灵的美质,也能认识人生的道路,培养无畏的性格和对大自然、对祖国山河的热爱。高尔基敏锐地感受到了这种文学的阅读效果,他在《致普里什文》中满怀敬意地说:

"在您的作品中,我没有看到拜倒于大自然的人物。在我看来,您所写的不是大自然,而是远比大自然更伟大的东西——是大地,是我们伟大的俄罗斯母亲。在任何一位俄罗斯作家的作品中,我没有见到过和感受到过像您的作品中所感受到的那种热爱俄罗斯大地与大地知识的和谐结果。"

普里什文的这些故事和特写没有一篇是虚构的。它们能使孩子们了解和理解大自然的真实。

这些故事和特写启迪孩子们去做正直、善良、团结、友爱、机智、勇敢的人,做善于思考的人。

所有对大自然怀有特殊感情的人,都可以诗意地走进普里什文那个绿色的世界,同他一起感触新春的到来,去体验可爱的森林生活,去看一棵棵从浓重的树阴下破土而出的小树苗的成长,去深刻地理解土地和人不可须臾疏离的关系。

对普里什文颇有研究的一位俄罗斯评论家曾这样深情款款地说:"在俄罗斯文学中,再找不出第二个如米哈依尔·米哈依洛维奇·普里什文的作品这样相似于蚌所孕怀的珍珠了——其中所具有的韵味是那么的耐人寻味,那么的言有尽而意无穷!普里什文是鲜活的俄罗斯语言的独创者。这种独创只有沉浸在俄罗斯生活中的人才做得到。他太俄罗斯了,他太能植根于俄罗斯生活了,他的语言韵味绝然不同于当今西方流行的、自以为文明得人家不可企及的那种言说方式。"

附录:

慈祥的作家

俄罗斯著名作家 柳·沃隆科娃/著

世上有魔法师吗?
你们会说:
"当然有。只不过他们都在童话故事里。"
哦,不对。世上有这样一位慈祥的魔法师。他能听懂鸟儿说的话,能听懂野兽和林中动物说的话。他还常常跟它们交谈哩。

譬如说吧,有一天,他看见,一只虎猫(译者注:这里指虎斑大山猫,一种凶悍的野兽)同他的小猎狗罗姆卡撞上了。虎猫说:

"你,毫无疑问,会冒冒失失向我扑将过来。可别忘了呵,狗,我可会变出一只老虎来!你不就是给人看看门么,你要是敢轻举妄动,那么你试试,我这就当面现身个老虎让你瞧瞧!"

这时,狗接招说:

"你这灰头土脸的家伙,我知道你现身个老虎让我瞧瞧是怎么回事,不过,你现身老虎,我也照样把你撕成两半!"

魔法师听它们这么针锋相对地干上了,就不得不插嘴说:

"罗姆卡,别憨头憨脑的干蠢事!"

树跟树说话,他也能听懂。他向花问好,他用蘑菇的小圆帽兜水喝,太阳向他睁开一只红彤彤的眼,树上融落的雪水为他歌唱……

这个魔法师是谁啊?

这个魔法师就是慈祥的、故事写得特别好的作家米哈依尔·米哈依洛维奇·普里什文。他热爱大自然,在大自然中看,在大自然中听,他都有超常的本领。咱们,他的作品的读者,就来向他学,把这种本领学到手。

米哈依尔·米哈依洛维奇特别热爱咱们的俄罗斯森林。读他的书,你们就会知道,他在森林里发现了多少奇妙的东西。

米哈依尔·米哈依洛维奇这样写道:

"到森林里去不会一无所获的。一个人在森林里,如果他什么奇妙的都看不见,如果他什么奇妙的都听不见,那么,错一定在他自己。"

"那生命之泉,那死亡之水,童话里把它们描写得神乎其神,其实在现实中,神奇的事物,无论何时,无论何地,处处在在,分分秒秒,都在我们的森林里、草原上和山峦中发生,只往往是,我们生有眼睛却看不到它们,我们生有耳朵却听不到它们。"

他教导我们热爱生我们、养我们的土地,好好卫护它。他对我们这样说:

"我年轻的朋友们哪!我们是我们的大自然的主人。大自然是太阳的宝库,这宝库里有无数生命的宝藏。我们对这些宝藏还保护得很不够,为了保护,我们必须得首先让人们知道这些宝藏是什么样儿的,让人们认识到这些宝藏存在的意义。

"鱼类需要清洁的水——我们要保护好我们的水源。森林里,草原上,山峦间,那里有种类繁多的动物——我们要保护好我们的森林、草原和山峦。

"给鱼以最好的水,给鸟以最好的空气,给禽鸟野兽以最好的森林、草原、山峦。人总得有自己的祖邦。而保护好了大自然,就意味着保护好了自己的祖邦。"

(韦 苇/译)

普里什文的作品【1】

奔向活命岛

汛期没有让我们等待多久,就到来了。暖雨猛猛下了一夜,水面迅速上涨了一米,柯斯特罗玛城经一夜暴雨的冲刷,原来不起眼的楼房现在一眼望去全都白亮白亮的了,一幢幢耸立着,清晰可辨,仿佛过去它们都沉浸在水底下,此刻都从水底下冒出来了,似乎这座城市是新出现在地面上的。伏尔加河两岸也是这样,以前只见皑皑的一片白,可如今一下都冒出水面来了,泥地呀,沙滩呀,大地眨眼间由白变了黄。丘陵顶上的几个村落四周都漾满了水,于是村落就俨如一个个的蚂蚁窝。

伏尔加河的水位一暴涨,远远望去,一小个一小个硬币似的小土墩,在这里那里散散落落地隆起,有的土墩是光裸裸的,有的土墩上面却覆满了矮树,也有的土墩上高耸着一棵棵的大树。几乎所有这些土墩上都蜷伏着各样种类的水鸭子,当中的一个沙嘴上,水鸭子在浅滩上一只紧挨一只,正忙找小虫子哩。这沙嘴上本来长着稠密的树林,如今让水一淹,林子都只见了树冠,就像是一块毛茸茸的地毯。这茂密的树冠上隐栖着各色各样的小动物。这些小动物有时紧贴着树枝,蜷缩着,一根普普通通的柳枝上就能栖息好些小动物,像是一嘟噜一嘟噜结满果儿的葡萄串。

一只硕大的水鼠从水面向我们游来,它准是从很远很远的地方游到这里,所以看样子已经很累了,抓到一根核桃树枝,就把疲惫的身躯紧紧贴在树枝上。涌浪拍打着树枝,要把水鼠从上头给掀下来。它不得不爬得更高些,趴在一个树杈上。

这下,涌浪打不到它了,牢牢地抓贴着树枝。忽然,从远处扑来一个涌浪,掀起的浪头冲上了水鼠的尾巴,于是水鼠尾巴就打起转转来,一圈一圈地晃。

没想到,水下,坡顶上的一棵大树上,蹲着一只乌鸦,它的肚子早已空荡荡的了,正饿得慌,正贪馋地寻找可以充饥的东西呢。它倒是没有看见蜷伏在树杈上的水鼠,但涌浪冲击中不停打旋的水鼠尾巴,使饥肠辘辘的乌鸦发现了蜷伏在树杈上的水鼠。

即刻,一场你死我活的恶战就打开了。

乌鸦用它坚硬的嘴壳向水鼠连撞了几下,把个水鼠撞下了树杈,落进了水里,水鼠重又爬上了树杈,却没趴稳,又落了下来,跌进了水里。乌鸦眼看就能把水鼠抓住了,可水鼠却不甘心就这样成了乌鸦的充饥食品。

水鼠跟乌鸦厮拼得精疲力竭的时候,水鼠使出了最后的力气,张嘴拽下乌鸦的一撮羽毛来。水鼠竟有这么大的劲,这一拽,一撮乌鸦羽毛就飞扬起来!这时,乌鸦感到像是中了霰弹一般的灼痛。乌鸦差点儿跌落进了水中,它艰难地飞起来,摇摇晃晃地飞到自己原来蹲过的那棵树上,一下接一下梳理自己的羽毛,用乌鸦自己的办法疗治被水鼠咬扯的伤口。伤口的疼痛不时让乌鸦想起水鼠,它对水鼠看了又看,就像是自己在问自己:"水鼠会有这么厉害的吗?我这辈子还没有见识过呢!"

就在乌鸦看着水鼠的时候,水鼠却在咬扯了乌鸦一嘴后,自己乘机脱险了,此刻它甚至忘记了乌鸦了。它把自己小眼珠的目光投向了我们这边河岸,它琢磨着,上了岸,就得救了。

水鼠的前爪像人手般的灵巧,它攀下一根树枝,用牙齿啃咬树皮,一边的树皮啃没了,再翻转来啃另一边。就这样啃着咬着,把整根树枝都啃得光溜溜的,然后扔进水中。新的一根树枝它没啃,而是咬断了之后连同自己的身子直接降落到水面,顺水流像拖轮似的拖向岸边。所有这一幕幕,饥饿难耐的乌鸦在树上当然都一一看在眼里。乌鸦就这么看着,直到勇敢的水鼠一点一点游到我们这边的岸上。

有一天,我们坐在伏尔加河边看鼹鼱、田鼠、水鼠怎样相继从水里钻出来;还有,水貂啊,小兔崽子啊,白鼬啊,再还有松鼠啊,也都一个咬着一个的尾巴尖,一条长龙似的游上岸来。

我们作为这个岛上的主人,对每一个游上岸来的小动物都投以亲切关爱的目光。我们像它们的亲人一般欢迎它们,看着它们奔向有自己同类居住的地方。可是,涌到岛上来避难的动物远不止这些小动物,还有大量各种各样的昆虫。我的新相识小季娜开口对我说话了:

"您仔细瞧瞧,"她说,"看咱们的鸭子都是怎么长大的吧……"

我们的鸭子全都是从野鸭蛋里孵出来的。我们把它们赶到这岛上来,让它们在这里找吃的,它们边欢叫着,边寻找可供它们充饥的野物。

我们看着这些鸭子,看着它们的毛色由亮变灰变暗,变得身肥体胖。

"这是什么缘故?"我们想着,猜度着。

这谜底自然只有从鸭子身上才能找到。

于是我们发现,无数从水上游向岛屿寻求活命希望的蜘蛛、小甲虫等等,它们都一一成了我们鸭子的餐物。它们爬到正在水面浮游的鸭子身上,以为是历尽千辛万苦终于登上了得以活命救生码头,而事实上它们所找到的,不用说,是水上最危险的漂游物。它们成了鸭子送上门来的美餐。而昆虫反正很多,于是,我们的鸭子就眼瞅着一天肥似一天。

就这样,我们这个岛成了落水动物的活命岛,个儿大的,个儿小的,所有动物统统到岛上来寻求避难。

(韦 苇/译)

普里什文的作品【2】

松鼠的记忆

今天,我在雪地上读野兽和鸟类的踪迹,按照这些踪迹,我读出了,有一只松鼠在这雪地上钻进了一片苔藓里,从里头取出两颗去年藏在这儿的榛子,当即吃了,接着再跑十来米路,又钻下去,在雪地留下两三个榛子壳,接着再跑几米路,第三次钻下去。

这可奇了!破解这谜,千万别以为它隔着一层冰雪,能嗅到榛子的香味。应当这样认为,从去年秋天起,它就记得离枞树数厘米远的苔藓中藏有两颗榛子……而且,它记得那么准确,用不着仔细用心去估摸,仅仅用它的眼力就能肯定它藏榛子的那个地方,钻了进去,马上取出来。

(韦 苇/译)

第三节 比安基的动物文学

一、动物文学作家比安基的崛起

韦塔利·华连丁诺维奇·比安基(1894—1959)是苏联大自然儿童文学的奠基作家,其作品数量之众、品位之高、流布空间之广、传播时间之长、赢得读者之多,在整部动物文学史上庶几首屈一指。

比安基生长在彼得堡一个小有名气的生物学家家庭中。他曾回忆说:"父亲在我还很小的时候就带着我往森林里钻。他把每一种草、每一种鸟、每一种野兽的名称都告诉我,教我根据鸟的形状、叫声、飞行的姿势来识别各种鸟类。"(《作家自白》《我为什么写森林》)家庭环境和父亲引导使他对大自然发生浓厚的兴趣并学会了观察森林世界。少年和青年时代对俄罗斯北部和中部乌拉尔和阿尔泰一带森林的考察记录,以及对山民的访问,为他描写大自然打下了雄厚扎实的基础。比安基把自己全部的感情倾注于大自然。大自然是比安基成才的摇篮。

1922年底,比安基参加了附设在列宁格勒学前儿童教育学院儿童文学图书馆的儿童文学作家小组的活动,后在马尔夏克的引导下,1923年在新创办的《小雀儿》杂志(《新鲁滨孙》的前身)上连载《红头雀旅行记》,随后两年时间里,他相继出版了六本动物故事作品:《林中小屋》《戴脚环的大雁》《头一次到林中打猎》《这是谁的脚》《谁用什么歌唱》《谁的嘴好》。所以,比安基与其他几位台柱作家的不同之处,就在于比安基从创作动机开始到题材的取舍、表现手法、题旨的表达,都想到有益于儿童,想到了孩子的阅读口味,想到了小学生们的接受可能。

比安基的崛起与他父亲的教导有关。他父亲传授给他的经验是:要勤于动笔,把观察到的都记录下来。他用这个办法积累了丰富的自然科学知识,他曾说,他作品中的动物和植物,都能在大自然中找到存根。忠实于大自然的原生态,才能在作品的真实性上取信于读者。

二、300多件动物文学作品的作者

比安基在35年的创作生涯中,他为《新鲁滨孙》《友爱儿童》《少先队员》《刺猬》《黄雀》《莫乐齐尔卡》《篝火》《少年大自然探索者》《少先真理报》《农庄儿童》《列宁星火》等少儿报刊撰写了300余件作品,其中有短篇小说、童话、故事、中篇小说、特写和文章。他的书在国外被好几十个国家多次出版。根据他的动物故事制作的影片、木偶片和动画片就有几十部。

比安基的作品可分为三类:

一类主要以动物为主人公的童话、故事、特写、速写、散文。这类作品除了给儿童提供奇妙有趣的知识以外,还可以让低龄读者切实感受到作家对俄罗斯大自然、对动物世界深情的热爱,可以感受到作家在和各种动物打交道时是如何的聪颖机灵,作家对待动物是怎样怀着满心的善意。孩子们还可以从中学习观察大自然的种种方法。这类作品的代表作是《尾巴》《小房子》《林中小屋》《小老鼠皮克》《小蚂蚁赶在太阳下山前回到了家》《黑山鸡捷灵蒂》《猫头鹰》《小熊洗澡》《虾怎样过冬》《戴脚环的大雁》等,多半是适合低龄儿童阅读的童话性叙事。

中篇童话《林中小屋》(1924)借用了一些民间童话的拟人手法和语言,用一只小燕子寻找回家的路这一故事线索将不同鸟类的飞翔、行走姿态,不同鸟类的营巢方式,不同鸟类的居住条件,不同鸟类的觅食和繁衍后代等等都一一串了起来。中篇童话《小老鼠皮克》(1927)处处紧扣小老鼠的生态特点,创造了一个艺术上十分鲜明的"老鼠鲁滨孙"——一只出生不到两星期的幼鼠乘孩子们做的树皮"小船"在小河航行。"整个世界都在跟他作对。风刮着,像是非把小船刮翻不可;水浪拍打着小船,像是存心要把它沉到黑魆魆的河底里去。果然小船翻了,小老鼠好不容易跳上了一个灌木丛生的沙滩。在那里,比它大的动物都想吃它;寒冷又来侵袭他。"小老鼠比克靠着自己的奋力、勇毅、敏捷和耐心,连连战胜了危险和困难。在孩子心目中,比克是英雄。作品在重重险难、重重悬念中把小老鼠比克的形象深深烙入了读者的记忆,同时接收到许多小动物的生命科学知识:老鼠的生态习性,它们的生存竞争能力,鼠毛的保护色作用,老鼠对恶劣的、变化的环境很强的适应性,老鼠的冬眠,等等。可谓一部生动形象的"老鼠学"。

比安基有些作品是有心为低龄儿童创作的,如《小房子》《尾巴》《猫头鹰》《谁的嘴好》《谁用什么歌唱》《这是谁的脚》《第一次打猎》《黑山鸡捷灵蒂》。这些作品确实很能激发起小孩子去接近大自然的欲望和热爱大自然的感情。比安基在《快乐教育》一文中写道:"要是我们希望孩子以亲切的态度去关注那些地球上和我们一起生活的有生命的东西,就只需做一件事:热爱生养自己的土地。一旦把这种爱传达给孩子们,教育家就赐给了他们享用不尽的快乐,因为仔细了解生养自己的地方,发现大自然大大小小的奥秘,就能给人提供无穷的乐趣。"

另一类是写人和野生动物的深厚、动人的友情的作品和谴责猎杀野生动物的猎人的作品。前者如《木尔楚克》(大山猫名)、《独生子》《没娘的小鸟》《音乐家》《双尾鸟》《鲍乔克》(秃毛小兔名)、《夜间森林里的秘密》等,后者如《黑鹰》(1927)、《阿斯扣尔》《天鹅之死》等。

中篇小说《木尔楚克》(《大山猫传奇》,1925)中,作家借护林员安德莱依奇之口表达了"对野兽没有恻隐之心的人是算不得人的"这一强烈的思想。基于这样一种思想,作家把大山猫与护林员的关系写得温情脉脉、感人至深。木尔楚克是这样一只山猫,它能"一巴掌把粗枝打断,它能用牙齿撕破生皮条,它在茅草丛里找云雀,云雀刚要展翅高飞就让它一举腿扑在掌下;而安德莱依奇一句话,它又把云雀放飞了"。它能一口气抓住八只老鼠。它对护林员的忠诚,使它被捉进动物园数月后还从铁笼里逃出来,找到了护林员,"一头扎进老人的怀里",与老人相依为命。

《独生子》是1937年发表的中篇小说。作家在1926年底给朋友的信中自述道:"我要写完《独生子》,一篇关于驼鹿的故事。我写得简直喘不过气来。故事情节很吸引人,另外,还有与驼鹿相遇和打猎的场面,以及我亲手逮到并喂养的那只小驼鹿的事,所有这一切都很吸引人。"比安基讲了《独生子》的故事情节:一个大学生,他不了解、不喜爱大自然,他从城里来到古老的森林,目的是想打一只叫"独生子"的驼鹿。一场艰难的打猎活动开始了。大学生不可避免地遇到了许多惊险场面。"独生子"也经历了许多可怕的时刻。在这段时间里,大学生重新认识了大自然,重新认识了鸟兽世界,他恍然大悟之后对森林和森林中的一切有生命的东西产生了眷爱之情。当他看到小驼鹿从沼泽艰难通过时,他没有开枪,并且,当他看到一个农人打驼鹿没中,他还打心坎里高兴!"好啊,谢天谢地,最后一只林中巨兽有好运!猎人放声哈哈大笑起来,笑得可开心。"

对大自然的认识和同大自然的关系,全人类都是从不理智到理智、越来越理智。30年代比安基的作品中,就出现了《榛鸡》(1934)中的维克多教授、《朱利巴尔斯》中的主射击手、《叶姆兰凯》(1935)中的会计员,他们对大自然都是理智地爱护备至。其实《独生子》中的主人公终于也获得了这种理智——那个大学生已懂得对珍稀巨兽的捕杀是极端愚蠢的行为。《没娘的小鸟》中的"我"对没娘小鸟的深切关爱更是感人肺腑。

比安基对猎杀野生动物行为的谴责和愤恨,是作家对大自然的热爱、保护的另一面表现。他用作品让读者领悟:把自然界当作发财致富的手段,从而表现出人类最不可取的贪婪、掠夺之类的蛮劣性,这样的偷猎者是应当万民共讨共诛的。

比安基还用生动的故事告诉小读者,一个人如果能多掌握些大自然知识、善于辨别自然环境,到关键时刻会大有用处,以至于可以用以自救。这样的经验性描写在比安基的第三类作品即以林猎生涯为内容的故事中特别频繁。这第三类作品中有《意外相逢》《伏格夫大叔怎样寻觅狼群》等几个中篇,还有《追踪》《写在雪地上的书》《沙雷库尔——温柔的湖》(1934)、《不吉祥的黑熊》等短篇。这类作品多半适合小学高年级学生阅读。

《追踪》(韦苇译作《雪地寻踪》)和《写在雪地上的书》都是写兽类脚印的精彩之作。《追踪》中的守林的老猎人能像翻阅一本书那样从儿子叶郭尔卡留在雪地上的踪迹中得知:儿子惊起过一群喜鹊;儿子打死了一只被追上树的松鼠,捡起后又往前走;儿子打死过一只正在飞翔的雷鸟;儿子打伤了一只爪尖锋利的野兽的右前脚;儿子跌倒了;儿子被该死的狼追上了!他甚至能判断儿子在林中空地上发生过这样惊险的场面:"小伙子拼命死死掐住那畜生的脖子,火枪从手里掉了下去,就在这当口,狼群撵上了他……"还好,老猎人终于凭他分析脚印的高超本领,找到了自己失踪了一夜的儿子,并幸运地将他从危境中奇迹般救了出来。名篇《写在雪地上的书》(韦苇译,已被我国收作课文)则以同样传神之笔从林中印迹分析出兔的机灵、狐的狡奸、鹰的凶猛。

比安基还是一个特别善于捕捉林中趣事的作家,却又不是供人读后哈哈一笑而已,其中有进入林中考察者需要格外留意的事项,譬如他写的《身裹熊皮的猎人》:

有一次,这次也是城里的猎人到亨泰家来约亨泰去打猎。他们一道进了森林。

他们在树林里走的时候,一个不留神就各走上了一条道。亨泰走的是一个方向。他是带了猎狗去的。城里的猎人去了另一个方向。他没有狗。

城里的猎人走着走着,看见了一个雪堆,看起来样子有些怪异——雪堆前边有一丛矮树,结满了霜,白花花的。

"太不可思议了!"猎人寻思道,"四周都没有霜,偏就这丛矮树上有霜,这是怎么回事呢?"

他捡起一根坚硬的长树枝,使劲儿地往雪堆里猛戳了一下。

哦,原来雪堆里睡着一头大黑熊!这个隆起的雪堆是它冬眠的窝。熊睡在熊窝里,鼻子和嘴巴朝着矮树丛呼吸。就因为这个缘故,矮树丛才结上厚厚的冰霜。

猎人等熊还糊涂、没闹明白是怎么回事的时候,就对着它的脑门开了一枪。它没来得及蹦出来,就被打死了。

冬天日子短。猎人刚抓紧时间剥下熊皮,夜色就沉下来了。

很快,夜幕四合,四周就黑漆漆的了。回去的路怎么找呢?

他只好就在森林里过夜。

越来越冷了。

酷寒让猎人想到了火。可点火得有火柴啊,偏偏他带来的火柴不见了。猎人并没有因此灰心丧气。因为他想起来亨泰曾经跟他讲过一个冬天在森林里过夜的故事。冬天在森林里,只要全身裹上兽皮,睡在雪地上也一样很暖和的。

猎人于是捡起熊皮。熊皮沉甸甸的,的确很像一件大衣。只是这刚刚剥下的熊皮血糊里拉的,不好穿。他灵机一动,把熊皮翻过来,把自己从头到脚裹了进去,然后躺倒在雪地上。

猎人睡着了。

天快亮的时候,他做起了噩梦,似乎有只熊重重地压在他身上,越压越憋气,他简直喘不过气来了……

猎人醒来了。他忽然觉得自己的手脚怎么都不能动弹了。

酷寒把血糊里拉的熊皮冻得硬僵僵的了,像个铁箍似的把他上上下下都箍得紧紧的,箍得猎人很难受。

就在这时,猎人听到雪地上响起嘎叽嘎叽的脚步声,渐渐向他靠近。

"这下完了!"猎人想,"我准定活不成了。一定是什么野兽嗅到血腥气,闻到了肉味,现在来撕吃我了。我该怎么办?我连刀子也没法儿拿呀!"

还好,来的不是野兽,而是亨泰。他的莱卡狗循着脚印,找到了城里来的猎人。

亨泰拿出猎刀,把箍在他身上的熊皮砍开,把朋友从熊皮里拽出来。这时他说:

"你的裹法有问题。要毛朝外。这样里面暖和,外面也不会冻起来。"

(韦 苇/译)

城里来的猎人通宵挨冻——谁又知道在这种情况下,需"毛朝外"才是合乎物理原理的做法呢?城里人用的是常人的书斋逻辑,而猎人应该用的是林中行猎生涯的经验,包括教训性的反面经验。

三、普及世界的森林百科知识全书——《森林报》

《森林报》(1928)是比安基于1924—1925年间完成的一部有很高的大自然认知价值又趣味盎然的引导少年儿童探索大自然的皇皇巨著,号称"森林百科全书"。它是在《新鲁滨孙》这块儿童文学肥沃园地上生长起来的茁壮大树。比安基独创性地以报纸分栏目的形式来写四季物候,分12个部分,每部分有与这个季节特点相适应的名称,譬如"冬眠初醒月""候鸟回乡月""筑巢月"等等。每月里有社论、通讯、林中大事记、城市新闻、故事、守林人日记、电报等,还穿插"绿色朋友""各地林讯"。比安基健在时《森林报》就已出了10版,每一版都是增订版,即内容逐版加深拓广,把帕甫洛娃、斯拉德科夫的优秀森林通讯也收在里头,因此这部著作一开始就融汇有各种与森林有关人物的智慧经验。比安基作为《森林报》的总设计师,能最大限度地兼容它们,集智而广益。关于这部书的写作宗旨,比安基在《作家自白·我为什么写〈森林报〉》中写道:"为了善于改造大自然,让动物和植物都听从人类的意志,我们的读者必须了解大自然的全部生命现象,因为我的《森林报》读者长大以后,他们将要去培育新的、令人为之惊异的动植物品种,让森林中的一切都造福于祖邦。但是要想不为眼前的一时之利而给大自然造成无法挽回的损失,那么首先既要爱护大自然,了解祖国的大地,对在它上头生活的动物和植物和它们的习性都了如指掌。"

《森林报》中最能激起人们阅读欲望的是类似这样一些内容:

——什么鸟下蛋最早?却原来是雌乌鸦。它的巢构筑在积雪柳树高梢上。为了不使蛋冻坏,雌乌鸦寸步不离其蛋,食物由雄乌鸦送给。

——群雁在沙滩上睡觉时,每一面都有一只老雁放哨,警惕地举目守望。

——田鹬用尾巴唱歌:"它腾空而起,随之张开尾巴,头朝下俯冲,风吹它的尾巴,发出呼呼的响声,像煞是团团泛着白光的浮云在湖面歌唱。"

——"本市果园里出现了一支侦察果木敌人的队伍""它们的首领是戴红帽子的啄木鸟。它的嘴像一支长枪"。

还有,为有关森林知识的题目和谜语而设的"打靶场"栏目也能引起远者浓厚兴趣:"蝌蚪是先长前脚还是先长后脚?""为什么家鸡在下雨以前总用嘴梳理羽毛?""秋天蝴蝶都躲哪里去了?""别看我砂粒一般小,我却能把大地都盖牢。"(谜语:雪)"在水里洗了半天澡,身上还是挺干燥。"(谜语:鸭、鹅)

俄罗斯有许多学者、行家、文学史、科普文学工作者和研究者研究过比安基的作品并留下相应的文献资料供后世研究者参用。这些研究者主要是:格罗京斯基、索科洛夫·米凯托夫、赫梅利尼茨基、歇格洛夫、希姆等。他们指出:比安基的作品之所以对少年儿童具有如此强大的引诱力,是因为它们在孩子们面前展现出充满神奇色彩的、洋溢着诗意的、在彼时颇具现实感的大自然广阔天地,揭示蕴藏于其中的秘密;巧妙地"用飞禽走兽的故事培养孩子们做人的重要品性:勇敢、坚毅、扶助弱小,对目标的热烈追求"(格罗京斯基语);俄罗斯当代语言艺术大师普里什文曾说:"要知道我笔下写的是大自然,我心中想的却是人。"这话自然也适用于比安基。希姆,这位比安基的有杰出成就的学生,在普里什文名言的意思上进一步指出:"关于韦塔利·比安基,我不妨说,他是出于种种绕弯子聪明的考虑来写飞禽走兽的。其实,他也依然是在教导孩子们怎样在长大后做一个真正的人。"希姆这里说的"种种绕弯子聪明的考虑"指的就是,比安基以动物为言说手段把他想要告诉孩子的一切写成了故事,写成了文学。

比安基的作品[1]

树上的兔子

有一只兔子,在春水泛滥时发生了这样的故事。

一条宽阔的河流中央,有一个小岛,岛上住着一只兔子。兔子每天晚上出来啃小白杨树的嫩皮,白天悄悄躲在矮树林里,不然被狐狸看见,就没命了。

这兔子年纪还小,是一只不算聪明的兔子。

它总是不大留意河上发生的变化。河水把许多冰块冲到小岛周围来了,噼里啪啦的声音响成一片,它也没有觉察。

发大水这一天,兔子在矮树林下的家里睡觉。太阳晒得它浑身暖洋洋的,所以睡得特别香甜。它压根儿就没发觉河水正迅速地涨到它沉睡的岛上,直到它觉出身子底下的毛都湿了,这才猛一下醒过来。

当它跳起身来要逃身的时候,周围已经是一片汪洋了。

发大水了。不过现在水才漫过兔子的脚背,它赶紧往岛中央逃去——那里还是干燥的。

可是水涨得很快。岛越来越小,干燥的地方越来越少。兔子从这边蹿到那边,从那边又回头窜到这边。它看到这个小岛用不了多一会就都将淹进水里去了,而它又不敢往冰冷的激浪里跳。这样滚滚滔滔的河水,它是断乎游不到岸边的。

它就这样心惊肉跳地过了一天又一夜。

第二天早晨,小岛只剩巴掌大一块小地方露在水面了。幸好顶上有一棵粗大的树,上头长了很多节疤。这只吓得魂飞魄丧的兔子,绕着大树跑,跑了一圈又一圈。

第三天,水涨到树脚下了。兔子拼命往树上跳,可是每跳一次都掉落下来,扑通一声跌进了水里。

最后,兔子总算跳上了挨地面最近的粗树枝。兔子好不容易在那上头找到了一个安身处,它就在那上头耐心等待大水退去。

水倒不再上涨了。

它并不担心自己会饿死,因为老树的皮虽是很硬很苦,不过肚子饿得慌时,还是当得食粮的。

对它生命威胁最大的还是风。风把树枝吹得东摇西晃,兔子抓不稳这剧烈晃动的树枝。它像一个趴在桅杆上的水手,脚下的树枝恰似船帆在风中摇摆的横杆,下面奔流着深不可测的冰水。

兔子眼看着身下汹涌的激流里,随浪起起伏伏漂浮着大树、木头、枯秸,还有动物的尸体也从它眼下漂过。

倒霉的兔子看见另一只兔子随水浪慢慢漂过去,那上下晃荡的样子吓得它筛糠一般的哆嗦不止。那只死兔子的脚挂在一根枯枝上了,它肚皮朝天,四脚僵直,跟树枝一样漂流着。兔子就这样在树上趴了三天。

后来,水落下去了,兔子才跳到地上来。

现在它只好就这样在河中的小岛上待着,一直待到夏日到来。夏天,河水浅了,它才有幸跑到河岸上来。

（韦　苇/译）

比安基的作品【2】

救人的刺猬

天才蒙蒙亮,玛莎就醒了,她穿上连衣裙,光赤着脚板,就急急忙忙往森林跑去。

森林的一个斜坡上,长着许多甜甜的草莓。玛莎就是奔这甜果来的,她的手很灵巧,她的动作很快,一下就采了一小篮,转身就回家。一路上,她心花怒放,从露水湿得冰凉的草墩墩上,又是蹦又是跳。猛地,她脚底向前一滑,忽然疼得大叫起来,原来是一只光脚板滑下了草墩,被什么东西戳得鲜血直流。

原来是,这会儿正巧有一只刺猬蹲在草墩下。它把身子缩成一个圆球,在那里 fufufu 不停地叫。

玛莎呜呜哭了。她坐到身旁的草墩上,撩起连衣裙的下摆揩脚板上的血。

刺猬不叫了。

突然,一条大灰蛇,一条背上横有锯齿形条纹的蛇,直直向玛莎窜过来。这是条剧毒的大蝰蛇! 玛莎吓得胳膊腿儿都软了。蝰蛇越窜越近,边窜边唑唑唑叫着,边叫边频频吐着它那分叉的舌头。

说时迟那时快,刺猬忽然挺直身子,撒开四只小腿,飞奔着向蝰蛇勇敢扑去。蝰蛇抬起前个半条身,像鞭子也似的抽将过来。刺猬用一个敏捷的动作,即刻竖起身子迎向毒蛇。蝰蛇唑唑狂叫起来,想掉转身逃开去。刺猬却仍不放过,猛一下扑到它身上,从背后咬住它的脑袋,用爪子捶打它的脊背。

这时候,玛莎才清醒过来,往起一个弹跳,急急忙忙跑回家去。

(韦　苇/译)

比安基的作品【3】

鼻子被当成了奶头

二月底,从高处刮来的雪堆积在地面,已经很厚了。塞索依·塞索依奇的滑雪板此刻就滑行在这厚厚的积雪上。

这是一片长满丛林的沼泽地。塞索依奇带上他心爱的北极犬"红霞",跑进了一片丛林。红霞钻进了丛林,就不见了身影。

突然,传来红霞的叫声。那叫声的猛烈和狂暴,塞索依奇马上听出来:红霞遇上熊了。

小个子猎人今天正好带着一管性能靠得住的五响来复枪,因此他心里很高兴,赶忙朝狗叫的方向跑过去。

积雪下面有一大堆倒地的枯木。红霞就是对着这堆枯木狂吠。

塞索依奇拣好了个合适的位置,卸下滑雪板,把脚底下的积雪踩结实了,准备猎熊。

过不多时,从雪底下探出个宽额的黑脑袋来,两只眼睛滴溜溜闪着绿光,用塞索依奇的话说,这是熊在向人问候哩。

塞索依奇这话说得对,熊瞅过一眼人以后,果然就又会缩回洞里去躲起来。它躲一阵,然后就又突然往外蹿。所以,猎人要不等它完全缩回去时,就抓紧时间开枪。

但是瞄准的时间不够充裕,塞索依奇瞄得不够准。事后才弄明白,那射出的一颗子弹,只擦破了熊的脸颊。

猛兽跳出来,直扑塞索依奇。幸好,第二枪差不多击中了熊的要害,把那头熊给打翻了。红霞冲过去,咬住了熊。

熊扑过来那会儿,塞索依奇没顾得上害怕。可危险过后,这个结实的小个子立刻觉得浑身塌软,两眼直冒星花,耳朵里嗡嗡响个不止。

他深深吸了一口冷气,像是要把自己从迷糊的沉重思索中唤醒过来。现在,他才充分意识到,刚才这险境有多么可怕。

任何人,甚至最勇敢的人,面对面撞上这么个大块头野兽,等惊险过后都会为这样的感觉后怕的。

万想不到,红霞从熊的尸体旁蹦开,汪汪吠叫,又向那堆枯木扑去,只是,这回是从另一个方向往那里扑。

塞索依奇一看,不由得愣了——从那里又探出了第二个熊脑袋。

小个子猎人立马镇定下来,迅速瞄准,不过这回心神不那么慌乱了。

只一枪,他就把那畜生给撂倒在了枯木旁。

万万想不到的是,几乎就在同一瞬间,从第一只熊跳出来的那个黑洞里,伸出第三个宽额脑袋;随后,又伸出来第四个!

塞索依奇慌了神,他真吓坏了。看来,似乎这片丛林的熊全聚集在这堆枯木下面了,这会儿相继冲出来,向他进攻。

他顾不得瞄准,就连放了两枪,接着就把空枪扔在了雪地里。虽说是心慌,他还是看清楚了,第一枪打出后,那个棕色的脑袋就不见了,第二枪也没打空,只是打中的是自己的红霞——当他击发第二枪的时候,红霞恰恰跑过去,结果误中了枪弹,倒在雪地上。

这时候,塞索依奇不由自主地迈动了发软的双腿,走了三四步,绊倒在被他打死的第一只熊尸体上,摔在那里,失去了知觉。

他这样俯躺着,也不知躺了多久。总之,他惊醒时,有什么东西在钳他的鼻子,钳得很疼。他抬起手想捂住自己的鼻子,然而他的手碰到一个活东西,热乎乎的,毛茸茸的。他睁开眼,只见一对绿眼正直盯盯地瞅着他。

塞索依奇失声大叫起来,使劲儿一挣扎,才把鼻子从那野兽的嘴里挣脱出来。他打着趔趄,跳起身,撒腿就跑,但才迈了几步,又立刻陷在了深雪里,雪厚得齐了他的腰。

他回到家里,这才回过神来,才明白过来:刚才咬他鼻子的是小熊息子。

他好一阵没平静下来。但终于想明白了,刚才发生的是怎么回事。

原来起先那两枪,打死的是一头母熊。接着从枯木堆另一头跳出来的是一只三岁大的熊,是母熊的长子。

这种年轻的熊大都是熊小伙子。夏天,他帮助熊妈妈照料熊弟弟,冬天就睡在它们的近旁的熊洞里。

在那一大堆叫风刮倒的枯木下面,隐有两个熊洞:一个洞里躺着熊仔,而另外一个窝里躺的是母熊和它两个一岁大的、还在吃奶的小熊。惊慌失措的猎人把熊仔当大熊了。

跟着熊仔从枯树堆里钻出来的是两个一岁的熊娃娃。它们还小呢。只不过是跟12岁小孩一样重,但它们的额头已经长得很宽,难怪猎人在惊慌中错把它们的头也当做大熊的头了。

在猎人迷眩在地上的时候,这个熊家庭唯一保留下命来的熊娃娃,来到了熊妈妈身边。它把头向母熊的怀里探伸,想吃奶,却碰到了塞索依奇呼着热气的鼻子,把塞索依奇不太大的鼻子当成妈妈的奶头,就衔进嘴里,使劲吮吸起来。

塞索依奇把红霞就地埋葬在那片丛林里,把那只熊娃娃逮住,带回了家。

那只熊娃娃是个很能给人带来开心的小家伙,挺可爱的,而猎人失去了红霞后也正感到寂寞凄清,正需要小熊来添些乐趣。

后来,熊娃娃十分亲热地依恋这个小个子猎人。

(韦 苇/译)

第四节 俄罗斯动物文学的作家群

一、马明-西比里亚克

马明-西比里亚克(1852—1912)是19世纪后半期在童话和短篇小说两方面都享有盛誉的杰出的俄罗斯作家。年轻时受车尔尼雪夫斯基革命民主主义思想的影响和达尔文、谢乔诺夫等人的自然科学著作的影响。

马明-西比里亚克的童年和青年时期是在乌拉尔山区度过的,共生活了34年。乌拉尔群山起伏、森林密布、山溪蜿蜒、河流湍急,在这乌拉尔严酷而又壮丽的大自然怀抱里,他受到大自然熏陶的同时,亲眼目睹了乡间农奴艰苦的劳动条件和贫困生活,看到了工厂主对工人的残酷压榨。所有这一切都在他的小说作品中得到人道主义的反映。

马明-西比里亚克的儿童文学遗产分童话和小说两类。其小说的代表作是《灰脖鸭》。

《灰脖鸭》写一只小鸭被蹿入鸭窝的狐狸咬断了一只翅膀,致使它在严冬来临时不能随父母飞往遥远的南方。她独自孤零零地在冰河上,时时刻刻受着馋涎欲滴的狐狸的威胁。这类童话同他的另一类名著《小阿琳娜的童话》写法不一样。作家将其写成洋溢着人性的诗篇,那同情弱小者的笔触分明蕴含着一种撼动读者心魄的力量。

马明-西比里亚克的小说作品传播最广的一类是刻画在乌拉尔大自然怀抱中生活的人物的短篇小说。这类地方色彩特别浓重的作品也是马明-西比里亚克的儿童文学代表作,最著名的有:《猎人叶米利》《冰河旁的小屋》《富翁和叶列姆卡》《自由人亚式卡》《猎人》《守林人》《遥远的山村居民》等。在这类作品中,作家高度评价了朴实、忠诚和热爱家乡、热爱祖邦的品格。这些远离闹市而索居林中小屋的俄罗斯人都有一颗勇敢而善良的心,很能激发起读者对他们的爱。尤其是《猎人叶米利》。叶米利老爷爷为心爱的孩子去猎他日夜想得到的小鹿,他为追寻黄色小鹿在树林里兜了三天,可到他接近小鹿要举枪打它时,一只母鹿用自己身体引开猎人的目光,叶米利爷爷被感动了,他从"保护小鹿的妈妈"联想到"格里苏克的母亲怎样用自己的身体从狼嘴里救下自己的孩子……"他不但没扣动扳机,而且"站起身来,吹了一声口哨——小动物快得像闪电般逃进灌木丛"。另一类是描写各种动物的短篇小说。这类小说发挥了作家长于描写动物的优势,凡出现在他笔下的动物都跃然纸上,例如《小天鹅》《小熊》《老麻雀》《不是我的事》《华西里·伊凡诺维奇》等。这些作品中的动物多半被作家赋予了人性,显得既风趣又幽默。

马明-西比里亚克不但对大自然观察得惊人地细致,对各种动物的生活习性十分熟悉,而且充满激情,语言丰富多彩,文体格外优美(人称"马明体")。高尔基称赞他的书能"帮助少年读者了解并热爱俄罗斯人民和俄罗斯语言"。

二、瑞特科夫

勃里斯·斯捷潘诺维奇·瑞特科夫(1882—1938)是20世纪俄罗斯儿童文学的奠基人之一，卓越的作家。他遍游俄罗斯和欧洲，从事过多种职业。他写海上生活的作品在苏联儿童文学史上有突出的地位。

瑞特科夫首先是一个博物学家，他通晓英、法、德语，能自如地用土耳其语、希腊语和罗马尼亚语跟人交谈，他从事过的职业和具有的身份有八九个之多。他遍游了全世界，接触过不同种族、不同职业的人。他的知识之广博和阅历经验之丰富，堪称是百科全书式的人物。

当他敏锐而准确的观察力用来考察动物，他就能将动物的外貌和习性写得很到家。他是把人和动物放在一起写的动物文学巨擘。《大象》《猴子》《唐鸦》《熊》《狼》《猫鼬》《袋鼠》《无家可归的猫》《稍微等一等》……都是根据他本人航海旅行途中通过自己敏锐而准确的观察所获得的第一手材料写成的。其中《大象》、《猫鼬》（《猫鼬斗蛇记》）是通过一个小伙子的眼睛、耳朵来写——他头一次到印度，怀着快乐、惊奇、真诚的心情去与印度人打交道，去熟悉他们的劳动、习俗和地理自然环境，以及新奇的动物世界。有的故事，譬如《猴子》则写的是作家自己家中的经历。他的动物故事总是把人和动物结合在一起，多数是赞美人和动物之间相互眷恋的深厚情谊，也有的篇章是暴露人性的残酷(《大象》)，有时，他也以嘲弄的笔墨写人在动物面前的怯惧、畏缩，譬如《稍微等一等》。而写得最幽默、细腻、淋漓尽致的则是轮船上偶发的动物事件的《猫鼬》，其水准当不在普里什文、比安基之下。

瑞特科夫的这些动物文学作品的第一品格是故事真实——一个动物驯养家所能做到异乎寻常的真实；第二品格是思想深刻，他不是一般地把故事写得紧张、曲折、有趣，而是生动的故事里蕴含他自己的思考；第三品格是丰富有力，其简朴、精确、丰赡的叙事语言都是从口语提炼而来的。

瑞特科夫的作品

猫 鼬 斗 蛇 记

我很想拥有一只真正的、活生生的猫鼬，这种动物在印度人和锡兰人家里养起来对付毒蛇。我不只是想在人家家里看到这种动物,而是想拥有一只属于我自己的猫鼬。我下定了决心:我们的轮船一到锡兰岛,我就上岸去买一只猫鼬来,不管花多少钱,要多少就给多少。

这不,我们的轮船驶到锡兰岛。我迫不及待地往岸上跑去,想尽快找到卖这种小动物的地方。忽然,一个黑人(这个岛上都是黑人)向我们的轮船走来。我们的人都一下向这个黑人围了上去,彼此拥挤着,叫嚷着,嬉笑着。我们当中有一个人叫起来:"猫鼬!"我快步跑过去,从人群里挤着蹭上前去,只见一个黑人两手托着个笼子,里面有几个灰不溜秋的小兽。我怕错过这个难得的好机会,就远远地对那黑人大声喊:

"多少?"

那人一听见我这么大声叫他,先是很有些恐慌,可后来他弄明白,是我要买他的猫鼬,就向我伸起三个指头,同时把笼子递到了我胸前。这就是说他的猫鼬,连这个笼子,卖三块钱,而且,笼子里的猫鼬不只是一只,而是两只!我当即付了钱,舒了一口气:我高兴得连呼吸都噎住了。我开心得甚至忘了问问黑人,这猫鼬该给它喂什么,是已经养家了的呢,还是刚从野外捕来。要是两个家伙互相撕咬了起来呢,那该怎么办?等我想起这些该打听的问题,想要追赶那黑人时,他早跑得不见了踪影。

我决意自己去打听这猫鼬会不会相互撕咬。我把一个手指伸进枝条做的笼子去。等我想起我这样很危险的时候,已经来不及了,我只听得两只猫鼬同时叫了一声,我的手指就被咬住了。它们的兽掌小小的,却都有钩钩的利爪。说时迟那时快,一只猫鼬一下咬住了我的一个手指。可一点也不觉得疼,这是它咬着玩呢,有意不抠进我手指的肉。另一只猫鼬躲进了笼子的一个角落里,亮晶晶的黑眼睛斜睨着,定定地看着我。

我急切地想要把这只跟我咬着玩儿的猫鼬,从笼子里拿出来抚摸。可我才一动手去打开笼子,这只跟我开玩笑的猫鼬哧溜一下跑进了船舱。它在地板上噱一下蹿到这里,噱一下又蹿到那里,什么都闻闻,什么都咬咬——喀嚓、喀嚓!喀嚓、喀嚓!那动作活像是一个小偷。我要去逮住它,刚躬下腰去,刚伸过手去,这小家伙眨眼间从我的手背往上溜进了我的袖口里。我赶忙抬起手——哈,它蹿到了衣服的怀里。它从我怀里探出个小脑袋来,瞅瞅,咯吱叫一声,叫得挺开心,接着又缩进脑袋去。我听到它的叫声时,它已经窜到我胳肢窝里,从那里有钻到我的另一只袖子里,随后就从这只袖口跳了出去。当我正要抚摸它的时候,却是我刚抬起手,它突然又仰身跳起来,那灵敏和轻巧的样子,简直就像是它的四个脚底板都装了弹簧。我像被子弹击中似的,浑身猛一痉挛,颤动了一下。猫鼬从下方看上来,看着我,那一对眼珠明显透着快乐,然后又扑通一声,我看见它跳到我膝盖上,再从我膝盖上往上爬来,不停地变着戏法,耍着杂技:忽而后滚翻,忽而前滚翻,一下把尾巴喇叭似的高高翘起,一下把头钻进两条后股之间。它这样亲昵、这样兴奋地跟我玩,玩够了,忽然又向船舱通通通走去,那是我干活的地方。

我得把15大根印度木头扛上甲板去。这些木头通身都长满疖疤,疙里疙瘩的,还残留着一截截的树枝,还有一个个的小树洞,有好几处像瘤子似的鼓突起来,看一眼就会联想起它们长在树林的模样。但是从锯断的根部看,却能看出它们的树心是很美丽的,红的红得殷,黑的黑得墨!我们把这些木头堆在甲板上,堆成一座小山,拿铁链子把它们紧紧捆好,即使海上航行时遇到大风巨浪也不至于散塌下来。我边干活边想:"我的两只猫鼬怎么样了?我不是什么吃的也没留给它们吗!"我问黑人装卸员,他们都是本地人,都是生活在海岸一带地方的,该知道猫鼬都喜欢吃些什么,可他们没一个能听懂我的话,只会对我笑笑。而我们的人说:

"随它们自己去,它们爱吃什么,它们需要什么,它们自己会去拿的。"

我从厨房里要来一块肉,买来香蕉,弄来面包和牛奶。我把这些吃的东西都放在船舱中央,把关猫鼬的笼子门敞开。我就上了吊铺,在高处悄悄留神着猫鼬。野生的那只猫鼬先从笼子里爬出来,它和已经驯化了的那只一起扑向那块肉。它们用牙齿撕咬,边吃边咯吱咯吱叫着,接着咕嘟咕嘟把牛奶都喝光。接着养驯了的那只去抓香蕉,抓到就拖到角落里去吃。野生的那只差不多在同时扑向香蕉。我想看看下面到底会发生什么,我从吊床上跳下来,但已经晚了:两只猫鼬已经转身向后跑去。它们舔着脸,地板上狼藉着一摊抹布似的香蕉皮。

第二天一早,我们的船就开到了开阔的洋面上。我把香蕉像彩带一般挂满了船舱,它们悬在天花板下一条条细绳子上,煞是好看。这都是给猫鼬吃的。得吃好几天呢,所以我得尽量多挂些。我把养驯的这只放开,它现在老往我这里跑,我躺着,眼睛半睁半闭地,一动不动。

我看见,猫鼬蹦上了书架。瞧它又从书架爬到船窗的圆窗框上。窗框随着船的摆动轻轻摇晃着。猫鼬想找个能站稳的地方,它向下看着我。我故意躲起来。猫鼬用爪子敲了一下玻璃,圆窗就朝一边打开了。圆窗对过就挂着香蕉,眨眼工夫,猫鼬猛一纵身,两个爪子就抓住了香蕉。它一下挂在了空中,在天花板下晃荡。可是香蕉断了,猫鼬巴茨一下跌趴在了地板上。不是!巴茨一下掉落的不是猫鼬,是香蕉!猫鼬四条腿灵活地一跳,我侧转身躯看去,看见猫鼬已经在吊床下面跑动。不多一会儿,它涂满香蕉泥的脸就显露在外面了。它满足得开心地咯吱咯吱直叫。

啊哈!我只得去把香蕉挂往船舱中间些。猫鼬这回先跳上了毛巾,试着从那里是否能攀得高些。它像一只猴子,爪子像手那么轻捷灵活,要攀攀得上,要抓抓得住。它压根儿就不怕我。我放它到甲板上去自由地跑,去晒太阳。它俨然是一个船主人,到处闻到处嗅,仿佛它本来就是这里生这里长的,当然这里也就是它的家了。

然而,外面甲板上是早都有主儿的了。不,我说的不是船长,我说的是猫。外面的猫每天都吃得饱饱的,所以长得大大的、肥肥的、胖胖的,脖子套着个铜项圈。甲板上,猫鼬睡觉时,肥猫大模大样地走过来走过去。这天天气好,太阳高高挂在桅杆顶上。猫从厨房里出来巡视,看有没有什么异样。它一见猫鼬,就很快走过去,接着蹑着步小心翼翼地向着猫鼬一步一步潜行。它从一根铁管上走过去。它拉长着身子在甲板上迈着碎步。这条铁管旁边正是猫鼬窜来窜去的地方。先是猫鼬看见大猫,而猫却在铁管上居高临下地看着它。猫只要一伸出爪去,就能一下抠进猫鼬的背脊去。它等待着出手的时机。我想,马上就要出事了。猫鼬没看见猫,它的背正暴露在猫的眼皮底下,猫鼬东闻闻西嗅嗅,不知道大祸即将临头。猫已经瞄准好,准备动爪了。

我立即跑步扑过去。可没等我跑到,猫已经伸过它的利爪。就在这猫进击的瞬间,猫鼬把头钻到自己的两条后爪之间,张大嘴巴,一声大叫过后,尾巴——猫鼬那根十分可观的蓬蓬松松的尾巴——像旗杆那样挺挺地竖起,根根尾毛豪光逼人,于是它的尾巴就像一个锃亮锃亮的小刺猬。刹那间,猫鼬看起来就成一个见所未见的耀眼大怪物了。这火铁球似的家伙是什么呀?猫赶忙向后步步退去。接着它突然来个急转身,尾巴棍棒般翘起,吱溜一下逃得不见了影子。猫鼬边跑边嗅着甲板,像什么事儿也不曾发生似的,又忙活它的去了。从此,那自以为是天下第一美人的猫就很少出来显摆了。只要猫鼬在甲板上走动,你就不会再在甲板上见到猫。我们管这猫有时叫"凯斯—凯斯",有时叫"小乖乖"。厨师拿肉来喂猫,可哪儿也找不到它,整艘轮船上上下下都找遍了,就不见它的身影。猫不见,两只猫鼬可就进厨房来东转西窜了。它们咯吱咯吱叫着,向厨师要肉吃。可怜的小乖乖只有到晚上才敢到船舱里去找厨师讨吃的,厨师就随手扔给它一块肉。直到夜深人静,猫鼬被关进了笼子,小乖乖才敢怯生生地探头探脑出来走动。

有一次,半夜里,我被甲板上传来的叫嚷声搅醒。船上的人个个害怕怕的,人人惶恐不安。我立马边穿衣边往外跑。锅炉工费多尔叫喊说什么他从值班室走出来时,见到一条蛇从这印度木头堆里爬出来,蛇一见人就退回去躲起来了。可了不得!这蛇说是有胳臂那么粗,差不多有三公尺长;费多尔还说这条蛇是从他脚背爬过去的。谁也不信费多尔说的,但如今谁见了这堆印度木头心里就发毛——那又粗又长的蛇要真的有呢!虽没胳臂粗吧,可若是条毒蛇呢!何况,现在是夜半三更!有人说:"蛇都爱往热乎的地方爬,往人睡的吊床上爬。"大家都不作声了。忽然,大家又都转向我说:

"怎么样,你有两只小野兽——两只猫鼬啊!怎么样,让它们……"

我担心,这两只猫鼬中有一只猫鼬是没有经过驯化的,还不是家的呀。它如果跑了可怎么好!然而已容不得我多想了:有人已经到我的船舱里去把猫鼬笼子拿来。我接过笼子,到木头堆边打开笼子门,因为这个地方有黑咕咚咚的窟窿。有人打亮了手电筒。我看见养驯了的那只猫鼬钻进了黑洞。随后野的那只猫鼬也跟着钻了进去。我担心这些沉重的木头会压伤猫鼬的脚爪或尾巴。但一切都晚了:反正它们已经钻进去了。

"拿一根铁棍来!"有一个人这么大声说。

费多尔已经掂着把斧子站在那里了。大家随即不作声,伸长耳朵听着。传来了微弱的缠打声,吱吱咯咯,其他声音一点也听不到。

忽然有一个人叫起来:"看,看!尾巴!"

费多尔举起了斧子,其他人都后退了几步。我一把抓住费多尔的手臂,他太怕蛇突然蹿到自己身上来,所以抡起斧子,想砍蛇尾巴——结果伸出来的不是蛇尾巴,而是猫鼬尾巴:这猫鼬尾巴一会儿伸出洞外,一会儿又缩回洞里。现在露出猫鼬的后爪来了。猫鼬的爪子让木头挂住了。看得出来，是蛇把猫鼬拽了回去。

"谁去帮猫鼬一把！瞧，要把这一条大蛇拽出来，它的力气还太小！"费多尔大声说。

"费多尔，你自己不兴去帮帮吗？你是指挥官呀——来指挥我们！"人群里有一个说。

没有一个敢上前去帮猫鼬。大家都争先恐后地往后退却，连掂着斧子的费多尔也跟着大家步步后撤。猫鼬猛地使了一把劲；看来，它是被木头挂住了，很难往后拽动。它拼尽力气猛然往后一使劲，终于把蛇尾给逮了出来。蛇尾上下甩动着，把个猫鼬凌空摔了起来，接着巴茨一声跌落在甲板上。

"打死它！打死它！"四周一片叫嚷声。

这时我那只野猫鼬眨眼间嗖一下四腿弹起，扑过去拽住了蛇尾，它的利牙一下抠进了蛇身。蛇扭动着把野猫鼬重又往黑洞里拖去。然而野猫鼬用四腿撑住，把蛇一点一点往后拽。蛇有两指接起来那么粗，尾巴像根粗大的鞭子不停地啪啪啪摔打甲板，可是野猫鼬最后撑住了，还死死咬着蛇身，只是被蛇从这边甩到那边，又从那边摔到这边，吧喳吧喳地发响。我这时想上去把蛇尾给剁下来，可掂着斧子的费多尔不知躲哪儿去了。我叫他，他也不应声。大家都胆战心惊地等着野猫鼬把蛇头给拖出来。好了，现在整条蛇都拽出来了。可一看，不是的！拽出来的不是蛇的头，而是家猫鼬的头——家猫鼬纵身跳到了甲板上：它咬住蛇脖的一侧，蛇扭动着，痉挛着，把两只猫鼬在甲板上摔得梆梆地响，而猫鼬们却把蛇死死咬住，像两根大蚂蟥。

忽然，有一个人叫起来：

"打！"随声，铁棍就砸了下来。

大家一齐扑上去，身边有什么家伙就操什么家伙，嘣咚嘣咚地往蛇身上捶打。我怕大家在乱中误伤了猫鼬，就拽住野猫鼬往后拖。

它不愿意我拽它，就扭头来咬我的手；它发疯似的又是咬又是抓。我摘下帽子来去套它的头。我的伙伴把那只家猫鼬拖开。我们协力把两只猫鼬拖进笼子里。它们咯咯叫着，用牙齿拼命咬笼子栅栏。我扔进去一块肉，可它们根本不加理睬。我把透入船舱的亮光遮住了，然后往被咬伤的手上抹碘酒。

甲板上，人们还在捶打挣扎中的蛇，直到把它打死了，扔出了船舷。

从此船上的人就没有一个不喜欢我的猫鼬,这个那个都给它们送吃的来,什么都舍得给它们。家猫鼬跟大家都混得很熟了,所以天色一暗,我就叫不应它了:它被船员请到自己身边去做客了。家猫鼬会沿着缆索往高处爬。一天,向晚时分,电灯都亮起来了,家猫鼬先是沿缆索爬,爬到桅杆顶上,再沿横杆爬去,下面仰头观望的人无不为它的爬杆技巧叫好。它爬呀爬,爬到横杆尽头,就再不能往前爬了,横杆的铜头圆溜溜的。出于大家意料的是,它扭过身,抓住了铜管。铜管里是电灯的电线,电线一直通到顶端的电灯。猫鼬沿铜管继续往上爬。下面观望的人都拍起了巴掌。忽然电工惊叫起来:

"那上头有裸露的电线哪!"说着就去把电门关了。

然而,猫鼬已经抓到了裸露的电线。电流击打了猫鼬,它从高处摔了下来。大家过去把它抱起,却已经不会动弹了。

可它的身子还是热的。我赶忙把它抱到大夫那里去,但医务室的门锁着。我立刻抱回来,搁到自己吊床的枕头上,我自己转身去找大夫。"很可能,大夫能救活猫鼬的吧?"我边找边想。我满轮船地找大夫,不想却是已经有人告诉大夫了。他快步迎面向我走来。我为了让他及早赶到,就扶着他加紧走。他走近我吊床的位置。

"哎,它在哪里?"大夫问。

真的,猫鼬在哪里?枕头上没有猫鼬。吊床下方也没有。我伸手去摸:突然,嘣咚一下,猫鼬从吊床上跳下来,像什么事也没有发生过那样——它活蹦乱跳的,好着呐。

大夫说,电流准只是把猫鼬给击昏了,打晕了,我去找他的时候,它已经恢复了状态。我那个高兴劲儿啊!我把它抱在脸颊边,摩挲着,抚摸着。这时大家都走到了我身边,都同我一样高兴,都伸手来想要爱抚爱抚它。

时间长了,那只野的猫鼬也慢慢地变家了。我就把两只猫鼬都带回了家。

(韦 苇/译)

三、恰普丽娜

拉·华·恰普丽娜(1908—1994),动物学家、才华卓越的儿童文学作家,一生都在莫斯科动物园工作,所写的动物故事都是围绕莫斯科国立动物园的动物展开的。她曾经这样回忆她从事的动物园事业:"我对动物的爱几乎是天生的。我甚至上幼儿园也悄悄带上我的小狗、小猫和小鸟……白天,我把我饲养的小动物放到离家不远的大园子里去,晚上则把它们领回来,有的我藏进我卧室床下的柜子里,有的我藏到我的被窝下面。"这种对动物的爱后来就内化为她对动物"小弟弟、小妹妹"的管理责任,她小小年纪就养成了善于处理动物饲养问题的本领,果断而利索。这样的性格特点也成就了她的动物文学创作事业。对动物的爱使她对各种各样的动物有细致、精准的观察,随而才谈得上她对动物有准确、生动的描写。1935年,27岁的恰普丽娜出版的第一部小动物故事集《绿茵场上来的小家伙》和其后不久出版的一部描写小狮生活的中篇小说《凯诺丽》,初试雏声就能以她的动物文学魅力征服了全苏联;到50年代中期,恰普丽娜就进入了俄罗斯经典儿童文学作家的行列。

归她管理过的小动物有虎仔、狮仔、熊仔、狼仔和其他一些动物的幼仔。她创作的动物和人的故事中,多以幼兽为描写对象,代表作多收在《动物园》(1983)、《小白熊》中,其中的《小不点》(小猴名)、《双翅朋友》(写金刚鹦鹉)、《小黑黑》(小猫名)尤具可读性。

恰普丽娜用饱含深情的文笔描述她怎样帮助小动物们,为它们付出多少的爱。故事中有许多场景让读者感受到幽默的趣味,让读者开怀欢笑,可也不乏悲剧性故事:动物们也有母子骨肉分离,也有病有老还有死。所有这些都能激起孩子的感情波澜,甚至让他们感同身受。

恰普丽娜的作品

猫鼠怎样成一家

谁不知道猫和老鼠是死对头呀!过去我也是这样认为的。但是自从一只家猫的故事发生以后,我不得不改变我的看法。

一部科教片里需要一些猫鼠结谊的镜头。孩子们给我们送来了各种各样的猫,但都不太适合片子的要求,有的是毛色太浅了,而有的却是毛色太深了。我们费了许多周折才找到了一只毛色符合要求的猫。其实它只不过是一只很普通的家猫——毛色暗红中略带些灰,就像我们见过的老虎那样,背部、双腿都有显眼夺目的横纹,碧亮碧亮的眼睛炯炯有神。导演一眼就看中了,他苦苦寻找的恰就是这样的猫。但是他似乎高兴得太早了。猫是一个小鬼送来的,而猫的真正主人却是一个妇人,她怎么也不愿意她的宝贝儿猫离开她。这猫还带着一窝息。

导演急坏了。他愿意为这只猫向她支付相当一笔钱,希望她能把猫借出来用些日子,并且答应拍完片子就还给她。

"您这猫的毛色非常适合片子的需要。"导演努力说服妇人,"我们也就是拍些猫和老鼠交朋友的镜头,拍完就马上送还来给您。"

"跟老鼠交朋友?"女主人十分诧异。"就为这一点,我都不能给你们。我这猫可是个名副其实的捕鼠能手呢。它除了捉光我们家的老鼠,还把邻居家的老鼠也统统捉了。你们倒好,要我的猫去同老鼠交朋友!它不把那里的老鼠都吃光了才怪呢!"

像女主人说的,这猫这样会抓老鼠,那么竟来拿来做演员的老鼠都得完蛋。虽然我不是头一次拿小野物去同猫、狗合拍镜头,但把大老鼠直接放到以擅长捕鼠而闻名遐迩的猫面前,我还没有尝试过。我也对导演说,别要这猫了吧,咱们另找一只,然而他就坚持非要这猫不可。他就认定了这猫了。

于是,这捕鼠能手大大小小一家都被送进了动物园。

拍片子的人当中,有一个叫这猫是"祖宰卡里哈"。为什么拿这个名字唤猫,谁也不作解释。从此这猫就叫祖宰卡里哈。

动物园把这猫家族安顿在一个专门的笼子里。

祖宰卡里哈在新环境里,起先表现得烦躁不安。它不停地在笼子里走来走去,始终喵呜喵呜叫着,寻找可以逃跑的出口。它叫累了,就沉静下来,紧挨着自己的小猫愿躺了下来。

过了几天,老鼠运到了。这些老鼠应该可以分散些猫妈妈的注意力。

这些老鼠着实小呢,眼都还没有睁开,绒毛还才勉强长全。

它们挤缩成一团,在我的手掌心里蠕蠕地爬动。我站在祖宰卡里哈笼子边想:它不会对这些小东西无动于衷吧?我走进了它的笼子,它一下敏锐地嗅到老鼠的气味。它立刻站起来,绕着我的脚一圈又一圈地转,老往我手上爬。它如此渴切地想吃到老鼠,使我想到我手心里这老鼠很快就要保不住了。

这让我们不得不另想办法了。

我们把祖宰卡里哈放到一只箱子里,挪到另一间屋子里去,而把小老鼠同小猫放在另一只箱子里。我们故意让它们彼此看得见却又接触不了。我想:"你去馋,你馋的东西就和你的孩子混在一起呢!"再说,小老鼠的气味也已经和小猫的气味搅在一起,小老鼠身上也有小猫气味了。

我的算计看来没有错。猫妈妈直着嗓门叫啊叫啊,叫了几个钟头,到向晚时分却上演了这样一曲三声协奏,让我不知道该怎么描写好——猫妈妈扒抓箱壁的同时,不停地在那里大声怒喝,它的孩子也吱吱、吱吱可怜巴巴地叫着;而混在小猫中间的小老鼠却一个劲儿蠕动着,在那里苦苦寻找它们的鼠妈妈。

当我感觉时机成熟,可以把祖宰卡里哈放出木箱的时候,它先是迟疑着、犹豫着扑向小猫,一下躺卧在自己的孩子身旁,全然不顾小猫身边就爬着小老鼠。接着带着享到天伦之乐的满足感,伸直了身子、伸直了腿,带着享到了天伦之福的满足感闭上眼睛,呼呼地打起了鼾。这是让小老鼠去吮吸猫妈妈的乳汁的最佳时机。我轻轻地快速将小猫都挪开,安置到另外一个地方,而把小老鼠搬到妈妈的乳头旁。我把这一切都做得很小心,一点不惊动酣睡中的大猫,所以猫妈妈也就没发觉它的孩子已经被临时调开了。现在爬动在猫妈妈身边的都是小老鼠了。而小猫则由卡佳阿姨在给它们喂奶。

猫鼠的和平生活就这样开始了。

虽然这鼠是大种鼠,可样子确实与小猫很不相同的,然而"名副其实的捕鼠能手"对它们的呵护却跟呵护它自己的孩子们一样,它温暖它们,让它们不受风寒,它喂它们奶吃,甚至当小东西们面临危险的时刻,还起而保卫它们。

有一天,祖宰卡里哈和小老鼠的住地闯进来一只猫。

这位猫客个头魁硕,通身漆黑,从嘴边支棱出两大蓬胡子,头上有一块很显眼的瘢痕。猫客注视着祖宰卡里哈的窝。但祖宰卡里哈不允许猫客在它床榻边停留,它毫不犹豫地冲过去,卫护它这个特殊家庭的安宁。猫客还什么头脑也摸不着的时候,它已经雨点般的遭了猫妈妈的一顿狠揍。晕头转向的猫客起初还试图进行自卫,后来它发现自己根本不是猫妈妈的对手,就灰溜溜地撤退了。它拖着尾巴,向售货亭方向落荒而逃,生怕被震怒中的母猫再一顿毒打,而我则直忍不住笑,导演跑着指挥抓拍,摄影师成功地捕捉着这天上掉下来的好镜头。

不过要追上母猫是办不到的。他们只拍到了被母猫赶出去的猫客,狼狈地钻到了倒塌的标语牌下,和得胜归来的祖宰卡里哈欣慰的神情。猫妈妈嗅着小老鼠,确信它们都没有受到伤害,就安然地在小老鼠身旁躺了下来。它自己呼呼地打着鼾,任养子们吮吸它的乳汁。它这副温柔的样子,简直很难想象刚才发疯似的奋起捍卫的就是它!

小老鼠长大一些以后,它们就被和母猫一起嵌入了另一个笼子,那里方便游览者观看。

每天这个笼子旁总人挤人,成了动物园人气最旺的地方。大家都想看看这有违常情的奇观。若到那笼子旁去听听,那么说什么的都有:有的说这母猫准是中了邪了,有的说母猫的牙齿准已经被撬光了……但是他们看见母猫为照料小老鼠而张开嘴时,大家又明明看见了尖尖的猫牙是完好无损的。

母猫的女主人乘车赶来。她想要回她的猫,但是她没有带走。她看到她往昔心爱的猫在这样尽心地呵护小老鼠,她绝望地甩了一下手说:

"噢,你们把我的猫给毁了!它原来可是一只名副其实的捕鼠能手啊!"

而"名副其实的捕鼠能手"躺在阳光下,它的身边蹲着许多小老鼠。经我们一再安慰伤心的女主人，说它只是不咬自己奶大的老鼠，而不是它奶大的，它是照样会去追捕、去咬吃的。但她瞅了一阵猫呵护老鼠的情景后，觉得说话的人自己也不会相信自己说的。

可是我们的怀疑是多余的。有一次我们把祖宰卡里哈放出笼子去，让它自己走动走动。它先是贴着笼子走，后来，突然消失了。我们怕起来，以为它跑掉了。可过了不久，祖宰卡里哈回来了，它嘴里叼着一只被它咬死的大老鼠。

祖宰卡里哈神气活现地走近笼子。进了笼子，它想尽办法耐心地把自己的猎获物给了小老鼠。

我怀着莫大的兴趣观察着猫怎样抚弄自己的养子。它高高翘起自己的尾巴，将小老鼠一只一只捉住，一会儿放任它们跑动，一会儿像抛小球似的将它们抛起来，一会儿叼在嘴里，像是准备把它们吃掉。游览的人们担心起来，而猫呜呜叫着，给小老鼠舔起被弄乱了的毛。

它们几乎整个夏天都在一起，直到有一天饲养员忘了关好笼门，老鼠们才跑掉。

于是喧嚣声顿然腾起，震耳欲聋！猫没命地叫，在笼子里没命地跑，四处寻找它的小老鼠，而小老鼠则遛到了地板下，躲在里面不出来。我们想从地板缝里钻进去捉它们，可就是做不到。于是我们把猫放出去捉遛走的小老鼠，让它自己去把养子们一一捉住。我们还来不及打开门，我们的猫就冲出来，钻进了小老鼠们躲藏的角落。它蹲伏着，等待着，尾巴尖儿不停地颤动着。我躲在一边看，看这场逃跑和追捕的戏会是一个什么结果。"要是，"我想，"我不能从猫嘴里及时夺下小老鼠来，我还在这里等什么呢？"我这么想着，就坐了下来，进行连环等待：猫等老鼠，我等猫。我向猫走去……见鬼了，我能来得及救助小老鼠吗？猫一下就能从我手里挣脱，转眼间跑回笼子去。猫恨不得马上抓到老鼠。"完了，"我想，"没戏了，猫会一口一只把老鼠都吃掉的。"但是当真实的情景出现在我面前时，我简直不敢相信我自己的眼睛了。祖宰卡里哈转了一圈，又转了一圈，转着转着，它忽然躺下，竟给小老鼠喂起奶来了！它躺在那儿，舔着小老鼠！它一边舔着，一边瞅着，像是怕谁从它怀里夺走爱子似的。喂过一只小老鼠以后，猫的情绪好多了，它接着去找第二只喂，而第二只就是不出来，于是它又蹲伏着，又守候着，但是我现在已经不用再为小老鼠的命运担惊受怕了,因为我知道,它不会让自己的养子受任何委屈的。

傍晚,猫把溜掉的小老鼠都一一捉住了,就差一只。这只小老鼠特别胆小,不敢从洞里出来。但是到半夜里,当大家都回去以后,它拼命咬笼子,要想回到家里。

现在四只小老鼠只剩三只了。

祖宰卡里哈就和三只小老鼠生活在一起。在寒冷的冬天,一到夜色渐浓,猫就把老鼠搂在怀里,让它们在自己怀里感受温暖,让它们分享自己的乳汁。我不知道还有比这更亲密的家庭。如今,要是有人对我说,猫和老鼠是死对头,那么我还知道,这敌人也是可以转变而成朋友的。

(韦 苇/译)

四、特罗耶波利斯基

加甫里尔·尼古拉耶维奇·特罗耶波利斯基(1905—1995)曾任教师和农艺师,1937年开始发表作品,先后出版短篇小说集《17岁的普拉霍尔和其他人》《陡岸边》,中篇小说《副博士》《芦苇丛中——摘自猎人笔记》,另有长篇小说《黑土》,剧本《房客》,电影剧本《土地和人》,1971年发表中长篇抒情小说《白比姆黑耳朵》,于1975年荣获国家奖金,后被拍成电影,感动了全苏联,这部小说于是一时洛阳纸贵,被全俄作家协会理事会主席米哈尔科夫赞誉为"当代最伟大的作品之一"。

黑耳朵的白比姆是一只身躯矮小而动作迅疾的狗,白色的身上点缀着红黄的斑点,一只耳朵和一条腿黑得发亮。它是一只有灵性的良种猎犬,聪敏机智,多情善感,能判别是非、善恶,能为在卫国战争胜利付出过血的代价的主人分担痛苦和忧伤。作品以动物人格化手法,大量细致的心理描写与频繁的旁白表现了黑耳朵白狗的悲惨遭际。比姆的主人伊凡·伊凡内奇是位孑然一身的退休老人,比姆成了老人的忠实朋友。后来,伊凡内奇因战时留下的创伤发作,不得不撇下朝夕相处、相依为命的比姆去莫斯科作长期治疗。于是比姆天天为思念主人愁肠百结,天天为寻找主人而在善恶并存的人间奔跑。其间受到包括小学生和他们的老师在内的大多数善良人的同情和悯恤,尤其是其中一个叫托利克的孩子,他把满心的爱都给予了比姆。当他得知比姆被人毒打又失踪时,他不顾一切地要去找到它,他甚至在作文里向老师这样宣告："不怕您,安娜·帕甫洛芙娜,就是您不准我的假,我也反正要去找比姆。"托利克的行为感人、动人,而比姆在享受到理解和温暖的同时,误解、暗笑、拐卖、欺骗,种种不幸遭遇接踵而来,他受到折磨,受到摧残……为了追求自由,回到主人爱抚的怀抱,他勇敢地同恶人做斗争,历尽千辛万苦,多少次死里逃生,就在它即将与主人团聚之际,它被诬陷为"疯狗"而被抓上囚车。主人四方打听到它的下落,急忙赶去营救时,憧憬着光明与自由、心中深深思念着主人的比姆,已经撞死在检疫站的囚车里。伊凡内奇满怀悲愤地把它埋葬在他们常去打猎的森林里,鸣枪四响,以示对忠实的朋友比姆的沉痛悼念……整部小说读来撼人心魄,催人泪下;掩卷而思,又令人扼腕长叹,发人深省。

小说通过狗眼看世界,通过狗心想人类,鞭辟入里地揭露了人性中的自私、冷酷、残暴,热烈地赞美了人性中的善良、同情和悲悯情怀,在善与恶的尖锐冲突中提出了严肃的社会道德问题与避免人性被利益毒化的问题,呼唤人道主义和美好心灵。

五、恰鲁欣

叶甫盖尼·依凡诺维奇·恰鲁欣(1901—1965)是驰名世界的插图大画家,同时又是为幼儿创作动物文学的大作家。他在这两个领域里的成功收获都十分显眼,世人为之瞩目。

他热衷和擅长的是描写对孩子具有最强亲和力的小狗、小猫、小虎和小狐之类的幼畜幼兽等小动物,"从小看到大",从它们幼时的习性和行为方式就能看出它们长大以后会是什么类型的一种动物。对此,恰鲁欣曾这样说:"我就喜欢那些幼小的动物,别看它们长大以后是那么凶残,可是在幼小时,它们是那样的弱小,那样的可怜,无能又无助,谁看了都会动心的。"

《小汤姆》写猎人在几只眼都还没怎么睁开的小狗中,不知该挑哪只才最有希望培养成一只出色的猎狗,几次试验下来,他准确地选中了一只最有毅力、最顽强的小狗——追猎野物就需要这种品质。《秋帕猫为什么不逮鸟》里,鸟们利用自己的数量庞大,竟敢逗弄貌似强大的猫,把它弄得晕头转向,从而教训了它,直到它听见鸟叫声再也不敢轻举妄动。《小汤姆做梦》写小狗做梦的情形,就跟人孩子一模一样,孩子在一旁看着,给小狗的动作做出自己的设想,有趣又好玩。

恰鲁欣有意把孩子同小兽放在一起写,孩子觉得自己比小兽要优越得多、高明得多、聪明得多,于是故事的喜剧性情节就接连出现在读者面前,《小尼基塔和他的朋友们》这个故事集里的许多故事,就都是这样写成的,其中心人物是一个五岁的孩子,他喜欢小兔、小狗、小猫,于是演绎出来的故事就跟盖达尔的《丘克和盖克》一样,天真烂漫中见出惹人怜爱的稚真,尤其是《小尼基塔和小麻雀》和《小尼基塔当医生》这两则故事,更是写出了幼儿稚真的感人和美丽。

他认为,他能有这样的成功,全赖他童年时期从父母那里习染而得的文艺爱好。1946年他曾这样回忆他的童年:"我十分感激我的父母,他们让我有一个充满趣味的童年,今天我能成为一个画家和一个作家,就多亏我有那些与父母在一起的取之不尽、用之不竭的童年记忆。这些美妙的童年记忆随着年龄的增长变得愈加鲜明、愈加有趣、愈加有意思了。"

恰鲁欣的父亲是建筑学家,擅长绘画。幼小时,他父亲就常带他外出,全国各地到处跑。父亲教他细致观察各地不同的风物。恰鲁欣印象最深的是父亲带他环绕森林走,边走边看,"太阳怎样升起,晨雾怎样笼罩大地,森林怎样渐渐睡去,鸟儿怎样润喉唱歌,车轮怎样在白绒绒的苔草上窸窣滚动,严寒中雪橇滑动时发出的声音是什么样的。我在我父亲身边,在他的亲切教导下,学会了观察各种生活在大自然中的动物。"他不止一次地这样回忆他童年时代的生活。

恰鲁欣接触儿童文学,是从列宁格勒画院学习期间开始的。在列宁格勒儿童文学图书馆所附设的作家活动小组里,他认识了已经成名的自然文学作家比安基,起先是为比安基的新作《木尔索克传奇》画插图,后来渐渐地,就在他的影响和带动下写起了动物故事。今天人们常常提及的一些名篇,譬如《狼崽及其他》《围猎》《丛林是鸟的天堂》《毛茸茸的娃娃们》……就是他1930年代在比安基影响下创作出来的。他在儿童文学中的崇高地位,也就在彼时奠定了。他用画家的敏锐目光去体察动物,而体察中所获得的微妙感受和独特理解,又用他绘画似的语言表达出来。"我……惊讶地发现,好些人对动物其实完全不懂。"——显然,恰鲁欣对动物的观察与理解比一般人要深刻得多的。野兽无言,而它们的心思和情绪他全了然于胸。他能做到几个动作、几个姿势、几声鸣叫、几个表情,就清晰地将一种动物跃然于纸上。

恰鲁欣用语言代替画笔对动物进行素描。在《堪察加河上的渔夫》中,他用他精湛的语言素描艺术活画出了一头老熊在河里逮鱼的滑稽情景。他擅长用动物自己的动作、神态、表情、声音来传达它们的内心世界;其叙事风格是多用短句,勾勒简洁,富于动态,对话生动,字里行间弥漫着清新的诗意。并且,他谙熟幼儿跳跃的心理思维逻辑和稚气十足的语言,所以写来往往极富幽默效果,令读者哑然失笑。

恰鲁欣的动物故事其科学性和准确性是毋庸置疑的。他刻画的鸟兽形象有三个特点:第一,氤氲着艺术家的温情和爱心;第二,都处在成长过程中;第三,多表现幼小动物,故而特别容易打动人心。这些百科全书式的动物故事后来被汇成集子出版:《热带动物和寒带动物》(狮、象、企鹅、海象),《森林中》(松鼠、鹤、熊、兔、刺猬),《在我们的宅院里》(猫、狗、猪、母牛、马)。

恰鲁欣的作品发展着孩子对俄罗斯大自然的爱、同大自然的积极联系,引导孩子们去揭示它的秘密。

恰鲁欣一生为好几位俄罗斯儿童文学大家的120多种书画过插图,在国际国内获得过多种顶尖级奖项。他自文自画的动物故事读物被广泛译介,以40种以上的语言在五大洲广阔的空间流传。

恰鲁欣的作品

朋　　友

有一次,守林人对林区来了个大清查,结果发现了一个狐狸洞。他扒开洞口,看见洞里躲着一只小狐狸。看来,那狐狸妈妈带上其他的小狐狸,已经搬到别处去住了。

这个守林人家里,本来就养着一条小猎犬,它也才一点点儿大——生出来刚满一个月哩。

于是小狐狸就和小猎犬在一起,挨着睡,搭对儿玩,一起长大。

它们玩得可有味儿呢!小狐狸爬来爬去,跳上跳下,像一只灵活的小猫。它跳到凳子上,又从凳子上跳到桌子上,尾巴像喇叭似的高高翘起,眼睛直朝下看。

小狗和小狐狸在桌子上爬呀爬着,小狗"叭"一下跌了下来。它没有了小伙伴,就叫个不歇,边叫边绕着桌子跑,足足跑了一个钟头。后来小狐狸也跳了下来,它们就一道躺下睡了。

睡了一会儿,休息过一阵,就又开始追我、赶我,一块儿闹着玩得开心。

这小狗的名字唤作"红蜡烛",因为它的毛色从头到尾一身火红。这小狐狸呢,守林人给起了猫儿常用的名字,叫"瓦西卡"(俄罗斯人通常这样昵称猫——译者),因为它叫起来声音尖细,就跟猫儿差不多。

小狗和小狐狸在一块儿度过了整整一个夏天,到了秋天,都已经长大了。小狗变成了一只不折不扣的猎犬,而小狐狸呢,一身披上了浓密的皮毛。守林人把狐狸关起来,不让它跑到森林里去。"我把它关起来,"他暗自想,"直关到冬天,然后剥下它的皮拿进城去卖。"

狐狸的样子多可爱呀!要亲手开枪杀死它,守林人总也不忍心。所以守林人带上猎犬"红蜡烛"进林子去打猎,就往往会打只兔子回来。

有一天早晨,守林人给狐狸送食去,看见关狐狸的小屋子只剩一条铁链子,和一个弄坏了的项圈。

狐狸已经溜掉了。

"好哇,"守林人想,"这下我可要狠狠心,把你给打死了。看来,你是个养不家的野货。你骨子里是个野东西！我非在林子里找到你不可,像打野狐一样把你给打死。"

他招呼他的"红蜡烛",从架子上取上了猎枪。

"咱们走,"他说,"'红蜡烛',去找你的朋友去。"他说着向雪地上的脚印指了指。

"红蜡烛"叫了几声,就顺脚印追了去。它跑着,汪汪叫着,顺着脚印追逐而去。它深深地钻进树林,连它的吠声都几乎听不到了。

终于,它的叫声一点也听不见了！

可是它又向守林人跑来了,汪汪的声音越听越近了。

守林人隐蔽在一棵枞树后面,扳起了猎枪的扳机。

这时候,守林人看见：从树林双双跑出了一对朋友——狐狸和狗。

狗低声儿吠着。它们踏着皑皑积雪,像两个亲密无间的好朋友,肩并肩,相挨着跑来。它们跑过一个小山岗,相互瞅着,样子像在微笑。

这可叫守林人怎么开枪哩？会一枪把狗也给打死的。

这两只动物看见了守林人,就跑到了他眼前。狐狸瓦西卡跳到他的肩膀上,这时猎犬用后腿站起来,前腿扑到主人的胸脯上,闹着玩儿地咬着狐狸,抓狐狸的尾巴。

"哎,你这淘气的家伙！"守林人说着,松开了猎枪的扳机,转身回家了。

从此,整个冬天,狐狸就住在小木屋里——守林人没用铁链子拴它,就那样无拘无束地过着日子。

春天到来时节,狐狸开始到树林里去捉老鼠。

它天天出去捉老鼠,捉呀捉,就这样留在树林里不回来了。

而这猎犬"红蜡烛"呢,从那会儿起就不追狐狸了。看来,树林里的狐狸全都成了它的朋友了。

（韦　苇/译）

六、索科洛夫-米凯托夫

依·谢·索科洛夫-米凯托夫(1892—1975)是十月革命前就开始文学创作的作家。他的作品中有相当大的数量,显示了自己强大的艺术生命力。《森林里的一年》，是1984年出版的作品集，它由《春》《夏》《秋》《冬》四部分组成，描述作家对森林色彩、声音、气味的观察和感受，对冬日的夜晓、夏日的黎明、秋日的黄昏，还有林中湖、林中河都写得诗情横溢，细腻亲切，把林中鸟兽写得很讨人喜欢。他这样写鹤："鹤们安安稳稳地生活在人们不敢走近的沼泽地里，一到春天它们就围成一个圈跳舞，跳得可欢了。"（《在沼泽间》）在林中，熊生活得很安逸，《在熊穴里》就写了熊穴的温暖和舒适；《在大地的边沿》则写了小麋鹿无忧无虑地嬉戏，《老松树上》又写调皮的松鼠开心地玩乐。

索科洛夫-米凯托夫用温柔的情调讲述小兔子和松鼠之类，而描写猛禽猛兽用的又是另一种格调，例如《大山猫的窝》所讲的就是一种生活在密林中的阴险狡诈的野兽的故事。

索科洛夫-米凯托夫的另一部作品集《大地的声音》（1978年版本由恰鲁欣插图）中的故事均写的是俄罗斯中部的鸟类。作者用充满诗意的笔墨写关于重友情善结交的欧椋鸟如何讨人喜欢惹人爱，同样可爱的还有欢快而富于同情心的仙鹤，对爱情忠信不渝的天鹅等等。读者特别有兴趣的是他的《岛鸥》，写这种鸟对自己的孩子关爱备至，而一到该孩子自立的时候，就毫不犹豫将孩子推下崖去，一边监护它，一边让它在怒涛汹涌的大海上练习飞翔。这则故事分明在启示人们要鼓励新一代投向生活的广阔海洋中去。

七、斯克列比茨基

盖·斯克列比茨基(1903—1964)自从1942年发表作品以来，一直都以林中四脚朋友和羽翼朋友为作品主人公。作品蕴含大自然浓郁的诗意和家乡的情怀，使孩子获得物候学和生物学的知识的同时，让孩子对大自然中的生命多一份同情多一份爱。所以作家写了数量达70余本的描述大自然的书，其宗旨就是向孩子播种对大自然的爱，他用自己的作品表明：大自然不仅是人类的物质财富，而且还是极可宝贵的精神财富。

斯克列比茨基写狗、獾、猫、刺猬、天鹅、白嘴鸟等鸟兽的习性和它们之间的相互关系的作品多收在下列这些作品集里：《四个画家》(1958)、《各有所长》(1959)、《驯服的和野性的》(1961)、《小獾》(1962)、《在森林帷幕后面》(1963)、《我童年时代的朋友》(1968)、《快活的溪流》(1973)。这些作品中的鸟兽都被表现得活灵活现。在《谜》中,读者可以看到,当狗和小猫走到冰上的时候,狗就把猫叼在嘴里,直到走出冰块。《一只叫依凡内奇的猫》中,作家给读者写了这样一个奇观:

> 依凡内奇(猫名)懒洋洋歪躺在地板上烤太阳,而旁边一窝小老鼠在缓缓游走,小老鼠很小很小,小不点儿们在地板上跑着吃面包屑,依凡内奇呢,像在放牧它们,双眼在阳光下眯缝着。妈妈摊开双手,说:"这闹的是什么名堂?"
> 我说:"什么名堂?你没看见?依凡内奇看护这些老鼠呢!"

斯克列比茨基这样写初秋的森林和太阳。初秋,"山坡上的小桦树苗条挺拔像一些洁白的蜡烛,枯叶闪着金光……它们在向夏天做最后的问候。""大自然中的一切都好像在向太阳、向温暖告别,想最后一次打扮得尽可能艳丽一些。然后,脱下临别时穿的漂亮衣裳,锁在沉重的冬季银箱子里,在那里存放很久很久。"(《小绿篮子里有什么》)斯克列比茨基多年来出版了许多作品集,收录了他数百则禽兽故事和森林生活故事,他用这些缤纷的树叶般的故事告诉孩子们:热爱大自然、保护大自然能给人带来什么样的快乐和幸福。其中《跑进家来的松鼠》和《大狼狗把门》等篇章已为我国少儿读者所熟知,前者更被收在我国小学语文教材里,供亿万孩子分享他叙事的老到和幽默。

八、斯拉德科夫

在普里什文和比安基的继承者中,尼·依·斯拉德科夫(1920—2001)的大自然文学作品思想上、艺术上多有创新,其鲜明的独特个性发展了俄罗斯大自然文学,而以卓杰的业绩而成为动物文学的显赫作家。斯拉德科夫的作品有两个特点:第一,他的大自然文学作品严格地保持科学性。他只写他亲眼看见和仔细观察过的东西,他满腔热情,敢于冒险,海底、湖底、河底,他无所畏惧,他敢于攀登悬崖绝壁,敢于下到已被废弃的沙漠水井细致考察;他除了考察俄罗斯森林、沙漠、草原、山脉,还远涉非洲、印度,留下了两个作品集。第二,他始终保留着一颗充满童真的心。他对大自然所呈现的各种现象以及这些现象之间无限多的联系总是叹赏不已,然而他毕竟同时也是大自然探索者和大自然文学作家,因而他从不停留于叹赏,而是以此为起点,对大自然中深蕴的奥秘进行深入的探究。第三,斯拉德科夫同大自然接触时不排斥利用任何现代科技手段,如录音机、录像机等,因而,他向儿童呈现的大自然现实时既生动、活泼、新颖,又贴切、准确、科学,在内容和艺术上与前辈同类作家显有区别。

使斯拉德科夫成名的是这样四个作品集:《银色的尾巴》(1955)、《狡智的小鸟》、《沿着无名的小路》(1956)、《鸟歌》。这四个作品集中的故事吸引读者的不单是对飞禽走兽的描写,而更有作家对人的精神世界的丰富和美丽的体现,从中表现了他作为一个大自然探索者、诗人、心理学家三者的气质。比如有一则故事中写到有一次他到一个村子去,路上他惊愕地发现一个鸟蛋竟"陡然站起来,用两只小脚跑了"!"这情景是这样的出我意料,我一下把手缩了回来。后来我又扑上去抓它。抓住了……我手中的蛋发出喀笃喀笃的响声。很快,从蛋壳里跳出一只小鸟来,吱溜一下钻进了麦田里,不见了踪影。"原来,这是大半个蛋壳粘在小鸟湿漉漉的羽毛上。这是一只小山鹑,因为它的妈妈没来得及从它身上啄去蛋壳,它就只好驮着蛋壳在地上跑了。斯拉德科夫在森林里的新发现,甚至对动物学家的专业研究工作都有很高的价值。譬如这篇《喜鹊》:

森林里会有这样的奇景:蘑菇像涨大水似的疯长!疯长出地的蘑菇,小的只有纽扣那么大,大的呢,像一把小伞。有的一对一对长,有的一丛一丛长,有的成群成群的长,有的一帮一帮,有的排成一横列,有的排成一纵列,有的长成马蹄形,有的长成葫芦串,有的像星星似的满地散布,有的挤成一团,而有的则细似钉头。有的像帽檐似的月牙,有的多层重叠,有的长成阶梯形。

就在蘑菇涨潮的时节,我在森林里边走边看。我的眼睛里此时只有蘑菇,别的什么也看不见。

好的蘑菇当然讨人喜欢,可也有叫人看一眼就心里发毛的。尤其是当中毒蝇蕈——蚊子都怕挨近它们,飞虫都绕开它们,连爬虫都不从它们旁边爬过。我却大步走进毒蝇蕈丛中。

毒蝇蕈就是毒蝇蕈。连苍蝇都怕,人自然更是退避三舍。所以,毒蝇蕈就长得挺挺的,不用躲避人和动物的眼睛,反正采蘑菇的人不会采它们,野兽不会吃它们,鸟也不来啄食它们。

……我却忽然发现,有一朵毒蝇蕈明显被鸟啄过!

什么鸟,会蠢到去白白送命?我百思不得其解——这事太不可思议了!这只啄吃毒蝇蕈的鸟这会儿在哪里?森林里很闷热,谁也不到这样的地方来,所以一片死气沉沉。我在毒蝇蕈疯长的地方守候着,倒是要看看是哪种蠢鸟来啄食它们,我决心要弄明白是谁,纵然等一个星期我也要等——等这个蠢货出现。

说不定能碰上这样的好运气呢。

就让我碰上了!

第二天,还是那片丛林里,突然一点白光一闪。我树林间隙看过去,看见了一只喜鹊在地面上跳跳蹦蹦。喜鹊跳到毒蝇蕈跟前,攀过一个黑乎乎的毒蝇蕈,从一侧啄进去,就……把它撕裂成几块,嚼了几嚼,就吞进了肚,这个天下头号糊涂虫,要中毒了!

可喜鹊什么事也没有,飞上一棵枞树,在那枝头上整理它的羽毛来,什么事儿都没有。我简直看呆了,它却老拿眼睛瞅我,还从树上给我头上甩枞果似的,一下接一下扔过来尖利的叫声!我走着,它跟着我从一棵树跳到另一棵树,叫得还超常响亮。我等着,想它的叫声会一声弱似一声,叫着叫着就叫不出声来了,最后就从树上跌落下来。可是不,它竟越叫越嘹亮,越叫越来劲儿。完全没有中毒的迹象,完全没有任何病象发生。倒是相反,毒蝇蕈给它百倍助长了精神,比过去还更健壮了。

这就正似一星致命的毒蛇的毒液可以充当药物原料一样。我再没有碰见生命力顽强似喜鹊这样的鸟,再没有见到啄食毒蝇蕈这样的剧毒蘑菇可以不中毒。它的生命力可能是林中动物中抗毒能力最强的。我已经离开森林,走得离它远远的了,可它还在放声尖叫——恰恰—恰恰恰—恰,不知疲倦地叫——仿佛是毒蝇蕈给它添了神、加了力。

(韦 苇/译)

瞧,"连苍蝇都怕"的毒蘑菇,对于喜鹊居然还会是一种强身健体的补药!而他的发现并不是动物学家和植物学家研究成果的形象验证。

斯拉德科夫出版于1957的《十个子弹壳》就不停留在过去大自然文学作品之谋求帮助孩子发现、引导孩子观察,通过作品激发人们对大自然的爱,而是在新的文学品格中揭示人类的精神丰富性和美质。例如他写他到村子里去寻小狗时惊奇地发现一枚蛋,"它突然用细腿儿站起来,跑了",原来是刚从蛋壳中伸出两只脚的小山鹑。他还写了这样一次奇遇:有一天他遇上了只花榛鸡,它们一发现人就慌忙躲进覆在地上的枝叶底下。他再往前走时,怕踩死躲在枝叶下面的榛鸡,就"坐在小树墩上,脱去皮靴。然后我小心地跪在地上,伸手把每片树叶都翻看看,再往前爬。我就这样从云杉丛里爬了出来"。这样写,就把文学表现的逻辑重点放在了人这一边。

斯拉德科夫六七十年代的作品有:《在云彩上隐约所见》(1972)、《从朝霞到晚霞》(1973)、《鹡鸰鸟的来信》(1971)、《水底世界报》(1966)、《白嘴鸦飞来了》(1967)、《太阳门》(1968)、《在隐身帽的下面》(1968)、《林中隐秘的地方》(1970)、《砂石上的生命》(1973)、《叽叽喳喳的喜鹊》(1974)、《米翁姆博》(1976)等。

斯拉德科夫本来具有丰富的自然科学知识,又善于和勇于深寻奥秘,且保留着一颗童心,这样他的作品一方面满足了读者渴望了解奥秘的心理欲望,另一方面又能以孩童般的好奇心来叹赏大自然的各种联系的无限性与各种自然现象的奇异性。正因为如此,孩子们读他那些从猎囊里取来的故事总是如蜂附蜜,欲释不能。

《水底世界报》是斯拉德科夫从比安基的《森林报》这巨著中得来的启示,这部旨在开发儿童智力、促进儿童积极思维的水底世界百科全书1979年获俄罗斯联邦共和国克鲁普斯卡娅国家奖金。

《林中隐秘的地方》由恰鲁欣配图,很得低龄读者的喜爱。在这部故事集里,作者向读者昭示:人只要真心诚意地同鸟、兽、鱼相处,那么定能获得无穷的乐趣。他到林子里去,恰好看到狐狸在舞蹈,他在水下成功地办起了一个公园,让鱼应唤游来(《林中隐秘的地方》《笃—笃—笃》《舞蹈》《鱼们的低语》)。作家用自己的各种细小的发现去激发读者的求知欲,召唤他自己直接去观察。为什么碛鹬鸟见太阳一躲进云层就使劲儿叫?作家布设了许多谜在自己的作品里,他说:"最好,你们自己去弄明白。别让人家什么都嚼了往你嘴里喂。"

低龄儿童普遍都喜欢斯拉德科夫的故事,道理不难明白,主人公全都快活、幸运、勇敢。水雀对人的问候会报以鞠躬礼并唱歌给他听(《冰下歌声》),黄羊对想要捕捉它的骑马人会耍点花样叫他上当(《小黄羊》)。他的故事里包藏着他的温情和微笑。读他写逗人笑乐的小熊的故事,写勇士鸟的故事,写小麻雀的故事,读者会忍俊不禁的(《熊山》《新嗓子》《麻雀的春天》)。作家常常惊异于大自然散溢出来的美。看他怀着满腔诗人的激情生动描绘那早晨紫红色的霞光,那银亮亮的鱼却有着一双红艳艳的美丽眼睛(《鱼的跳舞》《第五个名字》)。作家奉献给幼儿的作品还有《叽叽喳喳的喜鹊》,分12个月份,每个月份都有特写、故事和童话——孩子打开书就知道这个月份的天气怎样、开些什么花、有什么蝴蝶飞动,这时的熊、兔、鹿、喜鹊、啄木鸟和其他林中居民怎样生活。《在群山间》(1982)、《在沙地》(1980)、《在草原》(1981)是作家描述高加索和中亚细亚的作品,均由恰鲁欣绘图;《到森林去解谜》(1983)、《我走在森林里》(1983)是教孩子去看那些看不见的东西,去保护大自然,他曾说:"大自然文学要写得既能给孩子们提供新知,又有高度的审美价值,还要在孩子们的心目中形成一种崭新的生态道德观。"作为作家、猎人、科学家,斯拉德科夫一直用他那双生动而细致的眼睛观察,并且用抒情诗人的语言传达给孩子们,让孩子们因为有这样一位天才的作家而感到幸运。斯拉德科夫为孩子出版了30多部大自然文学作品。比安基在为斯拉德科夫的《银色的尾巴》所作的序文中写道：在这些作品里他"用孩子般睁得大大的双眼去察看大自然世界，敏锐地听出了这个世界里的各种声音，并且把这个世界所讲述的一切都用人类的语言翻译给我们听……"比安基又说："……我们的作家中这样的人还不多：他们能用娃娃般睁圆了的眼去看世界，能用敏锐的耳朵去听各种声音——并且把他们从大自然世界中看到和听到的一切都翻译成人类的语言给我们读……这样的人是诗人。他们用'爱'这把金钥匙为我们打开了大地母亲和太阳父亲——一切生命的父母——的奥秘。"普里什文则评论说："最重要的是，这本书写得很出色，这首先是作者能用自己的眼睛发现大自然中还不曾被人们发现过的新东西。"所以，斯拉德科夫早在20世纪50年代就已经赢得了足够稳定的文学史地位。

斯拉德科夫的作品[1]

埋在夏雪里的小鸟

夏天的群山展现着醉人的美丽！满山满坡的鲜花在万绿丛中闹得猛烈，四面八方传来鸟儿的啼唱。

但是，就在转瞬间，灰白的山岩后面就浮升起几个闷蓝闷蓝的云团，遮蔽了刚才还明艳的太阳。立刻，花儿闭合上了它们的花瓣，鸟儿停止了它们的歌唱。

大家的心情顿时都变糟了。

四围黑魆魆的，感觉到一种突然袭来的恐怖。隐隐约约有个庞然大物嘘嘘叫唤、打着呼哨，正越滚越近！眼看它轰隆轰隆就滚到跟前了，整个森林顿时一片恐慌和混乱，哦！暴风雪来了！

我连忙躲到岩石下。紧接着狂怒的风，扯起了电闪，响起了雷鸣……下雪了！夏季里下大雪！

暴风雪过去后，周围变得满眼皑皑，而且静寂一片，像是一下回到了冬天。

不过，这是一种别样的冬天。从冰雹和积雪下，倔然露出了野花。一丛丛的青草在雪面上挺立着，它们摔掉了雪花。不久，夏天又从冬天底下钻出来了。

我忽然惊喜地发现，从雪里竟探出了一个小山鸟的头。

转来转去的,那是山鸟的小嘴,一眨一眨的,那是山鸟的眼睛。

这只小山鸟被突如其来的雪埋住了!

我想捉住它,把它掖在我怀里,让它暖和过来,但是忽然又改变了主意——很明白,它并不需要我的帮助,于是我便蹑着脚后退着,走开了……

很快,乌云散尽,天上又出了太阳。

积雪和冰雹在夏日阳光下很快消融。从四面八方传来潺潺的流水声——不过泻下的水都是浑浊的。

郁郁葱葱的山谷又出现在了我的眼前。

小山鸟于是站了起来,抖掉了身背上的冰雹和积雪,用嘴理了理湿漉漉的羽毛,接着便钻进草丛里去了。

果然如我所料的那样!在刚才小山鸟趴过的地方,有个鸟窝,窝里有五个半裸的雏鸟。眼睛全紧闭着,彼此挤作一团。在鸟妈妈的肚腹下,它们活着,看得出,它们在一张一翕地喘气,背上和脑袋上的绒毛都在轻轻颤动。

难怪,这暴风雪袭来,小山鸟没有顾自逃开!难怪,它让大雪把自己埋了!

(韦 苇/译)

斯拉德科夫的作品【2】

闪电般的迅猛一击

这是一条窄溜溜的峡谷,两侧岩壁高耸。有心考察大自然的人,一走进这样神秘的所在,就都会被深深吸引。这里,时不时地,从两边山上希里沙拉往下滚落石块之类的东西,一年到头都这样——有时是因为石头风化了,有时是因为蜥蜴在悬崖上爬动,有时是因为兔子在陡坡上蹿跑,也有时是因为五色斑斓的山鹧鸪骤然飞出了窝,也有时是因为野山羊在高高的崖壁上跃跳。

黎明时分的峡谷最迷人。两旁红艳艳的群山把峡谷衬成了一条湛蓝湛蓝的地缝。而到中午时分,狭窄的峡谷就填满了烟岚,而峡谷里堆积的石头全被炎热的阳光染成了金色,于是石头下方的阴影就显得更黑了。

被烈日烘烤的峡谷,这时燠热得人连气都喘不过来。实在是憋闷得叫人受不了!

再慢慢往前走,峡谷忽然连连急转弯,一段向东,一段向西,待走近峡谷的谷口,就见有山鸡嘟噜嘟噜飞起来,再走几步,令人惊喜的景象就豁然展现在眼前……

……蜥蜴猛一下蹿出来,向我瞪大了眼睛。这里有各种各样的蜥蜴类动物,包括通身灰白的蝶螈。有的蜥蜴通身鼓突起疙瘩,脑袋呈三角形,脸颊的皮松塌塌的,它们好不容易从岩石的窄缝里挤出来;它们黄色的鳞片在硬石头上碰出了唧嘎声。

再拐一个弯,就听得一声如铁锤敲打坚石一般的脆鸣!这是一只岩鸭(shi)发出的啼鸣。哦,这金属叩击般的鸣叫声,着实吓了我一跳!

我睁大眼看岩壁,看到一只山鹦鹉从上面跳下来,跳到了一块石头上,它伸长脖子,悄没声儿地一步一步挪向前去,显然,它是想要弄清楚:谁发出的这声响?这时,高处一块凸起的石头后面,伸出一个支棱起一对麻花形长角的野山羊脑袋来。

野山羊和山鹦鹉都一眼不眨地盯着发出铁片落地般叫声的鸭鸟,看着这岩鸭惊恐万状地在岩壁上边跑边叫、边跑边叫……它们两个都要看出究竟来:是什么险情叫这峡谷里个儿最小的禽民——这鸭鸟如此惊惶和焦急?它们必须赶快闹明白这里发生了什么事……它们全神贯注在鸭鸟身上,所以连我的出现,它们都没有注意到。

是禽鸟也好,是野兽也好,我得分辨清楚我眼前出现的是什么动物。然而时间容不得我慢慢看。不过时间再紧迫,我也得观察清楚再行动。

我的目光沿金色的岩石滑过去,滑过去,结果看见了,有一条长长的东西从野山羊和山鹦鹉的眼前蹿过去,从凸起的岩石后头直蹿向壁立的悬崖,哦,原来是这陡峭的岩壁上有一个鸭鸟的窝。这窝看上去像是个细颈子的瓦罐……

……一条粗长的黑花花的绳索一伸一缩地由下往上蹿动着,它从凸起的岩石下方绕上去。这是一条毒蛇,一条有大人胳臂粗的大毒蛇,它一次喷出的毒液就足以让一匹大马或一头骆驼丧命。

岩鸭急得像旋转的陀螺,绕着毒蛇飞来飞去。它一会儿头朝上、一会儿头朝下,不住声地惊叫着,每块石头都回响着它的惊叫声:仿佛每一块石头都吓得连声哀哀惨鸣起来!

峭立的石壁无碍于毒蛇的攀爬。它身体的尾部在岩壁上支撑着它的整个身躯,它黑乎乎的脑袋在高处空悬;它上下搜索着,在岩壁上寻找鸭鸟的窝。它不断地摸索着觅求新的支撑点,不断地把水银似的身躯往上滑油油地蹿动。

瞧,这蛇的头已经接近峻峭岩壁上的鸭鸟窝了,已经快要碰触到铺在那里的鸭鸟婴儿床了;小岩鸭早已醒来,这黄绒绒的小岩鸭的惊叫声,声声传到我的耳际,不由得我的心阵阵发悸,瑟瑟颤抖!

蛇把尾部紧贴着壁立的岩石,支撑着前半身,支撑着头部,它探向鸭鸟瓦罐般的窝的细颈。蛇头一点点伸向了鸟窝……

瞧,这蛇三分之一的身躯——大半个身躯——三分之二的身躯已经悬空……

岩鸭惊慌失措,连叫声都发不出来了。

毒蛇晃动着的脑袋向鸟窝探去,但还够不到鸟窝的上口;它平衡好身躯,把自己弯成了个大问号的形状。

再爬上去一点,只要再爬上去一点,它的头就能探进鸟窝了!

唉,真见鬼!我能在这毒蛇吞噬无助小鸟时一无作为吗?

我举起了猎枪。

就在这一瞬间,奇迹发生了:小小个子的岩鸭,它猛一展翅,从上面俯冲下来,用它的利喙、用它的双爪,闪电一般对着毒蛇的后脑勺猛撞过去。

岩鸭的身躯虽然很轻,但它的拼死一撞却非常及时。

毒蛇没能稳住身躯,呼啦一下从悬崖上坠落下去。

毒蛇弯曲的长身在空中只一闪,就唰的一声,沉沉地砸在了峡谷谷底的石头上。

岩鸭吱溜一下钻进自己的窝。它从瓦罐似的窝里往外看,看到摔死在谷底的大蛇,还不由得心存余悸,又匆匆缩身,躲进了窝底。

没有我的一枪,这事也还有这么一个很好的了断。

我再抬眼看时,峭壁上的长角野山羊不见了,好奇的山鹦鹉也不见了。

我继续上路。我随着峡谷走,拐了一个弯又一个弯……

每拐一个弯,都能见到一番别样的风景。

对一个热衷于大自然考察的人来说,看过峡谷峭壁上这惊险的一幕,今天的收获也已经是够大的了。

(韦 苇/译)

斯拉德科夫的作品【3】

鹬竟这样聪明

走完森林,就走进了田野。走着,走着,觉得有点走不动了,我就坐下歇气。

忽然看见一只山鹬从我面前跑过,一只山鹬。看来是只山鹬妈妈,她后头跟着四只小鹬鹬,都只顶针那么大小,而腿却长长的,走路都像是在踩高跷。

鹬们前方横着个水洼子。鹬妈妈翅膀一展,飞过去了。而小鹬鹬们的翅膀还没有长出来呢,该长翅膀的地方只蓬起两绺绒毛毛。鹬妈妈自己飞过水洼,并没有停下步来等待它的小鹬鹬们跟上来。小鹬鹬们一步不停地从水面像踩沙滩似的踩过去。它们迈步迈得轻巧极了——仿佛水抬着它们的小小身躯。我简直看呆了,不由得失声惊叹起来。

山鹬妈妈从水洼子那边的草地上看了我一眼,就给它的孩子们低声说:"皮—鸣!……躺倒!"

三只小鹬已经走过水洼子,听到妈妈的命令,就立即向沙地躺了下去,它们于是马上就从我的视野中消失了,它们黄生生背脊和黄沙、灰石子一下就分不清了。而还有一只小鹬鹬没来得及过水洼子,就一下钻进了水中,只露出个小脑袋来,它一听到"皮—鸣!……躺倒!"的口令,便立刻就地躺倒。

我蹚过水洼子去,然后就在这些听话的小鹬鹬身旁坐下。

"我倒要看看,"我思忖着,"它们下面还有什么把戏。"

这只躺在水洼里的小鸟就纹丝不动地躺在那里。水冰冷冰冷的,绒毛全湿了,细腿插在水底的砂石里,难受呢,可它就是晃都不晃一下。它一对小玻璃球似的眼珠子,也一眨不眨。妈妈叫它躺着,它就听话地躺着不动。

我坐着,坐着,坐得连腿都发酸、发麻了。我轻轻拨弄了一下紧挨我旁边躺着的小鹬鹬,它还是没动一动。

蚊子飞来侵扰它们。有一只蚊子就叮在一只小鹬鹬的脑袋上,一根细长管子插进了它的皮肤,然后开始猛吸,血就顺着管子往上流。小鹬鹬的小脑袋在蚊子面前显得很大,大得像个怪物;这蚊子眼看着膨大了,膨大了,直到整个肚腹都红彤彤的装满了血。

小鹬鹬疼得眯起眼睛,但是它还是忍受着,待在原地纹丝儿不动。

可我却不能再容忍了,我气死了。我躬下身,一扇掌,把可怜的小鹬鹬

头上的蚊子给灭了。然后小心翼翼地用两个手指把不住哆嗦的小鹬鹬给夹到我的嘴唇边。

"你玩捉迷藏玩得好极了!"我一边用我的嘴唇轻轻摩挲小鹬鹬头上的柔毛,一边说。"现在,你赶快跑,跑去追赶你的妈妈吧。"

然而小鹬鹬连眼睛都不眨一眨。我重又把它搁在干燥的沙地上。小鹬鹬还是一动不动。

"要不它已经死了?"我担心地想。我从坐着的石头上站起来。

我这站立的大动作,吓着了躲在河岸边观望的鹬妈妈。

"克鲁—克鲁!"鹬妈妈从远处传来叫声。"站起来!赶快跑!"

四只小鹬鹬眨眼间弹起身,直起长长的腿,"奇克—奇克"叫着,向鹬妈妈箭也似地飞跑过去。

"哎呀呀——"我对自己说。"要是我小时候这样听妈妈的话,我早就有大出息了。我小时候那会儿多淘气,多让妈妈操心啊……"

我穿过林中大沼泽,回了家。

(韦 苇/译)

九、德米特里耶夫

尤·德米特里耶夫(1925—?)是一位生物学家,他的创作宗旨是"为儿童和成人"读者,为任何一个年龄层次的读者去发现那些他们喜欢知道从而使他们迷恋的东西。他的早期作品中,有一部包罗万象的《森林大书》。作家把读者带入森林和动物世界,他边看边说,告诉人们:是怎样一条常人看不见的线将森林和人类生活紧紧系结在一起。通过五部《谁同我们人类共同居住在这个星球上》,作家传达了必须保护和守卫大自然的思想。这些书不止写了鸟类、昆虫、哺乳动物,还表现了人和大自然之间关系的许许多多带有当代性的问题。《谁同我们人类共同居住在这个星球上》给德米特里耶夫带来莫大的声誉,他因此被授予了欧洲国际奖。迄至今日,他还是唯一因描写大自然而获得这项殊荣的人。

在当代俄罗斯儿童文学界,被众人视为一件大事的德米特里耶夫的中篇历险小说《绿色巡逻队》的出版,是一个大家注目的文学现象。这部小说的主人公都是少年大自然保卫者,他们救护鸟类、野兽和昆虫,使之免遭同龄人凶残的偷猎。勇敢的、钟爱大自然的孩子们组织成一个"绿色巡逻队"。这些少年在盖达尔写的《铁木儿和他的队伍》的书页间知道了以前曾有过传奇性的铁木儿运动。铁木儿和他高尚、热忱、博爱的一群鼓舞着德米特里耶夫笔下的今日少年,他们以绿色巡逻队的方式真实地复现了盖达尔笔下那些可爱的人物。他们涌现在保卫祖国大自然的运动中。

德米特里耶夫的《你好,松鼠!你过得怎么样,鳄鱼?》这部作品集中收入了他的中篇、短篇和童话,和一些孩子熟知的作品。作家在他操作自如的形式中告诉人们:人怎样获得动物世界和植物世界的秘密,而这些知识是人们每天都用得着的。他的《真正的森林》一直被各种选本所选收。

十、萨哈尔诺夫

斯·符·萨哈尔诺夫(1923—?)志愿到军舰上去当海军战士,后来成了鱼雷艇学员和指挥员,直到他当上了儿童文学作家为止。这位作家在成长道路上,大大得益于比安基。他的创作从小篇幅的故事开始,后来开始为儿童读者构思和写作中篇小说《五色缤纷的海洋》。继而出版了《大海的童话》、探险中篇《到特里格尔岛上去旅行》《海参》《小姑娘和海原》《白鲸:旅行和冒险》。为了准确地描写海洋和水兵,他必须用他独特的眼光去观察。萨哈尔诺夫不止一次去太平洋,在黑海,他碰到几个研究海豚的学者,在北冰洋沿岸,他和捕猎北极白鲸的人交谈……萨哈尔诺夫用自己的天才把作家和生物学家两者的特点结合起来,把想象和现实结合起来,向孩子们讲述充满神秘感的海洋王国里所有的一切,召唤孩子们去思索海洋生活中的许多现象。

萨哈尔诺夫从自己的动物文学写作生涯中,体会到"人得充分地理解大自然。只有从对大自然的认知和热爱中才能深深痛切地感觉到:光裸的岩石上是什么也长不出来的"。

十一、斯内革廖夫

根·雅·斯内革廖夫(1933—2004),追随帕乌斯托夫斯基,用诗化的散文笔调描写他细致观察过的动物,是活跃于1960—1980年间的著名大自然文学作家。他对动物发生浓烈的兴趣是从观察海狸开始的,他一口气写了三本关于海狸生态的书。1964年,他随一名教授到西伯利亚雅库茨克密林与列纳河一带去作动物考察,他在几乎没有多少科考条件保证的情况下,他在那里备尝艰辛,他把那里的考察结果写成了《在冰河上》。继而他谋生的足迹遍及俄罗斯的许多山湖河海,做过幼鹿繁殖场的放牧员,做过专业猎手,但他始终没有动摇过对动物考察的浓烈兴趣。他用孩子的眼光——诧异而好奇的眼光来叙述原始森林、冻土地带、沙漠与海洋:雪松是宽厚的,许多野兽和鸟类都以它的果实为生……可雪松从不吝啬自己的果实。它挺立着,终年生机蓬勃、郁郁葱葱,把苍翠的枝叶高高地伸向太阳(《雪松》);这是鲨鱼,它们是血腥的杀手,尤其可怕的是那些成天在海洋游动的海豹,不过海豹只要同它混熟了就也不太可怕了(《好汉们》《赞加》)。

斯内革廖夫的故事有些篇幅很短,特别适宜于低龄儿童阅读,也便利于收入选本。例如《海鸥》《林子是谁造的》,虽短小却完整,且不乏儿童情趣,更富于知识性。《林子是谁造的》是个典型的例子:

河边忽然长着一片云杉林。云杉林周围又忽然长出了一些橡树。它们都很小,都才三片小叶子。

大橡树长在离这里很远的地方。是风把橡树籽儿从远处带来的吗?但橡树籽儿可是很沉的呀。那么,就只可能是有什么人在这里播过种子了。

能是谁呢？

我多久都没有猜出来。

秋天，有一次我打猎回来，我看见一只松鸡低低地从我身边飞过。

我闪身到棵大树后面躲起来，一直观察它到底往哪儿飞。松鸡把自己藏到了一个朽烂的木墩下，在那里东张西望：会有谁看见它吗？然后向河边飞去。

我走近木墩子，看见树间的一个凹坑里有两颗橡树籽儿，是松鸡收藏在这里当冬粮的。

原来云杉林里的小橡树是这样长出来的！

松鸡藏橡籽儿，藏着藏着就忘记了，于是那里就长出来了橡树。

(韦　苇/译)

斯内革廖夫的有些写动物的作品格外快活、幽默(《捕鲸人米什卡》《米哈依尔》)。孩子们尤其喜欢他的连环画故事《企鹅的故事》系列：《好奇的企鹅》《好斗的企鹅》《勇敢的企鹅》等等。

斯内革廖夫的大自然故事受到了帕乌斯托夫斯基的称赏。帕乌斯托夫斯基认为斯内革廖夫的大自然故事"与其说是叙事文学，莫如说更近于诗——它们具有诗的纯净和简练，能激发读者对祖国对大自然的热爱……"所以，广播电台很乐于连播他的作品，出版社很乐于出版他的书。

斯内革廖夫的精彩作品收在1977年出版的作品集《奇妙的小船》中，其中经常被提到作品有《鹿的故事》《我学着发现》《黑莓果酱》等。

斯内革廖夫的作品中的主人公多为养鹿人、猎人、渔人，他们是大自然勤劳的主人。除外，就是同他们一样有本领的他们的子弟。孩子们帮助大人料理牲口：格里沙放牧小牛群，不让狼来咬它们(《格里沙》)；玛丽娜在草滩帮鱼建窝，并为它保护小鱼(《玛丽娜》)。

斯内革廖夫的长短篇小说、故事作品都出现一个男孩——他保护、帮助、教养着一个女孩(《欧椋鸟》《格里沙》《北极狐领地》《甲虫》)。

斯内革廖夫的故事中，有些篇幅很短，特别适宜作为低幼文学读物，便利于收入选本。例如《海鸥》《林子是谁造的》就短小却完整，且不乏情趣，更富于知识性。还有，他的许多文字很能激起人以悲悯情怀思索生活的哲学：

乌鸦什么也没有带回来：它老了。它蹲在岩石上，翅膀酸疼得厉害，长年的风寒把它的翅膀冻坏了。四围春光明媚，而它，孤零零地独自蹲在裸岩上。

斯内革廖夫的动物文学创作，所遵循的是列夫·托尔斯泰的教诲：缓缓道来，恰如其分，简洁洗练，优雅而饶有人情味。

斯内革廖夫的作品【1】

海 鸥

在海洋边生活的那些日子，我和打鱼人住在一起。我们木屋后面就是一座黑压压的森林。每当海洋没有风浪，那四周就静谧得能听见啄木鸟往树干里掏虫的声音。

有一天，渔夫们对我说：

"看，海鸥在海面上转着圈儿飞翔，那是它们在捉鱼。明天，我们也出海捕鱼去。"

第二天，我醒来得很早，连太阳都还没有从海面上升起。四野静悄悄。蔚蓝蔚蓝的水波，一长排一长排的，相继从海面向海岸奔来，又相继一长排一长排地往海面退下去。海洋岸边，海鸥们的红掌轻巧地踩踏着，湿漉漉的

沙滩上留下了它们一串串竹叶般的脚印。海鸥一边走一边叫"啊赫,啊赫,啊赫"。这时,另一只海鸥从沙丘后边走出来,也边走边"啊赫,啊赫,啊赫"地叫唤。

"怎么啦,"我猜想,"它们在海浪里游的时候漂散了?莫非是,它们把自己的孩子弄丢了?"

我看着海鸥,看了好一阵,然后才回家。

渔民们从把渔网从晒杆上收下来,拖到远离海浪的地方,接着往船底里搬进些圆木,再把渔艇推上岸。

我一下弄不明白了:

"这不正是打鱼的好天气吗,而怎么,你们倒是准备要躲避台风了?"

"今天不能下海,"渔民们对我说,"要起台风了。"

"天上连云彩都没有,风也没有,这台风从哪里说起?"

渔民们伸手指指海鸥,海鸥还在沙滩上边走边叫。他们说:

"你看那些海鸥,它们在沙滩上不停地走动,是想吃鱼想得焦心哩!"

到中午时分,起风了——风越来越大了,越来越猛烈了。我们在屋子里待着。墙外是海洋呼啸的怒号声,大浪时而撞击着木屋的墙壁,整幢屋子都咔嚓咔嚓晃动起来。渔民们大着嗓门凑近我耳朵,对我说话。

而我只听见这么几句:"要不是海鸥给我们报警,我们这会儿可就正在茫茫大海里叫苦连天哪——台风要来,是海鸥向我们预告的。"

(韦 苇/译)

斯内革廖夫的作品【2】

浮冰上的小海豹

放眼望去,哪儿都是浮冰。阳光下,这些白色的和淡蓝色的冰块闪烁着刺眼的光芒。当我细看时,我发觉我们的轮船是驶航在一条窄溜溜的水道上,这条狭隘的航道是我们的船给冲撞出来的。

完全出人意料,我看见一对漆黑的眼睛,这对黑眼睛正从慢慢漂过来的冰块上望着我。

"停船!停停!有人落水了!"我大声喊叫。

船立刻减速,渐渐停了下来,放下一只救生艇,往浮泛的冰块划去。

冰块那熠熠闪光的白雪上,一只小海豹就像躺在厚厚的被子上那样,躺在积雪上。

海豹妈妈往往是将自己的孩子留在冰块上,要到早上才过来给孩子喂奶,喂完又游走了。小海豹就这样整天躺在冰块上,小海豹通身又白又软,像是用长绒毛做成的玩具。要不是那双黑亮闪光的眼睛,我还发现不了它呢。

我们把小海豹放在船上。船有继续往前驶航。

我拿来一瓶牛奶给小海豹喝,可它不喝,而是向船边爬去。我把它拽回来。不料,它竟流下眼泪来,流下一滴,接着又流下一滴,而后像下雨似的扑簌簌流个不停。

小海豹在静静地哭泣呢。

海员们你一句我一句地,都说得赶快让它回到那块浮冰上去。大家去求船长,船长很不情愿地嘟囔了一句,可最后还是同意把船开回去。幸好,开辟出来的航道还没冻结回去。我们就顺原路开回去,把小海豹放回到冰块那雪被上,不过不是原来那块浮冰了。

小海豹渐渐停止了哭泣。

我们的船又继续向前驶去。

(韦 苇/译)

十二、罗曼诺娃

娜·伊·罗曼诺娃(1933—)用童话笔调给低龄孩子写了好些描述常见动物的童话故事,她写到的动物有猫、蚂蚁、甲虫、蠕虫等。罗曼诺娃在20世纪60年代初开始成名,到70—80年代她的优秀之作就陆续覆盖全俄罗斯。多半收在《寻找会说话的鸟》(1985)里;另还出版有作品集《金丝雀华尼亚》(1982)、《七条蠕虫》(1975)、《蚂蚁"红小点儿"》(1972)、《在绿针叶上》(1976)、《地下旅行家》(1973)。罗曼诺娃的昆虫类动物文学仅在"彩虹"一个出版社就出版了11种。这些作品有两个特点:第一,内涵具有严格科学性;第二,情节的历险性和戏剧性使叙事极富张力。《地下旅行家》中的蚯蚓一开始就很有戏剧性:它的洞溶进雨水,只好另建新洞,可它又没爪子!好在它能用脑壳掘土,还找到另一个蠕虫做朋友,不幸他的朋友变成了蚊子。它想它将会变成什么——变成蜈蚣就好。可老蚯蚓告诉它,蚯蚓不会变成什么。于是它苦恼了:"遗憾!我们将来也飞不了,不能去采花蜜,一辈子就在地底下刨土,怪没意思的。"老蚯蚓听了很不以为然,它说:"没意思!要不是我们呀,花就开不了,草就长不了,连蝴蝶、连甲虫都不会有了。地上要长东西,地就得常常翻动翻动,这翻土的活儿就是我们干的!"

罗曼诺娃是一位昆虫学学者,她的书教孩子热爱大自然,观察大自然,研究大自然,她的书也能教孩子精确而生动地描摹大自然。

十三、阿凯莫什肯

依·依·阿凯莫什肯(1929—)在小读者面前展现了精彩的动物世界。他的动物故事的独特之处在于,他描写动物都是写它们的家族:动物家族之间的相似点和相异点,外表、生活方式、习性各有什么异同。他的动物特写集《在动物世界里》(1982)里各篇章的标题是这样的:《这些都是狗》《这些都是猫》《这些都是羚羊》《这些都是猴子》。每个篇章先介绍动物家族各自特点,然后再分别叙述各家族中的代表性角色:狼、胡狼、狐狸、大山猫、老虎、狮子、羚羊、高鼻黄羊、猴子、黑猩猩等等,难以一一列举。每篇都写得情丰意富。譬如,作者这样叙述猴子:"大猩猩比狮子还大。而且力气也比狮子大。可并不凶险。它从不主动攻击他人。他自己平平静静在一边待着。吃竹叶和各种青草。吃这些就能长得肥肥胖胖的!大猩猩看样子怪让人害怕的,其实它心肠好着呢。"

十四、陀罗夫

符·列·陀罗夫(1864—1934)是知名的马戏团世家出身的演员,他一生接触过许多像契诃夫的著名小说《卡什唐卡》中的狗(卡什唐卡),还有其他的动物演员。他回忆他一生的马戏团生涯,写成了一本叫《我的野兽》(1984)一书。书中就写他怎样训练野兽,并与它们一同演马戏。这些作品特受孩子的欢迎。譬如说,四脚演员的演出逗观众笑得前仰后合:《大象理发师》《野兽学校》《大演奏会》。当孩子看到大象贝比和小驴交上朋友、海狮之间相互帮助就很开心。陀罗夫不将动物理想化,他有时也写到动物病而至于死。在不少故事里,他写到生活中不可避免地要遇到卑鄙、嫉妒、诈骗,他还告诉孩子们同野兽打交道不可掉以轻心。

十五、费拉托夫

华·依·费拉托夫(1920—1979)是很有名气的马戏团演员,他写了一部《驯兽员的故事》(1980)。许多孩子都知道费拉托夫训练的熊,所以读起来特别来劲。作品从费拉托夫少年时做驯兽工作写起,直写到他成为颇有名气的驯兽员。开始小伙子也并不十分顺利,但是他加倍努力。有一次,由于他的错误而使一头狮子和一只熊撕咬起来,勇敢的小伙子上前去将它们拆开。

《驯兽员的故事》中有许多令人忍俊不禁的场面,也有许多让人心悸的镜头,有许多叫人开心的情节,也有一些让人心忧的地方,人与动物间的依恋和真挚写得扣人心弦。作者温情脉脉地描写了他心爱的动物们好亲善好嬉闹的脾性,描写了它们富有同情心,不偷懒。作者就用这样的温情笔调写了猴子腥什卡、马儿华西卡、小象拉达、狗熊马克斯。在《我心爱熊》这篇故事中,费拉托夫写道:"它老了,眼睛不好使了,耳朵也不灵便了,开始唠叨并且浑身抖动起来,就像许老爷爷那样。然而只要我一走近它,对它说:'马克斯,朋友,你怎么啦?你都唠叨些什么呀?'大个子熊立刻就停止了吼叫,把一只爪子搭在我肩膀上,嘴贴到我耳边……"作品最后一章的标题是《生活中谁会碰上好运气》,他对孩子们说:任何事业里都会有好运气,只要他不停地去干。

第五章

其他动物文学作家及作品

第一节 勒内·吉约和他的动物文学名著

一、吉约是动物文学中的安徒生大奖荣膺者

勒内·吉约(1900—1969)生于法国西部的库尔库里县,"这个县四面都是森林和湖泊——絮尼湖,几条河经这个湖流进流出。"他大学毕业于波尔多,取得数学学士学位。1923年到塞内加尔首都达喀尔,在这里教数学直到第二次世界大战开始,遂参加美国军队回到欧洲。不久回到法国。他在非洲20余年间,每逢暑假都到非洲腹地作考察旅行,足迹遍及尼日尔河流域、象牙海岸、苏丹和乍得湖等地。他同非洲人一起打猎、一起驯养野兽,目睹耳闻了许多动物的真实生活,也收集了许多非洲民间口头文学。他发表的第一篇小说《象王子萨玛》获得了法国少年文学奖。一位评奖委员特别喜欢他描写丛林生活的小说,从此他开始坚信:他的读者应在孩子中间。于是就自觉地为少年儿童创作。他为孩子写了一篇讲法国女孩和非洲男孩的历险故事,随后就出版了第一个儿童文学集《象王子萨玛》。1951年出版了三部写虎崽希尔基、黑猩猩奥沃罗和豹子克罗的小说。此后他写了50多部与非洲动物、北极动物、恒河动物有关的小说、故事和纪实作品。此外,他还为少年编写了六本少年百科全书,很是畅销。

他的优秀动物文学作品除《象王子萨玛》外,还有《白鬃马》(1948)、《御风者》(1953)、《母狮西尔格》《豹子库柏》《黑猩猩欧罗》《丛林王子》《我的兽朋友》《绿猫》《339号白象》等。《象王子萨玛》描写出生于丛林中的小象经过各种争斗而

成长起来的故事。

《丛林王子》是一部以印度河畔某地区为背景的以描写人物为主的小说,但情节、环境中还是引入了许多野兽。小说写恒河畔的野王子拉乌内深谙野兽生活习性,最后能跟大象、野牛和猛虎等和睦相处,通过了丛林考验,以顽强的斗志和必胜的信心制服了残暴的猎人,感动和降伏了对手,从而被人们拥戴为王。故事中大自然的场面都描绘得惊心动魄,如群象争王、鼠钻象鼻、野牛迁徙、灰猴群居、红蚁洪流等,都写得有声有色,妙肖传神,读来耳目一新——虽然小说有许多想象成分,但毕竟,它的创作者吉约有熟知动物的优势,写到动物,他便可信手拈来,这不是其他作家想做就能做到的。

《格里什卡和他的熊》,是吉约的重头作品,具中篇规模。故事叙述一个名叫格里什卡的男孩和一只被格里什卡唤作"迪迪"的黑熊之间的深情厚谊。奥尔索克是西伯利亚北极一个部落的正直、勇敢的猎人。男孩格里什卡就出生在这样一个猎人家中。他有一对高高的颧骨,一副紫铜色的脸蛋,一双像蒙古人一样的抬向太阳穴的黑色的眼睛。格里什卡在父亲被放逐到遥远的外地期间,从森林里抱回来一头毛球似的小黑熊。格里什卡以善爱和温柔跟小黑熊结下了始终不渝的友谊。格里什卡给自己的小熊兄弟取名为"迪迪"。迪迪的妈妈已经被部落的猎人们猎杀,作为祭猎的牺牲品。格里什卡和小黑熊都得不到父母的爱抚,他们结成了患难与共的朋友。

这部中篇小说里,男孩和小黑熊的友谊在"雪豹"和"山中小王子"两章中写得最是动人。《雪豹》一章里,吉约写道:

> 迪迪嗅到雪豹身上发出来的气味,就蹿来救格里什卡。雪豹一下面临两个对手。"这正是格里什卡所希望出现的局面,他的熊如果孤身遭到猛兽的攻击,眨眼间就会被撕得粉身碎骨。"雪豹是北极森林中最灵巧、最勇猛的野兽,它连老虎都不放在眼里。雪豹"用巨爪钩进牺牲品的肉里,用獠牙咬断它的脖子"。"这是一种让人闻风丧胆的动物"。好在格里什卡非常机敏果断、有胆有勇。他看见一条壕沟,就纵身跳进了沟中。
>
> 他仰面朝天躺在里边,紧握匕首,猛一挥臂——
>
> 只听得一声惨叫……
>
> 雪豹的肚子整个儿被豁开了,倒在了蕨草中,声音嘶哑地最后喘息了一

两次。

　　雪豹完蛋了……

　　黑熊迪迪因人的智慧和机敏而得救。它目睹了整个惊心动魄的场面。

　　一年后,当黑熊长大,它又像它的母亲那样被定为部落的祭猎牺牲品,于是格里什卡带着黑熊逃入密林中。在"山中小王子"一章中,作家描写格里什卡和熊群友爱相处的情景。最后写到格里什卡为了救迪迪而落入了陷阱,而迪迪为救格里什卡却被一个猎人射中一箭,流血不止。

　　小说的结尾处,格里什卡终于和父亲奥尔索克相见了,但他还是牵挂他的熊兄弟。

　　作家在这美丽的故事中,不无感慨地揭示了这样一个令人思索的问题:动物世界不像人类社会中某些人那样的尔虞我诈、反复无常、冷漠寡情,蓄谋陷害他人。

　　吉约的小说继承了欧洲19世纪以来流行的以动物为主人公一类文学的传统与美国以印第安人为主人公的小说传统。他的这部小说荣获了法国世界童书奖,遂而奠定了它不可动摇的经典地位。

　　吉约的小说故事多半发生在他熟悉的非洲丛林,所以他的作品经常被人用来同吉卜林的小说《林莽传奇》作比较。确实,他们的小说有很强的可比性:生动的丛林气氛和刻意运用的小说语言,使他们的小说呈现出鲜活的密林动物形象,传达出人兽可以建立深厚情谊的意蕴。

　　法国文学评论家拉乌利·裘布阿在论及吉约的小说时说:"说到吉约的小说,就不能不努力去理解他写惊人容量的小说的天赋。这是一种擅长于叙事的卓异才能。很可能,他是在西顿的作品中领悟并学会了写丛林、湖泽动物细节的方法和秘诀,对其中的神秘性心领神会。无论是鲸鱼凯塔的历险,无论是格里什卡与富尔纳比,无论是王子拉乌内或大象萨玛,无论是季奇熊,也无论是两个孩子和他们的马群,都写出了人与大自然之间的奇妙故事,写出了如《丛林王子》中的少年历险和孩子同动物的款款深情。"

　　裘布阿说:"人与动物的深厚情谊是吉约动物小说的第二个特点。动物与人可以建立情谊的思想18世纪就有了。我从它父亲的声音中就听到了对儿子这方面的教导:要尊重动物们的生命状态。我们从吉约小说人物的行止中看不到民族主义和任何族群主义的情态,丝毫没有种族主义的意味。每个小说主人公在他的叙事环境中、小说意蕴中都是和谐的。成为仇敌的原因我们也许可以不赞同,但都可以理解。林莽中的关系,残酷是不可避免的,但是其行为手段在他的小说中并不穷凶极恶。"他在1964年被授予国际安徒生儿童文学作家奖时所发表的演讲词里说:"儿童文学,如果它是诚实的、健康的、生动的、令人振奋的,那么应该拒绝种族主义——文学千万不能去沾染种族主义。儿童文学是文学序列中处于最前列位置的文学,是最世界的文学。"

勒内·吉约被《大英百科全书》"儿童文学"条目描述为"一位具有高度责任感的真诚的艺术家"。他一生热心为儿童创作,在60多部已出版的虚构和非虚构的儿童文学作品中,多数被其他国家翻译出版,受到国际儿童文学界的如潮好评。

二、吉约的代表作《白鬃马》

《白鬃马》篇幅近乎中篇规模,却细腻地写出了男孩福尔克怎样同野生的白鬃马建立起动人的互信关系,他与对驯马富有经验的老人安东尼奥一起来同盗马贼争夺白鬃马的情节更是惊心动魄。当福尔克发现白鬃马心中深埋着对荒原的神往,他放弃了对白鬃马驯养的心愿,让白鬃马带着他踏进激流。

> 男孩双臂抱着白马的脖子,在旋涡中颠簸。
> 激流卷着他们向大海流去。
> 大河唱着歌儿,微微摇荡着白马和男孩。美丽的河水把他们带到一个神奇的岛上,在那里,孩子们和白马永远是好朋友。
>
> (倪维中/译)

吉约的《白鬃马》写成于1953年,出版后首先打动法国孩子的心。信赖、善良、忠诚,这是一个12岁少年和漂亮的白鬃马(它雪白而高傲)之间无可猜疑的友情,动人而又忧伤。小说真实揭示了法兰西的大自然和各种人物的性格。法国的学者拉乌利·裘布阿这样评析这部小说:"……这部描述人与动物,少年为寻找白鬃马而历险的故事,所表现的是人兽间感人至深的情谊……"写得这样动

人心魄的小说在孩子们的书架上为数甚少,所配置的插图也极具震撼力。它被无数次地重版。这是因为,这部小说写得简洁朴素,把悲悯情怀表现得淋漓尽致,魅力无穷且认知价值很高。这样的小说被重版千次万次都不算多。这样的小说,阅读流传,就是播种信谊和善良。

吉约的作品

飘动的白影(节选自《白鬃马》)

福尔克十二岁,已是一个高大强壮的男孩。他和爷爷一起过,常常撑起小船到芦苇荡去。但他并不像他爷爷那样,每一次都是去撒网打鱼的,他没有按照爷爷的希望成为一个渔夫,他想做个牧马人,去捕捉和驯服野马。

离天黑还有一个钟头时,福尔克突然发现小船已经把他带到离家很远的地方了。他该往回划了。

福尔克沉浸在幻想中,完全忘记自己出来是为了撒网打鱼,而不是为了到芦苇荡里探险来的。

"使劲儿划,我还来得及回家。"福尔克想。

一篙撑下去,他想掉转船头,可是船这么沉!原来是从虫蛀的船板中渗进了水。他于是不得不停下来,用装鱼的旧桶从船舱里往船外舀水。福尔克把小船靠向岸边,把篙插在船头,这样船就固定在水草丛中了。小男孩跪在船板上,用那只破旧的木桶不停地往外舀水。就在这时候,他似乎听到芦苇丛中有一个轻轻的声音传来。

可能有什么小动物来喝水了……

芦苇荡里的水平静得像一面闪光的镜子。突然,福尔克看见一个模糊的白影出现在水面上,离他很近很近。

白色的轮廓变得越来越清楚了:两只细长的耳朵,一双深色的大眼睛不停地眨动。福尔克屏住呼吸,心怦怦直跳。他轻轻站起来,小心拨开芦苇。

水上的影子马上消失了,一会儿,又出现了。

福尔克不相信自己的眼睛:他看见的真是一匹小马吗?是一匹漂亮的小马驹儿伸长脖子注意着映在水面上自己的倒影吗?

这匹小野马可能是第一次在芦苇荡的水面上看见自己的倒影,但肯定是第一次同人类的孩子相遇。小马突然抬起头,甩了甩额上那一绺白鬃,抖动着身子,它从头到尾都披着洁白无瑕的细毛,就像穿着一件洁白无瑕的长裙。

它四条细长的腿支撑着轻轻颤抖的身躯,惶惑不安的神情中透着惊恐。然而它没有跑开。它一动不动地站在福尔克对面,细腿插在泥泞中。

就在这时,他们的目光碰在了一起。准是福尔克迷人的微笑把小马给征服了。它睁大眼睛,温和的目光中微带着忧惶。当那些还不认识你的马开始把你看成朋友的时候,它们才这样看着你。它张大鼻孔,轻轻抖动着身躯,黑色的嘴唇一张一合,那就是想跟男孩说话了。福尔克激动了,他唯一的担心是会不会把小马吓跑了。因此,他一动也不敢动,最后,他才鼓足勇气慢慢挪着小步挨过去,小心地轻轻伸出了手,试着去摸了小马一下。立刻,小马惊奇地瞪了他一眼,向后躲开了。接着,它跳起来,扬着头,穿出了芦苇丛。这情景使福尔克着了迷,他仿佛做了个梦——那美丽的一幕瞬忽出现了,又瞬忽消失了。

福尔克爬上了岸边的陡坡,看见了那片泥泞的地面上留下细碎的马蹄印迹。

他钻进草丛,想从草丛中穿过去。夕阳把草场染成了暗红色。在差不多二十步远的地方,就在这片暗红色的原野上,他看见了一匹母马,它的个子很高,肚子圆鼓鼓的,毛色也是那么的白,银灰色的长鬃一直披到肩部。那匹他刚才认识的白小马在它周围欢跳着。

就是这匹漂亮的小马,后来让盗马贼给盯上了。

一天,当空旷的原野上笼罩着薄雾,落日的余辉把薄雾染成了金色。他成了盗马贼们追捕小白鬃马的见证人。

不过,雾越来越浓了。雾吞没了一切。盗马贼们没能抓住小白鬃马。男孩要到草丛中去找到小马。他跳进了水荡里,艰难地向草丛跑去。他的心怦怦跳着。

"白鬃马!……"他在喊。

一只夜鸟从草丛中惊飞起来,然后是一片寂静……

"白鬃马!……"

这一次,福尔克相信他自己是听见了一声轻轻的呻吟。他踩着刺人的杂草跑过去。跌倒了又爬起来。他听清楚了,小马就在那儿。他终于看到了小白马。小白马已经精疲力竭了。

"是我,是福尔克……是你的朋友。"

男孩向它走去。

福尔克看见小野马身上全是灰尘,鼻子也破了,是矮树的枝桠扎破的。它虽然精疲力竭,但是目光中却依然充满了愤怒。

"白鬃马……不要怕我。"

白鬃马感觉这声音有点熟悉,它平静了些。然而小马受了盗马贼的惊惧,已不再天真了,它虽然还记得在芦苇荡水面的倒影中看到过这个男孩的目光和他温情的微笑,但还是不让男孩抚摸它。

"我不会伤害你的……你知道的。"

可小白马还是害怕,漂亮的白色胸膛随着急促的呼吸,一起一伏地颤动。

福尔克不能摸它,只能跟它说话。

"可爱的小白鬃……"福尔克蹲在离他朋友几步远的地方看它。他看见小白马的眼睛里闪着火一样的光,好像在说:"别碰我!"

小白马一下站起来,福尔克也跟着站起来,小白马的头正好到他的肩。它已经习惯了男孩的气味和声音。他们交流着友谊。

茫茫黑夜里,连一颗星星也没有。小马现在很孤独。小马会跟他走吗?小马左右张望着。沼泽就在它的背后。

突然,它跑了,而且跑得飞快。它再也听不到男孩对它的声声呼唤了。福尔克于是只好挥篙撑船回家。

他把他所见到的一切都告诉了他的朋友安东尼奥。安东尼奥是个给人家看马的老头儿,他看了一辈子的马,对马瞟一眼就能分辨出良优与劣弱。

第二天,他们就骑在同一马背上,向沼泽地走去。

"安东尼奥,……你看!"

"孩子,发生了什么事?"

"那儿,看那儿,安东尼奥……"

福尔克指着沼泽的方向,在阳光照耀下的浮尘里,在灼人的陆地那边有一片绿色,那是小白鬃马常常出没的草丛。

"那儿,看白鬃马!"男孩激动地说。"小马往咱们这边跑呢。"

安东尼奥终于看见了,真的有一匹白鬃马向它们跑来。但是这已经不是从前福尔克所见的小马了。它为了寻找已经被盗马贼捕猎的马妈妈,全身都被泥污弄脏了,尾巴垂下来,像一根硬僵僵的绳子,细长的脖子好像支持不住它沉重的脑袋。

"我去跟它说说话,安东尼奥。"

"不行!"安东尼奥阻止说。"有什么话,它不会先对咱们人说的!它已经遭遇过人的险恶,吃过大亏了。"

牧马老人告诉男孩,野马在它习惯的环境里,只要转几圈,勇气和毅力又会回到它身上的。

"它真漂亮,安东尼奥。"

"是的,很漂亮,像铁铸的一般,它将是一匹出众的好马,马中的贵胄。现在,咱们上马吧。你已经看见它了,它不会有事了。"老牧马人一生都在同野马群打交道,他能在马群活动中,譬如奔跑、格斗时辨别马的良劣。

白鬃马的野性让它深深牢记:人,是它的仇敌。白鬃马能从很远的地方分辨出人的气味,像野猪像狐狸等动物一样。但是白鬃马认识福尔克。别人不能靠近它,而男孩却能。

那野马群又到河边来饮水了。福尔克一下认出了他的朋友。他呼叫它,小马本想用温柔的声音来回应他的,但是它只能发出粗野的嘶鸣。它走过来,鼻孔一张一张地闻,不过还是显得有点害怕。同第一次相遇时相比,现在小马长高多了,看男孩得低头了。他用温柔的声音同它说话。它不再跑开了。然而它总是离着他几步,仿佛在说:你呀,你是从人的世界来的,咱们不是同类。

这样过去了几个月。白鬃马在这几个月里,用它的高大和强壮,用它的英勇和智慧使别的马都俯首服从它。不过它还是自己单独一个活动,自己单独一个在荒岛上跑来跑去,自己单独一个在河里游泳。

因为白鬃马英俊、伟岸和剽悍,盗马贼就特别想要抓住它。他们包围了野马群。盗马贼知道安东尼奥捕捉野马有经验,就一定要请他也来参加围捕。

"安东尼奥,你快冲过去呀!"

白鬃马和野马群一起要逃走,骑手们拼命去挡住它们,不让马群越过沟去。白鬃马离开马群,出人意料地掉头向安东尼奥冲来。它前腿一点地,随即腾空而起,后腿一扬,从安东尼奥的马背上飞越过去,接着,飞快跑开了。

但是白鬃马的去路被拦截。他们看清了,这白鬃马真漂亮,白鬃迎风飘动,潇洒的白尾犹如一柱银色的光焰。它用胸膛分开树枝,它穿过树丛,它越过泥塘,它奔过沼地。沼地上开着一丛丛白花,浅浅的积水刚能没过马蹄。

骑手们紧追不舍。追的马、逃的马,马蹄在林间空地上翻飞,哒哒哒响成一片。

白鬃马被赶进了盗马贼们的驯马场。

它疯了一般向围栏冲去,围栏非常坚固,它被撞伤,滚倒在地,又站起来,沿着围栏内侧跑,试图在木栅间找到一个出口逃出去。一个骑手抛出绳套,正好套在了白鬃马的脖子上。绳子勒得它喘不过气来,可它继续拼搏着、抗争着。刚强的小马跳了起来……

"让开,让开!"安东尼奥喊着。

突然,那拽着套马绳的骑手摔倒在地,被白鬃马拖着跑。

"你不想活了是吧!"安东尼奥喊。白鬃马已经疯狂了。它会把这些人用牙一个个咬碎,会把他们一个个全踢死。

幸亏这时绳索断了。

白鬃马发现围栏的出口,风暴一般冲过来,在离盗马贼大约两步的地方飞出了围栏,朝林中空地那条小路奔突,转过弯,穿过树丛,顿时消失在滚滚沙尘的浓雾之中。

盗马贼们决定明天再抓。还说,一旦抓住了,就给它上马嚼子,再配上一副上等的马刺。在他们的想象中,白鬃马已经是他们的囊中之物了。

第二天,福尔克背上渔网,划着小船到芦苇荡的沟汊里去打鱼。广阔水面上开满洁白苇花,小船俨然是在皑皑积雪间穿过。

一只小鸟飞起来,福尔克的眼光随着水鸟转向了远处,突然,他发现在矮树林里有一个高大的白影子。

白鬃马……

昨天搏斗得精疲力竭后,白鬃马就躲在这片草丛里休息。这里的水没过它半条腿。真难为这小马了!它白色的鬃毛乱蓬蓬的,额前的一绺毛垂下来,挡住了半边脸。

突然,它回过头去,鬃毛一抖,腿一挺……它听见了人的声音:"这回,咱们定能抓住它……"盗马贼头子疯子似的狂吼着,叫他手下的人按他的指挥包抄过来。顿时,马蹄下水花四溅。

福尔克停下小船。他看到,小白马没有逃走。它骄傲的天性使它站在那里,跟骑手们对峙着。

"看我的!……"盗马贼头子一边喊一边扔出他的套马索。

已经来不及了。

它生来是野烈的,生来是自由的。它要回到它的兄弟姐妹中间去的愿望,是无以抗拒的。

白鬃马越过篱笆墙,冲倒了栅栏,向旷野飞奔而去。它向高处那片草场狂奔。

白鬃马回到了野马群中间。在自由的旷野里,在自由的晴空下,它无拘无束地扬蹄。它无比兴奋。它陶醉在自由中。

白鬃马一蹬地,泥水溅了他一身。一声可怕的嘶鸣,它径直向盗马贼头子冲去,并且及时地给了他猛猛一撞,这时白鬃马和盗马贼的马都直立起来,在一块干燥的地面上交上了锋。白鬃马又是咬又是踢。它的对手也不示弱。盗马贼扔了缰绳,双手紧紧抓住马鬃。当白鬃马发起再一次攻击,盗马贼的马直立起来,盗马贼一下踩空了马镫,翻身落马。

他恼羞成怒,他大声狂叫。

这时,福尔克说:"让我来抓住这头白鬃马。"十二岁的男孩这样说着,心里感到一种莫名的激动。他拴住了船,然后顺着马蹄印迹追踪,去找小白鬃马。

突然,福尔克看到了他的朋友。白鬃马累极了。它低垂着头,白鬃直碰到水面。福尔克悄悄走过去,走近了它,轻声地唤着"白鬃马"。

白鬃马的耳朵动了动。

这一次,白鬃马又被它朋友温柔的声音迷住了。福尔克拿着盗马贼摔下马背时扔掉的绳子,轻轻走近了白马,嘴里低声唤着"白鬃马、白鬃马"。

男孩出其不意,一下用绳子套住了白鬃马。白鬃马惊恐地跳起来狂跑。福尔克被马拖着,头浸在泥浆中。他死死抓住缠在手上的绳子。绳子勒破了他的手皮,他也没有觉得疼。男孩的膝盖和臂肘都被磨破了,嘴和鼻子上沾满了泥水。白鬃马就这样拖着男孩穿过了浅水塘,最后,它停了下来。它看了看身后躺在地上的男孩,黑黑的脸上糊满了泥,可一对明亮的眼睛却依然在炯炯然发光。

白鬃马感到了男孩友好的目光。它有些不安了。

福尔克站起来,慢慢地接近它,用手去抚摸它的肩膀,抚摸它的脖子,梳理它的长鬃。过了一会儿,马长长的面颊和福尔克的脸轻轻贴在了一起。

这是白鬃马第一次让人亲近它。

他们走在沼泽边的小路上,肩并着肩,向小农舍走去。

福尔克把白鬃马带回家来了。福尔克的爷爷简直不敢相信自己的眼睛。可这是真的。他们一连有许多天都在围着白鬃马看,预测着白鬃马的未来。

然而,白鬃马终究是一匹野马!它一听见远处野马马群的嘶叫声,隐埋在它血液中的野性又被唤起。

野马群狂奔在小河那边。

一绺草从白鬃马嘴里掉下来,它不再嚼了。它抬起头,竖起耳朵听野马群奔腾的哒哒声。它鼻孔一张一张,嘴唇一噘一噘,露出了牙齿。它大声嘶鸣着,回应马群的呼叫。

福尔克明白,他是不能留住他的朋友的——尽管他知道白鬃马喜欢他温柔的声音,喜欢让他抚摸。可是它生来是野烈的,生来是自由的。它要回到它的兄弟姐妹中间去的愿望是无法抗拒的。福尔克只得解掉拴在白鬃马脖子上的绳子。

白鬃马随而越过篱笆墙，冲倒了栅栏，向旷野飞奔而去。它向高处那片草场奔去。

白鬃马回到了野马群中间。在自由的旷野里，在自由的晴空下，它无拘无束地奔跑。它无比兴奋。它陶醉在自由中。

福尔克失去了美丽的白鬃马，心情很沉重。

白鬃马不可能生活在人们中间。同它最要好的朋友福尔克相比，在空旷的地面自由地奔跑，对它更重要——当然是这样的。

可万想不到，盗马贼们正在这儿等着白鬃马的到来！一场围捕又开始了！

"快跑，白鬃马！"福尔克大声对着他的朋友喊。

狂奔的白鬃马同一个突然从沙丘后面跑出来的骑手擦肩而过，前面就是通向自由的路了！

正当白鬃马准备跳过前面一条宽沟时，另外一个骑手也要跳过沟去。

这是福尔克的好朋友安东尼奥。老人立刻勒转马头，给白鬃马让出路来。突然，马腿一弯，一下跪在了沟前。福尔克冲上前去，趁势骑上了白鬃马。白鬃马站起来，掉头继续飞奔。

马和孩子直朝一条大河跑去。盗马贼们在后面追赶着。

大河的激流会阻挡白鬃马和男孩。骑手们觉得胜利在握了。

大河水波起伏，就像一大片活动的草地。

白鬃马没有放缓它的脚步。福尔克任白鬃马带着他飞奔。他紧紧抱住白鬃马。马带着他跃入了水中！马带着他向河心游去！

河水湍急。漂亮的白鬃马和那爱马的孩子一下子被冲到了离河岸很远的地方。盗马贼们被甩在了身后。

"快回来！孩子，马，我们不要了！"他们喊着。

太晚了。

男孩双臂抱着白鬃马的脖子，在旋涡中颠簸。激流卷着他们向大海奔流。

大河唱着歌儿，微微摇荡着白鬃马和男孩。美丽的河水把他们带到一个神奇的岛上，在那里，孩子们和白鬃马永远是好朋友，永远。

（韦　苇据倪维中译文编写）

第二节　据有文学史地位的
　　　其他动物文学作品

一、杰克·伦敦的动物文学名著

杰克·伦敦(1876—1916)的一生虽然短暂,但是这位出身寒门的美国作家,却从事过十几种职业,当过报童、童工、牧童、水手、伙夫、淘金者……也曾沦为流浪儿和囚犯。他的足迹遍布整个美国。他在动荡不安和紧张追求中度过自己的一生。他表现强人主题的代表作《马丁·伊登》有足够高的文学史地位,但论其流传广泛性,则远不及被儿童文学史收编的《荒野的呼唤》和《白牙》(《雪虎》)两个中篇。

1897年,他去阿拉斯加淘金的日子历尽艰险,为后来的文学创作积聚了丰富的生活素材。他表现的人物多是在世俗世界中不被认可的,他把他们写成了人类道义和爱的典范。但是最具传播力的是围绕着动物即狗和狼展开的传奇:《野性的呼唤》和《白牙》;其外还有《迈克尔》《杰里》《热爱生命》《在北方的大森林里》等。他的第一部小说集《狼崽》问世后,立即受到文评界的肯定,一致以为杰克·伦敦的作品里蕴蓄着热力和感情,充满元气和力量,"浸透大北方的诗意和神秘性",是继爱伦·坡、哈特、克兰、彼尔斯等作家"写真实的文学"之后,第一个把小说写得让平民易于理解和欣赏。"使文学浸透二十世纪的科学态度,把美国人用以征服大陆,建设庞大产业的力量和元气赋予文学,也以杰克·伦敦为第一人。"(传记《马背上的水手》作者爱尔文·斯通语)

杰克·伦敦在16年创作生涯中共计出版了50本书(152个短篇和19部中篇、长篇)。这个庞大的作品数量已足够告诉我们作家的勤奋和顽强了。他曾说:"顽强——这就是作家的秘密。"

《野性的呼唤》(1903)和《白牙》(1906)是杰克·伦敦的两部以动物作借喻的中篇哲理小说,其间融入了些许"人的元素"。《野性的呼唤》是以北美为背景的故事,被誉为"充实美国文学的经典之作",内容写一条南方的狗贝克被骗到北方,被人"从文明的中心扔开,投入原始生活的中心"。贝克是一条体力出众的狗,但它连连遭到鞭笞,被驱使去与狗群争斗,它目睹人世间的冷酷无情、尔虞我诈,也学会了只求活命、不顾道义的处世原则,最后这条野性未驯的狗在荒野狼群的呼唤下逃入了森林,变成了狼。野性在原始生物身上复苏了。掩卷之余,读者心中活着的还会是这条狗:

> 寂静的寒夜,贝克仰起鼻子,朝着一颗星星发出狼一样的长嗥的时候,那正是他作古成尘的原始祖先通过许多世纪和通过他而仰起鼻子对着星星的长嗥。
>
> 他那呻吟的歌哭,倾吐着他的痛苦,也是他原始祖先的痛苦的回声。他对寒冷和黑暗神秘的恐怖感回声。他对寒冷和黑暗神秘的恐怖感,也正是原始祖先对寒冷和黑暗神秘的恐怖感。

小说所映现在人们面前的是一个框定的喻像世界。野性的复苏、文明的危机,这类问题让杰克·伦敦心灵一直蒙受煎熬——而他又给不出答案。读着《荒野的呼唤》,本来躲在狗故事后面的杰克·伦敦就站在了我们面前——他远非完美,但他是一个强人。

《白牙》是《荒野的呼唤》的姊妹篇,是更适合少年儿童阅读的故事。《白牙》以严寒的加拿大西北边疆地区为背景,描写一只生于荒野的混血狼,特别机智灵敏,为了生存不得不与狗、大山猫等进行残酷的搏战。主人对他的体贴周到激起它内心的感动,于是渐渐克服了野性,最后变成了狗,咬死了主人的仇敌,救了正受死亡威胁的主人。这部小说所殷殷呼唤的是爱、悲悯、感恩。

这两部小说的另一个重要意义还在于:动物小说从杰克·伦敦这里开始,其表现内容和意涵、表现生活的阈域就大大扩展了;同时,他的这类作品在动物文学和人文文学的艺术融合方面作了尝试——虽然这并不是所有动物文学作家所应该遵循的,甚至,动物文学创作应忌惮于表现哲学、社会学意涵。因为人与人、人与动物、动物与动物之间所适用的规则各不相同,尤其是,对小说里的獠牙逻辑和棍棒作用,读者需有自己的警觉性分析。

杰克·伦敦本人曾去阿拉斯加淘金,在那里,他备尝了北方荒野的艰辛,一个时段里,他天天与拉雪橇的狗们朝夕相伴,所以对于雪橇犬们的生活了如指掌,因此他能把狗的形态、性格、精神刻画得如此逼真,如此入木三分,甚至有人

戏称他为"长于写狗和狼的家伙"。

二、黎达的动物故事

黎达·迪尔狄科娃(1899—1955)以"黎达"为笔名用捷克文和法文两种文字发表作品。她用捷克文写的多为动物故事,用法文写的多为动物图画故事。起自《跳树能手》止于《春天的报信者》的,以《海豹历险记》为代表作的八本动物故事丛书,约写成于1931到1939年。这套丛书在发行期间就使法国少年儿童读者感到耳目一新,因而反响热烈。几十年来,黎达的动物故事越来越多地被其他国家译介,受到世界各国少年儿童的欢迎。法国《人道报》对"海狸爸爸"编辑部编辑出版的黎达动物故事等作品加以评论:这些读物是富有教育意义的智慧的产物,在法国出版的儿童读物中,要数它们最适合儿童的需要,最适合儿童的兴趣了。所以早年的《人道报》和《法兰西文学报》每年圣诞节前总要把黎达的动物故事推荐给少年儿童阅读。

黎达出生于捷克一个医生之家,儿童时代和青年时代都在捷克度过。青年黎达作为捷克教育家法朗蒂赛克·巴居莱的助手,在一所收容残障儿、流浪儿、孤儿和犯轻罪的少年儿童的特殊学校里工作,她把她的工作经验和体会都写成故事书。后与一位法国出版家结婚,遂随丈夫去法国继续进行文学创作。

在她的八本动物故事丛书中,黎达以松鼠、野兔、刺猬、棕熊、海豹、野鸭、杜鹃、翡翠鸟八种兽鸟为主角,分别写了它们的出生、成长、外貌、习性、适应环境的本领和为自己的生存、繁衍后代而斗争的方式。同时丛书也附带介绍和描述了其他130多种动物,70多种植物。此外,在故事中还穿插描写了一些大自然现象。

黎达紧紧扣住各种动物的特点、习性、专长,来真实、科学地描写它们,调动多样的文学手段,生动活泼、情趣盎然地揭示大自然的种种奥秘。以《跳树能手》为例,女作家就抓住了松鼠弱小的特点和善于在树枝间纵身跳跃的专长。松鼠因为弱小,害怕那以松鼠为猎食目标并能灵活爬树的黄鼠狼,所以对于择树做窝很讲究:松鼠夫妇在自己的娃娃出世前急于找窝定居,它俩跑遍了半边森林,不是嫌这棵树不够高,就是嫌那棵树枝桠太稀,好不容易选定一棵树,忽然刮来的风里有一股黄鼠狼臭气,它俩拔腿便跑。后来费了许多周折,才找到一个高高"隐蔽在树枝里"的窝。松鼠的弱小决定了它们不能靠武斗来保卫自己,但它们既要生存,便须自卫。它们的自卫武器是它们的尾巴。它们的尾巴能帮助它们"飞"起来,并能起到把握方向的作用,能使它们从高处落到地面而安然无恙。它们的尾巴是它们遇险时脱险的条件。所以松鼠妈妈对于自己娃娃的尾巴特别关心,孩子能随意蓬开尾毛,做母亲的就放心;孩子尾巴上粘满松脂,做母亲的就担心。关于松鼠的尾巴,女作家作了这么一段精彩的符合生物科学原理的描写:

> 说到松鼠的尾巴,在世界上倒是一个神奇的东西呐!它的作用有点像降落伞。松鼠能够在最高的树上跳来跳去,能够在仿佛连接云天的高树上跳来跳去,即使跌下来,一点不会摔坏,这全靠它的尾巴了……当它落下来的时候,只要把尾巴蓬开,就会像生着翅膀那样安全地降到地面上了。松鼠的尾巴为什么应该经常保持十分整洁,经常保持完全蓬开,保持轻松如羽毛,原因就在这里。……所以,松鼠娃娃们上的第一课,就是要学会蓬松尾巴。

孩子们能从黎达动物丛书中获取从森林动物到海洋动物的各种知识,但是黎达的动物故事丛书绝不是一般的科普读物。女作家把故事写得丰富多彩,饶有兴味。大自然本身的多姿多态、千奇百怪给予了作家把动物故事写得丰富多彩、饶有兴味的可能性。例如《棕熊妈妈的管教》除了多角度地写幼熊练习听、嗅、爬树、刨土、搏斗、游泳、奔跑、游戏等等之外,还写小熊学偷蜂蜜:他"轻悄悄地走近去,揭掉了遮蔽蜂窝的干树皮。营营营,营营营,营营营……几百只蜜蜂飞出来猛扑这个毛茸茸的小偷。他的爪子触到一种微温的胶粘的东西,他敏捷地把爪子缩回来,贪婪地舔着芳香的蜜。那蜜正从他的爪子上一滴一滴地流下来……"蜜蜂于是愤而向他发起激烈的攻击:"他们的整针接连刺着他的鼻子和嘴唇",刺得头脑疼痛,嘴唇麻辣辣地,鼻子肿了还肿,肿了还肿。至于小熊的妈妈给她的孩子做捉鱼的示范动作,就写得更是奇趣十足了:

毛粗粗(熊妈妈名——韦)浸在急流里,齐到腰身,她好像透过水流在侦察什么东西。突然,笃的一声!经她的爪子熟练地一击,一条如闪电般铮亮的卷口鱼从水波里被抛上了岸。

黎达的动物故事之所以如此吸引孩子,还因为她经常在动物故事中穿插一些历险情节。海豹的故事简直就是海豹的冒险历程。而最精彩的要算刺猬和蝮蛇的生死较量了:

蝮蛇抬起扁平的头,把叉形的舌头伸出嘴外,狠狠地发出咝咝咝咝的声音。这是小刺猬生平第一次遇到蛇,他的战斗情绪被激起来了。他马上把全身的刺伸将起来,压低了他的多刺的头,猛向敌人扑了过去。

咝咝咝,咝咝咝,蝮蛇把小刺猬的嘴唇咬了一口,小刺猬舔了舔伤处,大叫一声,又扑上去战斗了。

……

蝮蛇又向小刺猬进攻……咔嚓咔嚓,蝮蛇的头被小刺猬的尖牙咬烂了。

黎达在揭示大自然奥秘的时候,文笔常常是富有诗意的,这赋予她的动物故事以精致、雅趣和美的韵味儿。例如当小松鼠们第一次看到皑皑白雪把世界铺盖得一片银白的时候,它们"就忧郁地想到太阳、青草和花卉"。作者这样写春天的到来:"一切都很安静,草地上散布着雏菊。只听见风吹动着新近变绿的树枝。"人们听到各种鸟雀的啼啭声,"以为所有的树木都在唱歌。""云雀把大地苏醒转来的快乐送到天上去。"黎达写的既然是严格的动物故事,她就绝不把它们写成寓涵社会内容的童话。最好的例子是写小杜鹃的《春天的报信者》。杜鹃由于自己的胸温不够,要把自己下的蛋放进山雀窝里去,而把山雀蛋扔下地去,砸得稀巴烂。小杜鹃孵出后,因为自己个子大,又把仅有的两只小山雀拱出窝外,任其跌死或压死。小杜鹃占了整个窝,还一天到晚叫饿,让山雀父母忙着找食物喂它,最后弄得自己的身子比洞口还大,到人家都南飞过冬的时候,它只好饿在洞里飞不出来。这不是很可以寄寓社会内容的吗?然而黎达客观地,科学地把杜鹃写成"春天的报信者",写成一个早晨就能在嗉囊里装千把条害虫的、使森林免遭虫灾的除虫把式!这就和寓言、童话严格区分开来了。

三、达莱尔及其动物文学作品

杰拉尔德·达莱尔(1923—?)是英国写动物的高手,享誉欧美。他曾到西非、南美、奥地利的珍稀动物保护区作长期考察,几十年如一日地对生活在自然条件中的和被拘禁中的哺乳动物、鸟类和爬虫进行观察研究,从而引出结论:要全面地考察动物,光考察被隔离、被拘束着的动物是不够的,必须把考察范围扩大,扩大到整个大自然。"这不仅对拯救珍稀动物是必须的,即对于人类自己的未来也是必须的。人类的生态环境是个殊为重要的问题,而许多人对这一重要问题却没有多加考虑。"(达莱尔语)达莱尔为保护行将从地球消失的各种鸟兽而长年积极奔波,在中篇动物故事《小袋鼠的路》中宣传他对珍稀动物要严加保护的观点。达莱尔以对所有有生命的东西的人道感情启示着读者。作家藉旅途印象的恢宏速写、野生动物研究者色彩鲜明的故事征服着读者的心灵。他把他在喀麦隆和英属格维涅亚的羊肠小道上所见的一切,把在阿根廷草原上所见的一切,把苏黎南和巴拉圭森林里所见的一切都写入了作品。作家每次考察归来就出版一部新书,而且,关于动物、关于大自然、关于这个那个国家的人的科学性探索,作家都能做到娓娓而叙,令读者神往。当他叙述他细致的观察、顽强的职业性记忆、广博的大自然知识时,总是给读者以轻快之感。读着达莱尔的描述，人们会看到描述者本人——一个机敏的、勇敢的、坚韧的、可亲可爱的形象从字行后面站立起来。正是达莱尔的文学天才的极富魅力的特性，使他的创作赢得了世所罕见的成就。他的每一部书都是对全人类的一份贡献。有一位达莱尔作品的研究者这样来肯定作家的地位："这位一切动物的善心朋友后头跟着一大批追随者。"

《鸟、兽和它们的亲族》《一块比目鱼肉》《超负荷的诺亚方舟》《猎狗巴甫特》《会说话的包裹》《我作行李托运的动物园》《令人陶醉的密林底下》《沙沙作响的土地》，一部接一部出版的以动物为主人公的作品，显示了达莱尔卓越的文学才能，和他善于运用含蓄微妙的幽默的才能。即使在这些实录性作品中，作家笔下的动物世界也不是科学研究的对象，而是人类某些品质的象征，浸润着作家对动物的酷爱之情。值得特别指出的是：达莱尔爱动物是作家爱人类的一种方式，即作家以爱动物的方式来表现对人类的爱。达莱尔在动物描写上继承了杰克·伦敦的《白牙》和费·萨尔登的《小鹿斑比》的传统，把笔触深深探入动物的内心世界并将其惟妙惟肖地呈现出来，把各种动物的性格特点刻画得鲜明而又可信，但是在利用童话元素方面，作家又接受了英美幻想文学，诸如鲍姆（《绿野仙踪》）、洛夫廷（《多立德医生的非洲之行》）和C.S.刘易斯（《魔橱》）的某些传统。

四、格拉鲍夫斯基及其动物文学作品

扬·格拉鲍夫斯基（1882—1950），论职业，他是化学工程师；论兴趣，他在数学、人种学；而作为一名波兰作家，他是一位名副其实的博物学家和动物文学作家中的幽默大师，而且是世界级的幽默大师。

格拉鲍夫斯基为孩子写了大量充溢轻松幽默的动物文学作品，他的作品一寓目，读者就会自觉他对作品（短篇和中篇）中的动物主人公采取尊重姿态，对动物习性、个性、情绪的充分了解。他曾自白道："写人，别人已经写得很多了，于是我决定写狗。我非常爱狗，我了解狗无论如何不亚于了解人。"读他早期的短篇集《翅翼同盟》《可爱的小动物》等，分明可以感受到人们曾从西顿、杰克·伦敦、比安基作品里感受过的那种对动物的深情以及对动物存在意义的深刻理解。然而，他的作品越写越有他自己的风格——他的观察角度、观察敏锐性

同前辈作家是不一样的,"心理独白""心理对白"频频被运用于人与动物的故事中,他把一些民间文学的元素用在自己的创作里,以激起读者的笑趣和对动物的亲善态度。

他在世界上流布最广的两个集子是:《短脚猎犬和淘气包们》《两只淘气的小狗》,写一只名叫牟哈矮脚狗,一只叫密特卡的小绵羊,一只叫玛尔郭莎的鹅,两只叫莱克沙和普兹卡的淘气狗……它们都能同人作良好的互动,其动物与孩子们之间的亲善之情感人至深:《黑公鸡》里的这只黑公鸡,人怕它,连狗也怕它,可对小姑娘艾琪特卡却是例外的友善:

  我非常喜欢这个小艾琪特卡。她的小圆脸像红红的苹果,两边两个小酒窝。一对蓝眼睛好像老是在笑。她简直像小黄雀一样快乐!

糟了！我看到小艾琪特卡时,她已经走到院子中央了!

"艾琪特卡！小心公鸡!"我对着窗外大声对她说。

我说着抓起雨伞,一边走一边把雨伞撑开,准备跑去救护艾琪特卡。

这时,我看见"强盗"(黑公鸡绰号)按老习惯扇了扇翅膀,喔喔啼了两声,跨开大步,向女孩走去。我吓呆了。今天,艾琪特卡这双美丽的眼睛要保不住了！

"艾琪特卡,快逃！"我喊。

可她不但不逃,反而蹲下身子来,望着公鸡眯眯的笑。她的笑声银铃似的清脆,非常动人。

我看到黑公鸡站住了脚步,先用一只血红血红的眼睛瞅了瞅艾琪特卡,再用另一只血红血红的眼睛望了望她。突然,它伸开脖子喔喔一声长啼。但从这叫声里听不出威吓的意思。"强盗"开始发出一种低沉的声音,就像有谁在桥上滚着一只空桶似的,它重新又盯着小女孩瞅。这时,艾琪特卡手里正好拿着一块面包,她揉碎了一点,搁手掌上向公鸡伸过去。"强盗"斜眼睨了她一下,又瞧了瞧那只伸过来的手,就啄起她手掌上的面包屑,一下,两下,三下……

在《母鹅玛尔郭莎》里,能把院子里的家畜弄得鸡飞狗跳的母鹅,却天天给男主人到门房去取当日的报纸回来,交到主人手里。

作者让"我"在每部作品中出现,却只是个心气平和、含而不露的叙述者,让读者笑,而他自己则平静又自然。在他的作品中,成人都处于陪衬动物的地位。

说格拉鲍夫斯基是动物文学中不可多得的幽默大师,是因为他叙事中的每一个细胞都融有睿智的幽默,柔善的幽默,微笑的幽默,清淡的幽默,童趣的幽默。他曾说:"动物们能跟人分享它们的快乐和痛苦,我的创作就是为了在孩子们心中给小动物们找个位置。"

格拉鲍夫斯基在遵守动物生性真实的前提下,把动物写成"养在畜栏里的人""养在禽棚里的人",是现代动物文学的另一条创作路子,动物立体地站立在书页上,栩栩如生。作家离世已70年,可他笔下的动物却还活在世上,活在人间。格拉鲍夫斯基作品的生命力决定着他在文学史里应有的地位。

扬·格拉鲍夫斯基的作品[1]

狗妈妈奶大的小羊

我家斜对面有一座院房子。它不算漂亮,也不算难看。为什么总空荡荡的不住人呢?怎么也让人想不明白。往往是这样:不管谁来住,住来没几日就搬走了,离开我们这个小镇了。

这个空院子唯一的常住户叫坡佩雷克,一个邮递员。他只住侧屋那两小间。他的妻子已经离世,他自己抚养着两个双胞胎女儿——索希娅和韦希娅。两个小姑娘像得我常常弄错,我只凭她们小辫子梢端上系的丝带颜色来分辨。她们仿佛是一对浅灰色的小灰猫。她们挺安静,不多言语,说话又常常两个同时说。她们在院子空地上养着一只褐红色花条纹的黑母羊。她们叫它"小珍珠"。

小珍珠简直不是小羊,它聪明和驯顺得出奇。至少,小两姐妹对此深信不疑。小黑母羊像影子一样脚跟脚伴随她们,这倒是一点不假。姐妹俩一叫小珍珠,它立刻咩咩叫唤起来。但再出奇也总一只羊而已。小羊的眼睛看东西总是懵里懵懂的,还常挂着眼泪。然而,我觉得,坡佩雷克家的这对双生女儿喜欢的正是小羊的这副样子。

"你看它多文静呀!"索希娅惊叹说。

"还这么温柔哩!"韦希娅强调说。

真是太好!小姐妹俩和她们温柔的小黑羊这样彼此相爱,这就够了,还要什么呢?

可不知怎么回事,一连好几天,小姐妹俩不和她们的小母羊出来溜达了。有人说,小珍珠病了。一天下午,小姐妹俩忽然飞快跑进我家花园。两姐妹哭泣着,眼里满含泪水,下颚还哆哆嗦嗦,可怜得连话都说不出来。

"出什么事了?"我问。

"啊呀,伯伯!"索希娅泣不成声。

"你看这样不幸的事,就落到我们头上!"韦希娅说。

姐妹俩眼泪巴沙的,就咿咿呜呜哭!

我尽力安慰她们,给她们一人一块糖。她们却依旧哭。我又给她们两人糖吃,可这也还是不行。直到我拿出樱桃分给她们,她们才说明白,说是她们心爱的小珍珠要死了……

"那你们哭也没用啊,好孩子,"我说,"死了还能有什么办法。"

"那蜜特卡怎么办呢?"韦希娅问我。说着又哭开了。

"是啊,蜜特卡,我们的小蜜蜜怎么办呢?"索希娅泪眼模糊地说。

"你们还有什么小蜜蜜呀?"我奇怪了。"我还从来没听说过有什么小蜜蜜啊!"

原来是小珍珠生了个女儿,黑得就跟妈妈一个模子里倒出来似的。两个女孩给它取了名字叫蜜特卡——小蜜蜜。小蜜蜜生下才三天哩,当然用奶瓶喂她还不成,这不是得眼看着小东西活活饿死!……

我坐下来想,不住想帮助坡佩雷克家小姐妹俩的办法。忽然,我想起了我那只"忠顺"——那只狼犬,就对两个小姑娘说:

"让咱们来试试,你们把你们的小蜜蜜送到我这里来!忠顺心肠好,是条非常好的狗。它正奶它的儿子。说不定它会把你们的小蜜蜜收做它的干女儿的。咱们来试试吧!"

姐妹俩就吃惊地看着我。

"我们的小蜜蜜交给一条狗?"索希娅有些不高兴了。

"送进狗窝里去吗?"韦希娅怕自己听错了,所以又耸耸肩膀,认为这太不可思议了。

"不送进狗窝里去,我没有其他办法可以帮助你们了。"我回答说。"你们的小蜜蜜是什么了不得的宝贝啊,竟不能做我忠顺的干女儿?要是,要是人都有我这狗这样有一颗金子般的心,那就该谢天谢地了!"

两个小姑娘相互对着看了一眼,都在琢磨着,思忖着,不说一句话,就跑回家去了。

她们很快就把自己的小蜜蜜抱来了。

"就是它,小蜜蜜,"韦希娅边说边把包裹在小蜜蜜身上的羊皮打开,里面是只小羊羔。

"这羊皮,是小蜜蜜的褥子。"索希娅解释说。

"有这褥子,小蜜蜜在狗窝里就冻不着了。"韦希娅补充说。

我们把小蜜蜜连同褥子抱进狗窝旁边。我唤了一声忠顺的名字,狗就从窝里出来了。它信赖地注视着我,但是又不停地摇动尾巴,似乎急于要弄清这是怎么回事。

"主人,你有什么事要我做,你就尽管说。你不是知道我窝里还有只小狗吗? 我一时也不能离开它,我要照管好它呀。"

我把包着羊皮的小蜜蜜放在忠顺的狗窝边。小羊羔的样子这样的嫩弱,连站都站不起来。

"这是我们自家的,"我对狗说,"是你亲亲的骨肉呀,狗狗!"

忠顺的眼睛流露着那么多的诚恳,像是在说:"这么柔弱的小东西,我能不怜惜它吗!"狗随即小心翼翼地咬住小蜜蜜脖颈上的毛皮,把它叼进窝去了。

狗叼走小蜜蜜时,两姐妹都看呆了。等她们回过神来,就马上抓起羊皮,趴下去,直朝狗窝爬去。

"你们别去打搅它们!"我对两个小姑娘说。"我的狗明摆着是不要你们的羊皮。它可比谁都知道该怎样疼爱你们的小蜜蜜,该怎样养育它的干女儿!"

姐妹俩拿起羊皮,默默站在狗窝前,过一阵就走了。

不过,姐妹俩每天都要来我家院子好几次。她们给忠顺带来一些她们能弄到的好东西,悄悄地放在狗食盆面前,然后在狗窝前蹲下来。可是怎么也看不见她们的小蜜蜜——狗窝里黑乎乎的,小蜜蜜也是黑乎乎的,又一直不把它的小脑袋探到明亮的地方来。小姑娘们只见一个毛茸茸的圆溜溜的小红狗脑袋,偶或从狗窝里向外张望,样子很像一只小狗熊。这小红狗就是忠顺的儿子。姐妹俩给他取了个名字叫小米夏。大家也就跟着把小红狗叫小米夏了。但是小红狗也不想从窝里走出来。窝以外的世界它都感觉不到趣味。

连日下雨,天气还是冷,毕竟这时节还是早春啊。

终于盼来了太阳。坡佩雷克家两姐妹正好在狗窝边玩呢,突然,我听到她们尖得刺耳的叫声:

"它在这儿呢! 瞧咱们的小蜜蜜! 它在这儿呢,瞧咱们的小蜜蜜!"

我抬眼一瞅,看见一团红颜色的东西正吃力地摇晃着脑袋爬过狗窝那条高门槛。这是小狗——小米夏。它一爬出狗窝,就蹲下来,被冷气呛得打了个喷嚏。这时,小蜜蜜跟着小米夏也爬出门槛来了。小蜜蜜站在狗窝门口,哆嗦着身子,接着,让我惊奇得揉了揉眼睛——那么想象一下:小母羊竟突然蹲下来,那蹲的姿势、模样跟小米夏完全一样。

小米夏在院子里转悠起来,小蜜蜜就跟着小米夏,亦步亦趋。小米夏坐下来，小蜜蜂也停下来；小米夏扭动身子向前跑，小蜜蜂也一跳一跳跑起来；小米夏爬进水凼子里，小蜜蜂也跟着踩进了水里；小米夏因为浸湿了身子咿呜咿呜哭起来，小蜜蜂虽然身子没浸湿，却也跟着哭起来。看着真是很有意思！

索希娅和韦希娅看着这些，心里其实很不是滋味。她们既不被允许抱抱小米夏，也不被允许抱抱小蜜蜂。不可以把动物当玩具玩，这是我的想法，而且万一把幼弱的小动物弄伤残了，就会坏它们一生的。

我把这个想法解释给她们听。然而我的话显然没能说服她们，两个小女孩赌气了。她们不再来我的花园里了。不久，她们就到乡下的姑姑家去了。

小蜜蜂越长越不像它妈妈。它显然"狗化"了。

这狗化是什么意思？狗化就是小母羊的脾性、举止、习惯完全跟狗一样。它一切都像它的干妈妈和干哥哥了。小米夏干的事，小蜜蜂都干。小米夏追母鸡，小蜜蜂也跟着追。小米夏常常受白公鸡的咯咯训斥，小蜜蜂也跟着吃白公鸡的苦头。小米夏动不动就跟鸭子们吵起来，小蜜蜂就把鸭子们从鸭食盆旁边撵开。小米夏扑麻雀，小蜜蜂就捉蝴蝶。它们同在狗窝里睡觉，同在水塘边玩耍。它们一起在院子里狂奔，一起绕着两根木柱子跑"8"字。我家保姆卡捷琳娜拿起笤帚要教训它们的时候，它们一同快快逃开。

小米夏和小蜜蜂只有一点不同——吃食不同。小蜜蜂虽然也把鼻子伸进狗食盆里去吃，但是它吃不到食。还有不由得常叫小米夏目瞪口呆的是，小蜜蜂吃起青草、嚼起干草来津津有味，小狗当然觉得小母羊简直太奇怪了——它这一块儿长大的小蜜蜂居然吃这样令它厌恶的东西！

有一天，我给小蜜蜂买了一种羊很喜欢吃的东西：一块岩盐。我把岩盐放在筛子里，走进院子将它搁在地上。立刻，小蜜蜂就拿舌头舔起盐块来，舌头快得简直可比风车转动的翼板，这速度快得大概你们从来没见识过！小米夏一见小蜜蜂一个人独舔美食，就唔哎了几声，然后大叫一声，把小山羊拱到一边，着急地用牙齿嘎嘣把盐块咬开！突然，他的鼻子呼了一声，接着就连声大打喷嚏，吐唾沫，再把舌头伸进青草里猛擦起来。从此，当小蜜蜂舔食盐块的时候，小狗就一会儿看看筛子，一会儿看看小蜜蜂——这吃到嘴里会苦得涩嘴的东西，羊妹妹不但不厌恶，还这么喜欢！

"败坏一辈子胃口！"小狗皱起鼻子，悻悻走开了。

别以为小蜜蜜和小米夏对食物的口味大不相同。其实从有些地方看,它们竟也很相似。我家院子里扔着一根大骨头,早已被小珍珠啃得一绺肉丝都不剩了,只不过一个狗啃着过瘾的玩具而已。有时候院子里实在没东西好玩,闲极无聊,那些小狗就都来咬这个骨头玩具解闷。然而有一天,我看见,小米夏和小蜜蜜居然恰恰为了这骨头玩具掐起来了。它们结结实实地打了一架,直打得小米夏哀哀地叫着,夹起尾巴逃进了狗窝才得休。小蜜蜜就叼起这夺得的骨头,在院子里转着跑,蹿过来蹿过去。

直到现在,我看到小蜜蜜和小米夏一起,搭伙到大门口去对着行人吠叫,我甚至一点也不感到奇怪。你们或许会问:小蜜蜜是羊呀,怎么会吠叫?是这么回事:小蜜蜜是用一种低沉的声音,像吹号筒似的叫着。

我的侄女柯丽希娅教会小米夏用后腿站立,没过多久,小蜜蜜竟用后腿走路了,走起来跟芭蕾舞演员都不差毫分。它用前腿做"乞求"的姿势还很像回事儿,那动作比小米夏要灵巧多多了——老实说,小米夏是个懒散鬼,做什么事都不太认真。

夏天一过,坡佩雷克家的两个小姐妹从乡下回来了,一迈进家门,第一件事就上我家来看她们的小蜜蜜到底怎么样了。

她们打开院子腰门,就一下看呆了——小蜜蜜一下就发现了她们。

它一面叫一面扑过来。小米夏跟在后面。它们一同绕着姐妹俩没完没了地蹦跳,两个小姑娘一时不知怎么才好,只是憨憨地微笑着。

我听见两个小家伙的叫声,从屋里走出来,给了两个小姑娘一人一块岩盐。

"去向你们的小蜜蜜问好吧。"我说。

小蜜蜜闻到岩盐味道,即刻用后腿站立起来,一面作着乞讨的动作,一面摆动着前腿作揖。

小姐妹俩不由得哈哈大笑。

"太像狗了,太像了!"两个同声大叫起来。

可索希娅忽然想起什么,说:

"我们的小蜜蜜再也不会像它妈妈了!"

韦希娅也说:

"再也不会像它妈妈那样安静又温柔了……"

"那有什么关系呀?"我问:"难道因为这,你们就会少爱它吗?"

索希娅沉思了一阵。

"就让它像现在这样吧。"她小声说。

"它这样,我们也一样喜欢,一样爱的。"韦希娅也说。

小蜜蜜当天就搬到新的住所去,那里没有宽敞的大院子,没有来来往往的客人,让小羊在安静的地方生活,不一样很好吗!

从此,全镇人就都知道坡佩雷克家的小姐妹俩有一只能用后腿站立的羊,于是,大家就都到坡佩雷克家来看稀罕,于是小院子里就一下热闹起来。还有谁能有像狗一样的母羊呀,拥有这样的母羊的小主人,确实是值得自豪的。

扬·格拉鲍夫斯基的作品【2】

黑 公 鸡

我从集市上买回来一只黑公鸡,身个儿高高大大,眼睛像血一样的红,身子闪耀着彩虹般的色泽,长长的尾巴拖到地上,漂亮极了。我刚在院子里放下,就亮开嗓门喔喔一声,那音量之大,简直就像吹起了大铜号!它伸出一只爪子嚓嚓刨了两下,这才大摇大摆地在院子里迈起方步来。

我家原来就养着一只名叫"白利什"的公鸡,它知道自己根本不是黑公鸡的对手。所以我连哎哟都没有来得及叫出口,白利什就已经歪着翅膀躺在地上了。黑公鸡踩在白利什身上,威风凛凛地把它教训够了,接着转身将公鸭打翻在地。母猫看势头不妙,就转身跳跑,跳上围墙,黑公鸡还不放过它,也飞上了围墙!母猫逃到板棚顶,黑公鸡也飞上了板棚顶。母猫从木板缝挤了出去,黑公鸡才被挡在了围墙的这一边,这才算罢休。眨眼间,两条狗夹起尾巴躲进了窝棚,只敢一下一下翻白眼,在窝里偷偷往外张望。

从这天起,我们头上不顶一把雨伞,就不敢往院子里迈步。我们于是就管黑公鸡叫"强盗"。

有一次卡吉琳娜姑姑头上没遮拦就径自往院子里走,结果被黑公鸡吓逼进了洗衣房,一个钟头没敢出来,黑公鸡在洗衣房门口,像哨兵似的踱来踱去,把卡吉琳娜姑姑封锁在里面。最后,她只好把一只篮子套在头上,才冲出洗衣房。

"强盗"弄得我们有事情只好在街上、在花园里讲,因为它一听到陌生人的声音就咚一下跳上了围墙。

卡吉琳娜发誓要把黑公鸡宰了烧鸡汤!的确,这"强盗"也太叫我们受不了了。正说要宰黑公鸡烧鸡汤哩,米斯先生的女儿艾琪特卡上我家来了。米斯先生是个鞋匠,我一家人穿的鞋子都是他缝他补的。

我非常喜欢这个小艾琪特卡。她的小圆脸像红红的苹果,两边两个小酒窝。一对幽蓝幽蓝的眼睛,好像总是在笑。她简直像小黄雀一样快乐,说话也像小黄雀一样呖呖,非常好听!

糟了!我看到小艾琪特卡时,她已经走到院子中央了!

"艾琪特卡!小心公鸡!"我对着窗户大声对她说。

我说着抓起雨伞,一边走一边把雨伞撑开,准备跑去救护艾琪特卡。

这时,我看见强盗按老习惯扇了扇翅膀,喔喔啼了两声,跨开大步,向女孩走去。我吓呆了。今天,艾琪特卡这双美丽的眼睛要保不住了!

"艾琪特卡,快逃!"我喊。

可她不但不逃,反而蹲下身子来,望着公鸡嘻嘻地笑。她的笑声银铃似的清脆,非常动人。

我看到黑公鸡站住了脚步,先用一只血红血红的眼睛瞅了瞅艾琪特卡,再用另一只血红血红的眼睛望了望她。突然,它伸开脖子喔喔一声长啼。但从这叫声里听不出威吓的意思。"强盗"开始发出一种低沉的声音,就像有谁在桥上滚着一只空桶似的,它重新又盯着小女孩瞅。这时,艾琪特卡手里正好拿着一块面包,她揉碎了一点,搁手掌上,向公鸡伸过去。"强盗"斜眼睨了她一下,又瞧了瞧那只伸过来的手,就啄起她手掌上的面包屑,一下,两下,三下……

"什么野兽和鸟类我都不怕,"她说,"害怕是最不好的事。要是你不害怕,就是最凶的野兽也不会来碰你一下的!"

黑公鸡向鸡群走开去了。

"过来,强盗,我还要再给你吃一点面包呢。"她对公鸡说。

你们猜怎么样?

"强盗"不但听艾琪特卡的话,而且还让她抚摸自己的羽毛呢。

我急忙跑进屋,抓了三把小米去喂它。从这个时候起,我跟它就建立了良好的关系,用这个办法,我甚至使卡吉琳娜跟"强盗"讲了和。从此以后,我家里就自然而然地再也不谈烧鸡汤的事了。

不过,外家的人,只艾琪特卡一人让进。它爱她,常常盼她来。有时晚上,它已经很想睡了,困得歪歪倒倒、跌跌撞撞的,连嘴也冲到地上去了,可是一听艾琪特卡那小黄雀般的清脆笑声,它马上就用嘶哑的、惺忪的声音喔喔啼唤起来,并且拼命向小门跑去,甚至跑出屋外去,好早些看到它的好朋友。我认为它爱她,尊敬她,是因为她非常勇敢。不管怎么说,"强盗"是一只具有英雄气概的公鸡,它是会喜欢勇敢的人的。

我最后把"强盗"送给了艾琪特卡。不过它有时候也回来看望我们,它是想来照管我们哩。

它总是在叫人意想不到的时候出现。每次来时,它总是先喔喔啼两声,然后就整顿院子里的秩序。这一工作,一直要到艾琪特卡来找它的时候才停止。那时候,它马上静下来。它马上驯顺了。小艾琪特卡要"强盗"做什么,"强盗"就做什么。

说老实话,对于这样一个勇敢的女孩,谁又能不屈从呢,她是一个用银铃般的清脆笑声去迎接危险的女孩子呀!

(韦 苇译)

扬·格拉鲍夫斯基的作品【3】

母鹅玛尔郭莎

夏季里的一天,我在一个果园里发现园丁让母鹅看守他的果树。园丁告诉我,保护果园的事,鹅能干得很出色。

"鹅看家比狗还好!"园丁笑着说。

我知道,古时候,鹅救过罗马城。那是讲的鹅用它们"喷喷"的叫声惊醒了在城墙上睡熟了的哨兵,因此高卢人(古时候有过这样一个民族)的夜间偷袭就没有成功。可是我从来也没有想到,我会亲眼看到一只看守果园的鹅。

当我听说到秋天园丁准备把鹅宰了吃,我就起了救鹅的念头。我想,一个人怎么可以吃自己的朋友——一个忠实地为自己护家守园的伙伴呢!

我把这只园丁叫"玛尔郭莎"的母鹅买了过来。

玛尔郭莎就睡在我的阳台底下。它不愿意同那些鸭子一起在小房子里过夜。到了冬天,它就搬到洗衣房里去睡,那儿比较暖和些。

后来,母猫"伊姆克"带着它一家子搬到洗衣房里来了。母猫把小猫安置在玛尔郭莎的窝里,于是母鹅就当起了小猫的保姆。

有一次,我走进洗衣房,看到玛尔郭莎张开翅膀,蓬起浑身羽毛,蹲在它的老位置上。它一看见我,就低声叫了起来,意思好像是说:"嘘,安静!别作声——它们在睡觉呢!"

不知什么东西在它翅膀下面微微动弹了一下。我仔细一瞧——嘿!一只小耳朵!一只猫的耳朵!过了一会儿,整个脑袋全露出来了。小猫那双浅蓝色的眼睛直对着我瞧,接着,它张开了粉红色的小嘴,甜甜蜜蜜地打了一个大呵欠!玛尔郭莎呢,就用它的嘴亲热地啄着小猫的毛皮。

从那时起,只有伊姆克想起要给自己的孩子喂奶,或者打算给它全家洗脸洗澡的时候,它才到它们身边来。平时,就玛尔郭莎在照管着小猫。玛尔郭莎还领着小猫去散步。当然,干儿女们给它带来许多的不安。母鹅怎么也不容许小猫们在围墙上乱走或者爬上树去。它极力设法把它们拖到地上来。它咬住它们的尾巴。它对它们大叫:"爬树是闹着玩的吗,跌下来可就没命了!"

不过,它到底是很聪明的,它很快就明白了,爬树是猫的天性,而天性则是无法抑制的。于是它就不再去管这些小家伙了。

可是,小猫一直没有忘记玛尔郭莎曾经是它的好保姆。它们记得在它的翅膀下是怎样的温暖,所以还是常常到它那儿去睡觉。好心的玛尔郭莎呢,总是把它们搂得紧紧的,关爱备至地用翅膀把它们都严严遮盖起来。

我们的玛尔郭莎还有一种才能——一种真正的才能:它能毫不费力地学会各种各样的动作。你要它怎么做,只要教它一回就行了。

它眯缝起眼睛,说:"就这么回事吗?好,就来!"

于是一个新的动作就学会了。它总是做得非常卖力。它很喜欢卖弄它新学会的本领。你们别以为动物是不喜欢别人称赞它们的:它们对于人的赞赏可是非常敏感、非常在意的呢。

邮件什么时候送来,玛尔郭莎十分清楚。到时候,它一定到小门旁去等候邮递员。要是邮递员来迟了,它就非常着急;它还要严厉地责备邮递员呢。它一定要亲自从邮递员手里接过信件和报纸,叼到阳台上来,亲自交到我们手上。

我们的玛尔郭莎最喜欢跳舞。它会跳一种非常精彩的舞：鹅式狐步舞。只要我们口哨吹起随便什么样的舞曲，玛尔郭莎立刻就转起圈子来，扑动翅膀，作出舞蹈姿势。它跳得热心极了。口哨一停，它就停下来，静静地听了一会，然后不满地瞅着我们，嚷着说："哎，怎么回事？音乐呢？为什么不继续吹口哨？"

于是，只好再吹起口哨来。瞧这位母鹅舞蹈家的快活、奇妙的舞蹈动作，大家都微笑了。

谁料，就因为母鹅玛尔郭莎有这种才能，它被一个到我们镇上的马戏团看上了。

有一天，玛尔郭莎正跳着它美妙的狐步舞，我发觉围墙旁边站着一个陌生人。他把胳膊支在围墙上，欣赏着我们这只母鹅神妙的舞姿。

"把鹅卖给我吧！"他大声对我说。

到了马戏团，玛尔郭莎会受苦的，我不卖。

但是，马戏团离开我们这座城市的时候，我们的母鹅玛尔郭莎也不见了。

我的这只母鹅左边翅膀上有一个黑点。你们以后要是在马戏团里遇见一只会跳舞的母鹅，就叫一声"玛尔郭莎"，然后转告它，说我惦念它——我永远不会忘了它的。

（韦 苇/译）

第六章

在追随中崛起的亚洲动物文学

第一节 亚洲动物文学综述

杰克·伦敦以狗和狼为描写对象的动物小说 20 世纪初期就从美欧传入亚洲,这不是因为它们是动物文学,也不是以"动物文学"名义开始在亚洲流传,而是因为杰克·伦敦极高的文学声望和不可动摇的经典地位,以及它们被公认的阅读价值决定的。据现今有据可查的亚洲动物文学创作现象最早开端应是发生于日本。20 世纪 30 年代初,日本《少年俱乐部》已经发表了椋鸠十像模像样的动物文学《山中的太郎熊》。椋鸠十有意识地追随杰克·伦敦,写出了动物的野性、野劲、野趣。椋鸠十生长于日本西南端鹿儿岛县的群山峡谷间,自幼就随父亲狩猎于山林,对于野生动物产生兴趣并对它们所知良多是自然而然的事,所以野猪、猴、熊、鹿、羚羊、大雁、野狗、野猫山鸽、野鸡、野鸭、鹤、水獭、鲨鱼等等,总之,对于对山林生活陌生的常人来说神秘的一切,对于从小在野气十足的环境中长大的椋鸠十来说,它们生存、觅食、繁衍的林林总总、千姿百态,他都了如指掌。再加上《少年俱乐部》有意识的引导和培养,慷慨提供发表园地,椋鸠十获得积累创作动物文学经验的机会和条件就多,他的动物文学创作智慧被迅速开发出来,并日趋成熟。《金色的脚印》《大造爷爷和大雁》《月牙熊》等,即使横向同世界动物文学强手比,也是不输三分的。《金色的脚印》被多国收入小学课文。所以,比起欧美对动物世界成熟的文学呈现,东方的动物文学由于日本椋鸠十在 20 世纪前期、中期崛起,也就晚不到半个世纪。

而中国的动物文学创作现象的发生,又晚于日本半个来世纪。中国到 20 世纪后半期才开始较为全面地译介世界动物文学名著,20世纪50、60年代,中国的孩子已有可能读到吉卜林、萨尔登、西顿、乔伊、黎达、扬·格拉鲍夫斯基、鲁道·莫里茨的动物文学作品。其中西顿的有六种,黎达的有五种。当然,20世纪50年代译传进来的动物文学作品数量最多的是苏联的,其中比安基的有十七种(当中有一个比例是选集),瑞特科夫的有四种,普里什文的有三种,斯拉德科夫的有两种……所以,就其动物文学这个文学品种而言,就其少年儿童阅读经典动物文学作品的机会而言,我国晚于日本30年。而究其动物文学的自觉而论,则我国要晚得多,中国自创动物文学作品的起步,要到20世纪80年代末、90年代初,就已经是椋鸠十动物文学作品传播之后的半个多世纪。我国台湾由于20世纪50年代至80年代不引入苏联动物文学作品,台湾读者阅读我国"国产"动物文学缺位时间更长,直到20世纪90年代后期沈石溪的多部作品传入台湾,台湾读者才恍然知道以动物为描写对象的文学原来是如此之新鲜、好读。

  动物文学在中国虽属后起,但成气候所历岁月不算长,30多年不算长的岁月里就有了一支原创力不弱的队伍,有自己像样的领军人物,足以另立门户。而其首创之功当归于沈石溪。他从描述西双版纳象群的种种事迹开始,所发表的小说一炮打红,中国动物文学从此一步一个脚印地迈在了自己的发展进程上。继后,金曾豪、刘先平、李子玉、梁泊、蔺瑾、王凤麟、牧铃、黑鹤、姜戎、邱华栋、薛屹峰、王树槐、陈自仁、方敏、袁博、叶炜、韩开春、雨街、古清生、李良苏等作家的出现,说明动物文学在中国也已经形成了备受世人关注与瞩目、拥有众多读者的文类。不过,中国大自然文学作家们,不论多大程度上接受过19世纪末到20世纪初诸如西顿、杰克·伦敦这样的大师们的动物文学恩泽,其参照作用客观上是事实的存在。走动物文学创作之路,中国作家们无须摸索着开辟草莱。

  上述中列举不全的中国动物文学作家中,韩开春的动物故事创作冲动不是从对动物世界的猎奇开始的。"2005年的一天,当我和刚上高中的女儿闲聊的时候,偶尔说起了一种叫作'推磨虫'的甲壳虫,看她一脸茫然的表情,我才忽然惊觉,当初和我们那么近的可爱小生物,已经远远地离开了现在孩子们的视野。"为了匡正短视的功利化褫夺孩子亲近大自然的权力,把孩子在碧草蓝天间嬉戏的权利还给孩子,韩开春开始带着对未来忧心、为未来负责的意念,创作有着鲜明纪实感的动物故事。他奉献给孩子们的写了牛、鼠、狐、黄鼠狼、獾、獭、貉、刺猬、河狸、穿山甲、狗等16种动物的《与兽为邻》,其作品时代背景之特殊,向今天的孩子们叙述当年的动物故事,其实是一个颇有困难的挑战。那是中国人为灾难造成物资匮乏、生活贫困的年月,在那具体的中国历史时段里,其乡间频频发生人与动物争食的事件毫不足怪。人和动物都以"食为天",遂而人也就卷入了动物的食物链中,成了其中支配性的一环,并且,人的智慧和经验总是使人能在食物链中轻易处于高端位置。在那特殊历史阶段、特殊年月里所发生的人与动物的恩怨纠缠中,对人在猎杀行动中所表现出来、所暴露出来的弱肉强食,作家不置褒贬,用极其冷静的笔调展开叙事,不在描述中站在正义高地从道德上去指责人对动物的无情掠杀,所见出的反而是作家创作情态的不矫伪,保持历史的客观性。这种中国特殊年月里发生的"人与动物的战争"故事,这种中国式的特殊、非典型动物文学文本,在世界动物文学史中应是颇具另类意义的。

邱华栋的《奔向那一轮红艳艳的太阳》,就文学内涵和艺术表达的精熟而言,虽然只是一篇,但其价值却可谓以一当十。

第二节 在国际国内具有影响力的亚洲动物文学作家及其作品

一、椋鸠十的动物小说

椋鸠十(1905—1987)是日本动物文学的拓荒人,少年动物小说的开山鼻祖。

椋鸠十拥有从中学到大学的教学经验,所以他创作动物小说一开始就有意识照顾到少年儿童读者的口味和阅读能力,它们容易受到少年儿童读者的青睐就理所当然了。

椋鸠十从小喜欢随父亲打猎,写过诗、童话、民间传说,但是只有动物小说这种文学形式能让他尽展才华,使他声名鹊起。椋鸠十20世纪50年代到70年代写成的《一只耳朵的大鹿》《活在太空》《孤岛的野狗》《玛雅的一生》《牦毛和阿茜》《椋鸠十全集》《椋鸠十的书》等作品在日本国内获六种顶级奖项,享有世界声誉,作品被大量译传到国外。椋鸠十的短篇动物故事中,《金色的脚印》《大造爷爷和大雁》《月牙熊》被一再收入选本,《大造爷爷和大雁》《母熊和小熊》《一只耳朵的大鹿》在日本则一直被收作小学语文课文,为孩子所熟读。

椋鸠十娓娓叙谈型的动物故事把少年儿童带进了高山密林,带进了充溢神秘感的世界,在那个到处都存在诱惑的世界里,林间有鹿、熊、野猪、野狗、狐狸,树上有鸟、有猴群,山谷里有羚羊……孩子们万想不到,矮猴哥哥为了救出落进箱陷阱里的矮猴弟弟,竟会趁人不备猛一下从树上跳下来,"扑向身子钻进笼子里的猎人,啊呜一口咬住了他的屁股!"椋鸠十的每一则动物故事都妙趣横生!读者在惊叹椋鸠十动物世界的丰富生动、百态纷呈之余,在钦佩椋鸠十文笔老练、情感真挚、观察细致、知识渊博之余,还能从他的动物世界里悟出些许哲理,例如,被人驯养的野狗救主人于危急时刻,例如动物们面对苦难所表现出来的坚忍顽强,所有这些,都让人注意到椋鸠十曾经说过的"野性可敬,自然可贵"的名言。这应该就是理解椋鸠十动物小说的入门钥匙。在椋鸠十的作品中,还可以辨别出东方人在动物文学创作中所抱持的情感态度、东方人对动物文学的文体把握方式,与西方同类作家有多么不同:西方动物文学所呈现的更多是丛林法则的冷酷和残忍,而椋鸠十在他的动物文学里所呈现的是人与动物的和谐关系以及动物世界中的至亲深情。最典型的例子是椋鸠十的代表作《金色的脚印》。这篇故事里的狐狸父母千方百计要救出被囚禁的小狐狸,它们不到万不得已决不死心,狐狸父母不屈的救子行动感动了男孩正太郎。正太郎一定要从牧场主安田那里把小狐狸救回来,放了它,还它以自由。

> 他朝着山峰那儿边的安田牧场跑去。他认为,虽然太阳将要西沉,可是赶紧去,天没黑的时候可能可以赶回来。没想到,来到山顶上,天已经完全黑了。
>
> 他急忙向前赶路,没有注意到他已踏上悬崖边缘!正太郎和雪一起栽了下去。
>
> 他昏了过去。
>
> 过了很长时间,他感到面颊有点湿润,一下睁开了眼睛。一看,一只大狐狸不住地舔他的面颊和嘴唇;另一只伏在他的胸上,竭力使他温暖。
>
> 正太郎明白后,动了动身子,两只狐狸啪地跳开,接着,又小心翼翼地靠近他。这次,两只都伏在他身上,怕他冻坏,暖着他。
>
> 正太郎觉得自己的眼睛湿润了。狐狸们是为了报答他在危急之中救过它们的命,还给食物吃,才这样做的吧!
>
> 一会儿,天亮了。

正太郎恢复了精神,回到正担心的双亲那里。

(安伟邦/译)

这段故事里,动物对人报恩的故事超越常人的想象,令人震惊,感人至深。所以这"金色的脚印"的金色,乃是一种动物(狐狸)心境的象征;人和动物关系的和谐境地就是把本来属于动物的自由还给动物,只有自由的脚印才可能是金色的。

日本著名儿童文学理论家鸟越信曾这样概括椋鸠十的动物小说在世界上不胫而走的原因:"明快的主题、巧妙的构思以及昂扬格调的文体呈现。"

椋鸠十的动物文学作品生后结集的有16种。这些作品都朴素、亲切、明快、浅显、易懂,为人们认识亚洲野生动物留下了一批珍贵的文学档案。

二、沈石溪的动物小说

"到了夜晚,鸡飞到竹楼的屋顶上,像鸟一样在茅草屋脊上栖憩,狗趴在门槛上,进门出门都要小心别踩着狗尾巴,牛和马挤在竹楼底层,随时可以在房柱上摩擦蹭痒,最无赖要数猪了,霸占竹楼的十二格楼梯,就像睡高低床一样,一层一层横躺在狭窄的楼梯上,任你将楼板踩得咚咚响,它们照样呼噜呼噜睡得香……"

这样的西双版纳,从少年到中年,沈石溪(1952—)栖居了18年。18年旺盛的生命岁月里,他亲历的、亲见的、亲闻的,太多,太丰富!千奇百怪的故事,经年累月,发生在这块神奇、丰富、美丽的土地上。

"寨子里有个老汉,在森林里发现一头迷路的乳象,用藤索拴住象脖子强行将其牵回家来,怕象群会上门来找麻烦,转手就将乳象卖给县城杂耍班子,得一百块大洋。岂料当天夜晚,三十多头野象将寨子团团包围,吼声震天,还用长鼻子卷起沙土弹射老汉的竹楼,直折腾到天亮才快快离去。"

如此这般的故事,照实说来,就能令内地的孩子听得目瞪口呆。而如恒河之沙一般众多的故事在沈石溪这里被高度文学化呢——(沈石溪自述:"我写的许多动物小说,如《野猪王》《白象家族》《牧羊豹》等等,就是取材于当年我在西双版纳真实的生活经历。")——那就足以成全了一位我国新一类小说的当红作家,成为中国动物文学的领头羊。《第七条猎狗》《退伍军犬黄狐》《象冢》,沈石溪小试身手,动物文学就开始令中国人耳目一新了;《狼王梦》《一只猎雕的遭遇》,中国的动物小说从此异军突起了。

在中国越来越宽松的社会氛围里,沈石溪充分利用了中国20世纪80、90年代可能获得的最大限度艺术创造自由,告诉世人:以人为主体、以动物为主人公的小说原来还可以这样写! 这在中国小说界是一条创作新路,而在世界动物小说领域里,则是蜿蜒出了一条中国动物文学的支脉。

沈石溪动物小说30余年陆续问世了几十部,其丰卓的业绩已经使他的文学声望蜚声海内。研究者肯定他雄浑、壮阔和强烈的文学风格,也肯定他作品深厚感和可读性的高度统一,并以此赢得了广大读众。的确,凡从他笔下流淌出来的文字,每每以明畅的语言娓娓道来,引人入胜,不知不觉间让读者进入了他构设的颇具陌生感的故事。

沈石溪的动物小说创作受西顿-汤普森动物小说影响(譬如,为了写作方便,给小说中出现的主要动物角色都取了名)是显而易见的,他也承继了杰克·伦敦的两部说狗/狼小说的创作路数,把审察视角和现象解析聚焦在动物社会学、动物行为学上。正是在这一点上,沈石溪的动物小说与20世纪欧美主流动物小说岔开了一个相当的夹角。包括俄罗斯在内的欧美动物小说强调的是动物世界的客观性,而沈石溪动物小说则侧重于人类意识、人类情感对动物社会的精神性嵌入,显示的是动物生命历程与人类生存现实的贯通。《鸟奴》《混血豺王》《花豹母女》《诱雉之死》《疯羊血顶儿》等小说的字里行间都有人类伦理、人类忧思的影射与隐喻。作家的目的自然是藉此以提升、加强未成年人读者对现今人类社会中种种事象的剖析与理解能力,在少年饶有兴味的阅读中也确实达成作家的愿景期待。不过,这种人类意识的植入倘使被无节制的运用,那么西顿在20世纪20年代就提醒过的"拟人化"陷阱,就是容易掉入的。

三 黑鹤的动物文学作品

中国内蒙古的格日勒其木格·黑鹤(1975—),被称为"草原作家""自然之子"。他的长短动物文学作品因数量之众和涉笔动物种类之多,堪誉为"大自然百科全书"。黑鹤的动物文学作品其视角均源自他对野生动物的实地观察和亲历亲见亲闻,因而具有中国迄今无与匹比的特殊的文学质感和厚重的人生分量。他奉献给读者的不只有精彩的动物故事,还能让读者从中感受到勇敢与自由、信任与忠诚,感受到生命的瑰丽和坚韧。他的动物文学作品都具有一种强大召唤力——召唤广大少年读者同自己一道去悉心关注动物(野生和家养)的生存状态以及它们与人类休戚与共的关系,并从崭新的阅读平台上找到了自我成长的密码。2019 年,黑鹤被授予第三届"比安基国际文学奖"小说大奖后,其作品可期愈益享誉境外,享誉海外,让世界清晰地看到中国动物文学今日之高度和靓度。

黑鹤居住在呼伦贝尔,在那里常年与两头乳白色蒙古牧羊犬相伴,与牧人和猎人交往,在与鄂伦春人深度交往中融入鄂温克部族神秘世界,追索古老的游牧民族的原生态文化与现代社会生活的牵系。黑鹤对大自然怀有深厚的情感,他对于呼伦贝尔大草原、兴安岭大森林荒野感的减弱和消失有自己的解读:城市与森林、原始与现代,在黑鹤那里不再是对立的两极;大自然森林、草原能疗人类心灵的创伤,而物质丰富的现代城市的存在又是现代人所不可或缺的一种必然。黑鹤并不一边为林野的消失装模作样唱挽歌,一边又羡慕现代人的生活便利与舒适,让人疑惑其作品中所映现的情感的虚虚实实,真伪莫辨。面对丛林和荒野和活跃于其中的动物,他更是敬畏——敬畏它们的生命和力量,强韧,耐劫,生生不息。

披阅过黑鹤或长或短的动物文学作品,不妨从汉语里挑出"实打实"这个民间说法来概括读者的阅读感受。所谓"实打实"就是排除了虚幻和臆想的动物(或动物与人)叙事和描述。黑鹤实打实贴近大自然,实打实深入动物世界,实打实走进林莽与草原的幽深和旷远,实打实对动物行为、心态进行深度观察、揣摩、研究,实打实面对文学创造需要不免给自己带来的现实孤单,实打实在数量可观的作品里用一个个令人信服的细节证明自己对蒙古游牧人生存环境的深情和熟知——而这是写出自然知识和生活经验的新奇性和陌生化的前提。马死于啸叫的暴风雪中,通身血液已经冻僵,却仍端端地站立着,谁曾见过?黑鹤见过!黑鹤因为自己体验过,经历过,感受过,触摸过,聆听过,所以即使他的动物故事难免有杜撰的情节,但其细节都是真实的。在创作关于蒙古马的长篇小说《血驹》时,仅为搜集素材就花费了三年时间,他说:"我之所以这么做,就是希望得到最真实、最具有震撼力的细节。而这些细节,是坐在书房里绞尽脑汁也想不出来的,只有长年累月生活在草原上的牧马人才会清楚。"实录性,甚至不惜用数百幅照片来证明他对林中古老而又神秘的鄂温克人生活的谙熟,证明他对人们所陌生的带有原始气息人群的生活具有丰富的知识储备。《我的原始森林笔记》就是这样一部作品。他在描写许多有趣的见闻和美好的瞬间的同时,也表达了他自己的思考和忧虑——"希望鄂温克人用敲打缀有驼鹿蹄甲的兽皮盐袋召唤驯鹿群的声音,永远不会在北方无边的丛林中消逝"。

黑鹤的代表作,除了《血驹》,还有《黑焰》《黑狗哈拉诺亥》《狼獾河》《黄昏夜鹰》《狼谷的孩子》等。其据一头藏獒的传奇经历写成的动物小说《黑焰》,以无可争辩的实力一举荣膺了我国首个动物文学的国际大奖,它的字里行间就更洋溢着对动物生命应有的尊重。

黑鹤以粗犷雄浑的笔墨、跌宕起伏的故事、细腻精到的描写把大自然中的多样动物的丰富和微妙之处表现得既有震撼力又有亲和力,因而凭内涵的厚度和艺术品质的征服力,他的作品被译传到国外,被西方读者所接受,遂使他成了东方动物文学继椋鸠十后之最受国外看重的作家,也是当下中国的动物文学国际公认度较高的作家。

黑鹤写得最多的是狗、狼、狐、鹿、兔。写得最引人入胜的是牧羊犬遭遇猛兽时的搏杀和拼斗,你死我活,惨烈无比,迸溅出一股股的血腥气息,从中表现作家对生命和力量的理解。但是这并不是黑鹤动物文学的全部——黑鹤式的细柔和温情让读者感觉到作家作为写作主体热心柔肠的存在。言及此,我不妨在此举个例来说明黑鹤对汉语言丰富、微妙的表现力:

> 在秋日的阳光下,这只草原狐跑得酣畅淋漓,因为身体轻小,四爪轻点干爽的草地,在它的身后扬起一溜白烟。他似乎就是为了奔跑而生的。
>
> (黑鹤:《克尔伦之狐》)

这狐狸在草地上奔跑时四脚的"轻点",用西语的人如何领略其神妙无比?唯一的办法就是请使用西语的人来学汉语了。

黑鹤笔下的狗、狼、狐是被表现得特别有灵气的,所以无妨也套用西方人概括杰克·伦敦的话:黑鹤是一个"特别长于写狗、狼、狐的家伙"。

后　记

　　是到可以尝试为动物文学建立专门、系统理论的时候了。

　　"动物文学"之成为文学的一个相对独立的门类，所表明的是人类生存、发展到现今阶段的一种文学觉醒，所体现的是一种文学责任。动物文学以其审美内容、审美对象、审美价值区别于"人与人"的文学。与"人与人"的文学相比较，动物文学是异质性的文学、是陌生化的文学。动物文学是其他种类的文学所替代不了的。它们形成独立气象的时间虽然远晚于人文文学，但是题材与主题的新颖、奇妙、丰富把读者，主要是少年儿童读者，越来越多地吸引到这片文学苑地中来，关注活跃于大自然中、生存于人类周围的动物的种种繁富的生命现象（食物链条，生存竞争，丛林法则，弱肉强食，生育繁殖，对幼者的呵护，同类相残，等等）。这种关注，也是人自身发展的需要，尤其是少年儿童成长的需要。所以，教育部指定必读课外读物中不是偶然地将比安基的《森林报》列为其中的一部。

　　我对这个文学门类在世界范围里的发生、发展专门用心，迄今已达35年之久。它的重要意义和浓厚趣味又让我愿意把对我特别宝贵的时间、精力投放到这块文学的迻译和推介中。而迻译动物文学工作本身，是一种需调动我所有创造才智进行精思深虑的过程，其实也就是对动物文学认真研究的过程。所以，我对动物文学的研究是建立在较丰赡地把握文学现象基础之上的。我对动物文学的理论研究，从深度上说虽是很难说有多大自信（莫测高深的高头讲章倒也本不是我的崇尚和追求），但第一步的工作无疑应该是，先将这块文学大体把握住，应该是，将它的世界性大局先了然于胸，应该是竭尽我的努力突破我国对动物文学现象的认知局限，让对这块文学还不甚了然的朋友可以通过它具体把捉到动物世界文学的模形和肌理。这一点，我想我是发挥了我的长项，我是已经在一定程度上做到了。对这块文学其质地和高度的呈现，实际上是告诉了我国正在和将在这个文学田亩上耕耘的人们应该胸怀怎样的大志,才能达到和超越前辈们的成就,从而在前辈文学遗产的基础之上形成与建立自己的高度和自己的时代形象。

对大自然、对动物的关注和体认,应该被认为是人类精神世界极为重要的组成部分,而且,社会越向前发展,这种观念应该会越自觉和清晰,甚至会认为:欠缺这种观念就是一种精神残缺。在这个意义上说,这本抛砖引玉之作也是开放地面对所有有心于此和有意于此的同仁的。

本书的尝试性,决定了我摸索、探寻的不可避免。因此,只要我努力的结果有所助益于同仁们,我也就心满意足了。

2019夏于浙江师范大学丽泽花园

图书在版编目(CIP)数据

动物文学概论/韦苇著. —上海：复旦大学出版社，2020.5
ISBN 978-7-309-14666-0

Ⅰ.①动…　Ⅱ.①韦…　Ⅲ.①中国文学-文学理论-研究　Ⅳ.①I206

中国版本图书馆 CIP 数据核字(2019)第 225938 号

动物文学概论
韦　苇　著
责任编辑/谢少卿

复旦大学出版社有限公司出版发行
上海市国权路 579 号　邮编：200433
网址：fupnet@fudanpress.com　http://www.fudanpress.com
门市零售：86-21-65102580　团体订购：86-21-65104505
外埠邮购：86-21-65642846　出版部电话：86-21-65642845
上海四维数字图文有限公司

开本 787×1092　1/16　印张 11.75　字数 182 千
2020 年 5 月第 1 版第 1 次印刷

ISBN 978-7-309-14666-0/I·1188
定价：45.00 元

如有印装质量问题，请向复旦大学出版社有限公司出版部调换。
版权所有　侵权必究